목차

레네 오르소

클레어 프랑소와

레이 테일러

미샤 유르

커버, 본문 일러스트 하나가타

제 1 장

여성향 게임 속의 세계로 전생

"평민 따위가 저와 나란히 책상을 쓰려고 하다니, 주제를 알도록 하세요!"

내가 문득 정신을 차렸을 때, 나는 알 수 없는 상황에 처해 있었다. 빙글빙글 꼬아놓은 금발의 아가씨가 시선을 향하는 것만으로도 화가 치민다는 태도로 나를 바라보았다.

좋아, 일단 침착하자고. 당황해봤자 좋을 건 하나도 없어. 냉정하게 상황을 살펴보도록 하자.

주변을 이리저리 둘러보자 눈에 들어오는 풍경은 고등학교 교실 정도 크기의 방이었다. 내가 옛날에 다녔던 고등학교랑 비교해보면 책상 수가 더 적어서 그런지 훨씬 넓어 보이는 인상이다.

내 주위로는 빙글빙글 롤 헤어 아가씨와 조금 떨어져서 나를 둘러싸고 있는 사람들이 있었다.

문제는 저 아가씨를 포함해서 눈에 보이는 사람들 전부가 어딜 어떻게 생각해도 도저히 일본인으로는 보이지 않는다는 점이었다.

내 눈앞에 있는 아가씨는 일단 차치해 두고서 지금까지의 기억을 되짚어 보았다. 중소기업에 근무하고 있는 나는, 분명 가혹한 야근을 마치고선 집에 와서 게임을 하고 있었을 터였다.

그다지 취미라고 할 만한 걸 가지고 있지 않은 나에게 있어서 유일한 오락—— 그것은 게임이다. 나는 게임이라고 부를 수 있는 거라면 거의 다 즐겼다. 장기나 바둑 같은 보드게임부터 화려한 3d그래픽의 온라인 게임까지 뭐든 좋소이다.

그런 수많은 게임 중에서도 내가 특히나 좋아했던 건 연애 시뮬레이션 게임이다. 연애 시뮬레이션 게임이란 플레이어가 여자 주인공이 돼서 남자아이들과의 연애를 즐기는 게임이다. 다만, 나는 즐기는 방식이 남들과 살짝 다르긴 하다……

거기까지 떠올렸을 때, 나는 내 앞에 있는 아가씨를 어디선가 본 기억이 있다는 것을 깨달았다.

"혹시, 클레어……?"

"어머! 제 이름을 존칭도 없이 멋대로 부르시다니!"

이 쨍쨍 울리는 목소리. 틀림없다. 그녀는 클레어 프랑소와. 내가 제일 좋아하는 연애 시뮬레이션 게임인 〈Revolution〉 속의 등장인물이다.

그렇다면 설마 이건 바로 그 설마인 건가? 그거입니까, 이세계 전생이라는 녀석입니까.

"클레어 님."

"그래요. 평민은 그렇게 존칭을 쓰셔야 하는 거랍니다."

"혹시 제 이름을 기억하고 계십니까?"

"저를 바보 취급하는 건가요? 레이 테일러."

과연 그렇구나. 이제 이해가 간다. 아무래도 나는 정말로 이세계 전생이라는 것을 실제로 체험하고 있는 것 같다. 내 이름은 오오하시 레이고, 테일러라는 건 게임 속 여주인공의 성씨다. 〈Revolution〉에서는 여주인공의 이름은 자유롭게 설정할 수 있지만 성씨는 무조건 테일러로 고정된다. 즉, 이곳은 게임 속 무대였던 세계고, 나는 그 세계의 여주인공이 된 모양이다.

"땡잡았다!"

"갑자기 뜬금없는 소리를 하지 말아 주시겠어요? 거기다가 천박한 말버릇이군요. 이래서 평민이란……."

클레어 님이 뭔가 중얼대고 계셨지만, 나는 거기에 신경 쓸 겨를이 없었다. 게임 속의 세계로 전생…… 이 얼마나 꿈꾸었던 상황인가. 이 세계에서라면 내 최애랑 선택지 따위가 아닌 리얼한 교류가 가능하다. 거기다가…….

"클레어 님."

"뭔가요? 평민 주제에 함부로 말 걸지 말아줬으면 좋겠는데요"

"좋아합니다."

"……네?"

클레어 님은 어안이 벙벙한 표정을 짓고 있다. 무슨 소린지 이해하지 못한 모양이다. 정말 어쩔 수 없네.

"클레어 님. 저는 클레어 님을 정말 좋아해요."

"뭐…… 뭐뭐뭐……?!"

내가 말한 말의 의미가 뇌에 스며들기 시작하자 클레어 님은 몹시 당황하기 시작했다. 응. 귀여워. 〈Revolution〉 속에서 내 최애 캐릭터, 그것은 공략 대상인 남자들이 아닌 클레어 님인 것이다. 그녀, 클레어 프랑소와는 〈Revolution〉내에서 악역 영애다. 악역 영애라는 것은 여주인공을 괴롭히다가 마지막엔 여주인공에게 역전당하고 마는, 주인공을 위한 발판 같은 포지션의 캐릭터를 말한다. 귀한 집 여식이면서도 성격이 나쁘고, 추종자들을 데리고 다니면서 주인공을 번번이 괴롭히러 온다.

하지만, 나는 그런 악역 영애에 해당하는 클레어 님에게 푹 빠졌다.

고압적인 성격, 시끄럽게 쨍쨍 울리는 목소리, 심보 고약한 여러 악행. 그 본인을 앞에 두고서 이런 말 하기는 뭐하지만, 플레이 했던 기억을 떠올리는 것만으로도 헤실헤실 웃어버리고 만다. 보통은 무턱대고 미움받기 마련인 클레어 님이지만 나는 어쩐지 그녀를 미워할 수가 없었다. 쓸데없이 높은 자존심, 상처 입기 쉬운 연약한 마음을 숨기고선 남을 위협하는 태도. 사랑하는 이를 뺏기고 싶지 않다고 질투에 펄펄 뛰는 행동들…… 그런 묘한 인간적인 부분들이 내 취향에 직격으로 꽂힌 것이다. 오히려 대놓고 성인군자처럼 행동하는 주인공에게선 위화감밖에 느끼지 못하는 나였다. 내 이야기지만 참 귀찮은 성격이다.

"당신 대체 무슨 소릴 하는 거예요?!"

"무슨 소리라고 하셔도……. 저는 그저 클레어 님이 몹시 좋을 뿐인데요."

"흐……흥. 평민 주제에 저한테 아첨하시려는 건가요? 쓸데없는 짓이에요. 저는 평민 따위에게 조금도 마음을 허락할 생각이 없으니까요."

흥, 하고 고개를 돌리는 클레어 님.

"……귀여워라."

"무…… 무슨……!"

앗차, 나도 모르게 번뇌가 입 밖으로 나와 버렸다. 클레어 님은 엄청나게 동요하고 있다.

"당신…… 혹시 그쪽 성향 사람인건가요?"

"아뇨, 그쪽 성향이…… 있을 수도 없을 수도 있습니다만 그걸 떠나서 클레어 님이 아주 귀여워서요."

"히익?!"

기겁하고 있다. 아주 좋아…… 이 순진무구한 반응.

"클레어 님은 저를 싫어하시는 거죠?"

"다, 당연하죠!"

"그걸로 충분해요. 계속 괴롭혀주세요. 자 사양하지 마시고 얼마든지 와주세요."

"대…… 대체 뭔가요. 이 사람……."

한층 더 겁먹기 시작한 클레어 님이었다.

"자, 즐겁고 신나는 학교생활의 시작이네요, 클레어 님! 우리 함께 있는 힘껏 즐겨보죠!"

"어째서 제가 당신이랑 함께 하는걸 전제로 이야기가 진행되고 있는 거예요?!"

이렇게 해서 야근으로 점철된 날들과 작별하게 된 나는, 사랑스러운 클레어 님을 귀여워하는 매일 매일을 상상해보았다. 모처럼의 이세계 전생이다. 마음껏 클레어 님을 귀여워해 주겠어.

내 이세계 전생의 전망은 밝다.

"레이. 듣자 하니 너 입학 하자마자 클레어 님한테 찍혔다면서?"

어른스러운 허스키한 목소리로 말을 건 사람은 내 룸메이트인 미샤 유르였다. 침착한 분위기를 풍기는 성숙한 미인인 미샤는 롱 스트레이트의 은발을 흩날리면서 자기 침대에 걸터앉았다.

　이곳은 왕립학교 기숙사 내에 있는 나와 미샤의 방이다. 10평 정도 되는 이 방에는 개인 책상과 2층 침대가 있고, 그다지 공간을 차지하지 않는 간단한 가구들이 놓여 있다. 모두 다 앤티크한 가구들뿐이라서 현대 일본의 학생 기숙사와는 분위기가 많이 다르지만 기숙사 방이라는 본질은 다르지 않다.

　〈Revolution〉의 무대는 왕립학교라는 이름의 이 나라 최고의 명문학교로, 재학생들은 전원 기숙사에서 생활하는 것이 원칙이다. 학교 밖에선 가문이나 재력 등의 차이를 따지겠지만 일단 겉으로는 학교를 다니고 있는 모든 학생들을 평등하게 취급하기 때문에 재학생들은 예외 없이 2인실을 배정받아 생활하고 있다. 미샤는 나, 즉 여주인공의 룸메이트로서 언제든지 힘을 빌려주는 이른바 절친 포지션이다.

　"클레어 님한테 찍혔다기보다는 일부러 찍히러 갔다고 해야 하려나?"

　"……너 뭘 하고 다니는 거야."

　어처구니없다는 듯 쳐다보면서 한숨을 쉬는 미샤.

　"프랑소와 가문과는 웬만하면 얽히지 않는 편이 좋아. 너 같은 평민은 언제든 멋대로 요리해버릴 수 있을 테니까."

　클레어 님의 본가인 프랑소와 가문은 이 나라 유수의 명문가이다. 가문 대대로 국가의 재정을 담당하는 재무성의 장관을 역

임하고 있는 집안으로, 국왕과 재상 다음인 이 나라 넘버 3에 해당하는 집안이라고 이해하면 된다. 그 뿐만 아니라 왕실과도 여러 혼인 관계를 맺고 있으므로 실질적인 국가의 최고봉이 아니냐는 평가도 있다. 평민 출신인 나 정도는 먼지처럼 날려버릴 수 있을 것이다.

어째서 그런 고귀한 집안의 사람이 다니는 학교에 나 같은 평민이 다니게 됐냐고 묻는다면, 거기에는 이 나라의 사정과도 관계가 있다. 중세 유럽과 비슷한 세계관인 〈Revolution〉 속에서 무대가 되는 바우어 왕국의 정치는 부정부패의 조짐이 보이고 있었다. 국가의 요직의 대부분은 귀족들이 세습하고 있고 고위 관직들도 전부 연줄을 통한 인맥 채용. 귀족층과 평민층의 격차는 날수록 늘어만 가고, 평민들의 정치를 향한 불만은 이젠 무시할 수 없을 정도로 커지고 있었다.

그걸 해결하기 위해 고심하던 국왕이 내놓은 정책이 능력주의 채용이었다. 가문이나 재력과는 관계없이 능력을 가진 사람들을 폭 넓게 등용하는 정책을 해결책으로 내놓은 것이다. 아직 여러 가지 문제는 남아있긴 했지만, 이 정책은 대다수의 평민들에게 지지를 얻었다.

그 정책의 일환으로서 실시된 것이 왕립학교의 장학생 제도다. 능력은 있지만 금전적인 문제 때문에 고등교육을 받지 못하는 학생을 국가가 지원해서 왕립학교에 입학시키는 것이다. 이 제도를 통해 뽑힌 장학생 중 하나가 바로 나, 즉 여주인공이다.

"하지만 미샤. 나는 클레어 님을 아주 좋아한다고."

"그 제멋대로 아가씨를? 레이도 참 별나네. 하지만 저쪽은 우리를 대놓고 싫어할 게 분명할걸. 귀족이 보기에 우리 장학생은 코웃음 거리도 안 되는 낙하산들이니까."

평민의 지지를 얻고 있는 장학생제도지만 귀족층은 좋게 받아들이고 있지 않다. 기득권층을 유지하기 위해서라는 실리적인 이유도 있지만, 무엇보다도 전통과 격식을 중요시하는 귀족들로서는 왕립학교라는 명문 학교에 평민이 다닌다는 점을 감정적으로 용납할 수 없는 것이다.

참고로 미샤도 나와 같은 장학생이다. 그녀의 집안은 몰락 귀족 출신으로, 지금은 빈털터리긴 하지만 가문의 격식은 결코 낮지 않다. 다만, 가문의 몰락을 경험해 본 탓에 다른 귀족들 보다는 현실을 잘 깨닫고 있어서인지 그녀는 굉장히 착실한 성격이다. 평민인 나와 같은 중학교를 다녔던 덕분에 나에 대해서 색안경을 끼지 않고 있는 그대로 평가해주고 있다. 다만 유감스럽게도 사서 고생하는 타입이라고 해야 할까? 사람이 너무 좋은 점이 옥에 티다.

"미움받는 건 괜찮은걸. 오히려 그건 바라는 바야. 제일 괴로운 건 나를 피하려고 하는 상황이지."

"너 정말로 지금 정상이 아닌 것 같아."

"저기 말이지 클레어 님과 1분 1초라도 좀 더 함께 있을 수 있으려면 어떻게 하는 게 좋을 거라 생각해?"

"얘가 이렇게나 골치 아픈 성격이었나……."

두통이라도 이는 건지 머리를 감싸 쥐고 있는 미샤였지만 이윽고 입을 열었다.

"클레어 님이 무시할 수 없을 정도의 존재가 된다면 괜찮지 않을까?"

"그게 무슨 말이야?"

"클레어 님은 프라이드가 높은 분이잖아? 뭐든지 간에 자기가 1등이 아니면 직성이 풀리지 않는 타입. 그러니까 너 스스로를 연마해서 능력을 보여준다면 클레어 님도 무시할 수 없을 거라고 생각해"

"바로 그거야!"

간단한 거였다. 게임과 똑같이 행동한다면 클레어 님은 나를 무시할 수 없다. 내가 열심히 하면 할수록 클레어 님이 나를 괴롭히는 것도 점차 심해질 거다. 클레어 님은 근성이 있는 사람이니까 괴롭힘이 몇 번이고 실패로 끝나더라도 기죽지 않을 것이다. 클레어 님은 나를 괴롭힐 수 있고, 나는 클레어 님을 귀여워할 수 있다. 이 무슨 Win-Win 관계란 말이냐.

"미샤 정말 고마워. 역시 항상 믿음직스럽네."

"……어째서일까. 미움받는 법을 가르쳐줬는데 감사의 말을 들어버렸어."

미샤는 당혹스러움을 감출 수 없는 모양이지만, 뭐 그야 그렇겠지.

앞으로의 방침은 정해졌다. 학교생활을 열심히 해서 클레어 님한테 괴롭힘을 당하자. 아니 오히려 역으로 내가 괴롭히는 건 아닐까 싶을 정도의 기세로.

"클레어 님과 서로를 괴롭히는 매일이라니…… 이렇게 행복할 수가."

"너 정말 어떻게 된 거야……."

교내 복도를 걷고 있을 때 뒤에서 누군가가 나를 들이받았다. 넘어질 뻔한 상황을 간신히 버티고서 뒤를 돌아보았다. 그곳엔 날카로운 눈매를 가진 한 영애의 모습이 있었다.

"어머, 이거 죄송하게 됐어요. 그렇게 멍하니 서 계시니 어디 굴러다니는 물건인 줄 알았지 뭐예요."

내가 사랑해 마지않는 클레어 님이었다. 한쪽 손을 입가에 올리고선 우아하게 소리 높여 웃고 있는 그 모습은 그야말로 악역 영애 그 자체였다. 이런 일은 앞으로 일상다반사일 것이다.

"클레어 님."

"뭔가요? 혹시 저에게 사죄를 요구하려고 하는 거라면 쓸데없는 짓일 텐데요? 그런 곳에서 멍하니 서 있는 평민이——."

"굉장하세요!"

"……네?"

클레어 님은 새총 맞은 비둘기 같은 표정을 짓고 있었다.

"곁에 추종자들을 잔뜩 거느리고 있으면서도 타인에게 의지하지 않고 스스로의 손을 더럽히다니! 그야말로 클레어 님이세요!"

"어? ……응? ……어?"

"역시나 어디에나 널려있는 떨거지 악역들과는 궤를 달리하시네요. 클레어 님 정말 좋아해요!"

"대…… 대체 뭔가요 당신."

기분 나빠요. 라는 말을 남기고서 클레어 님은 도망쳐 버렸다.

"아아…… 가버렸다."

"너는 어째서 그렇게나 아쉽다는 표정인건데……."

마샤는 질렸다는 얼굴로 그렇게 말했다.

"응? 그야 당연히 클레어 님에게 받는 괴롭힘이 모자라니까 그런 거잖아?"

"마치 내가 이상한 건가 싶은 기분이 드니까, 그렇게 '무슨 소리 하는 거야?'라는 표정 짓지 말아 줄래?"

에이——.

"하지만 클레어 님은 나를 괴롭히고 계실 때 가장 빛나고 계신다고 생각하지 않아?"

"일단 괴롭힘을 당하고 있다는 자각은 있는 거네."

그 부분은 안심했어. 라고 말하는 미샤.

"자, 빨리 강의실로 가자고. 슬슬 수업이 시작하겠어."

"응."

오늘도 신나고 즐거운 이세계 생활의 시작이다.

"어머~ 이거 참 죄송하네요. 벌레인 줄 알았어요."

이번엔 발을 밟혔다.

"……주세요."

"네? 잘 안 들리는데요. 평민. 뭔가 하고 싶은 말이 있다면 좀
더 확실히——."

"기왕 밟으실 거라면 좀 더 세게 밟아주세요!"

"히익?!"

겁을 주고 말았다.

귀여워.

"어떻게 되신 거죠? 평민은 교과서도 사지 못할 정도로 빈곤
한 건가요?"

이번엔 교과서가 없어졌다.

"정말로 죄송합니다. 클레어 님의 마음을 살피지 못했다니."

"네?"

"저와 함께 밀착한 채로 수업을 받고 싶다는 뜻인 거죠?! 부디
함께 보도록 하죠! 딱 붙어서요!"

"도대체 무슨 소릴 하는 거예요!"

혼나고 말았다.

귀여워.

"어머! 당신, 같이할 사람이 없는 건가요? 정말이지 비천한 평
민은 어쩔 수가 없다니깐."

이번엔 친구들과 떨어지게 됐다.

"그렇게 됐으니 클레어 님과 함께 조를 짜겠습니다. 선생님."

"안 할 거거든요?!"

"네?"

"어리둥절한 표정 짓지 마세요!"

이번엔 도망치셨다.

귀여워.

"어머나. 너무 더러워서 진흙인 줄 알았지 뭐예요."

이번엔 물을 끼얹어졌다.

"차가워요."

"웃―호호호. 그거 참 안되셨네요!"

"따뜻하게 해주세요."

"잠깐, 들러붙지 말아 주세요! 이거 놓으시라고요!"

참 따뜻했다.

귀여워.

"웃―호호호. 꼴좋으시네요!"

책상 위에 꽃병이 놓여 있었다.

"클레어 님이 주시는 선물!"

"아니거든요?!"

"처음 받는 선물이네요. 잘 말려서 언제나 갖고 다닐게요."

"어째서 그렇게 되는 거예요?!"

불만스러워 보이셨다.

귀여워.

"당신, 아무리 그래도 너무 아무렇지도 않은 거 아닌가요?!"

"네? 무슨 말씀이세요?"

방과 후.

클레어 님이 엄청 짜증난다는 것처럼 발을 동동 굴렀다. 아무래도 괴롭히는 족족 헛스윙으로 끝나버리고 마는 것이 불만인 모양이다. 나는 그저 솔직하게 내가 생각한 그대로 반응했을 뿐인데 말이지.

그건 그렇고 이런 판타지 세계인데도 괴롭히는 방식은 일본의 학교랑 다를 게 없네. 일본 회사에서 만든 게임이니까 그야 당연하다면 당연한 거지만.

그건 일단 제쳐두고.

"이렇게 심술궂게 구는데도 어떻게 그렇게 태연한 거예요?!"

"심술이라뇨? 사랑이겠죠?"

"아니거든요?!"

"그럼 대체 뭐였다는 건데요!"

"아니 어째서 제가 혼나고 있는 거죠?!"

헥—헥—하고 어깨를 들썩이는 클레어 님.

이야—— 이거 참. 하나하나 태클을 걸어주시니까 장난치는 보람이 있네.

"이렇게까지 했는데도 모르겠다면 제가 확실하게 말해드리겠어요."

클레어 님은 원래부터 날카로웠던 눈매를 한층 더 사납게 치켜뜨고서 말했다.

"이 학교는 당신 같이 평민이 낙하산으로 들어올 곳이 아니에요. 평민은 평민답게 얌전히 노동에 종사하도록 하세요."

"클레어 님을 귀여워하는 것이 저의 노동…… 아니 봉사입니다."

"……이젠 싫다. 애는 대체 뭐람."

클레어 님은 살짝 울먹이기 시작했다.

"클레어 님. 이정도로 굴하시면 안 됩니다. 포기하지 않는 것이 중요하다. 라는 말도 있잖아요."

"당신 대체 뭐냐 말이에요?!"

결국 으앙── 하고 울음을 터트리며 클레어 님은 추종자들을 이끌고선 가버리고 말았다.

"훗, 간단하군."

"역시 이쯤 되면 클레어 님을 동정하게 되네."

미샤가 알 수 없는 소리를 하고 있다.

"아하하, 바보 같은 말 하지 마, 미샤."

"무슨 뜻이야?"

"내가 진심으로 한다면 겨우 이정도로 끝나지 않는다고?"

"……아 그래."

미샤는 깊이 파고들지 않는 쪽이 좋겠다고 판단한 모양인지 그냥 가볍게 흘려 넘겼다. 만약 클레어 님이었다면 여기서 멋진 태클을 넣어주셨을 텐데.

"일단 농담은 제쳐두고. 너 정말로 아무렇지도 않은 거야?"

"응. 전혀."

"그건 네가 말한 사랑이라는 것 때문이야?"

"그것도 있기는 하지만 그 뿐만은 아니지."

클레어 님은 악역 영애다. 그건 분명하다. 하지만 괴롭히는 방식이 나는 사랑스럽다.

예를 들어, 이미 말했지만 클레어 님은 상대를 괴롭힐 때, 추종자들을 시키지 않고 반드시 자신의 손으로 직접 한다. 귀족다운 방식으로 자신의 손을 더럽히지 않는 간접적인 수단을 쓸 수 있는데도 말이다. 또한 상대를 괴롭힐 때도 절대로 선을 넘지는 않는다. 복도에서 들이받았을 때는 넘어졌을 때 위험한 계단이나 모퉁이가 아니라 넘어지더라도 안전한 장소였다. 교과서도 그저 숨겼을 뿐이지 절대 버리거나 파손하지 않는다.

물론, 현대였다면 이런 행동만으로도 당연히 문제가 되겠지만 이곳은 여성향 게임의 세계이기도 하고, 괴롭힘의 대상은 나다. 가해자가 나중에 가져다 붙이는 변명이 아닌, 피해자의 거짓 없는 본심으로 말하건대 나는 기쁘기 그지없으니 무슨 문제가 있겠는가.

"내일은 어떤 식으로 괴롭혀주실 거라고 생각해?"

"모른다고."

이세계 생활, 만끽하고 있습니다.

"클레어 님, 평안하신가요!"

강의실에 들어서자 교실 맨 앞에 클레어 님과 그 추종자들이 앉아있는 게 보여서 희희낙락하며 인사드리러 갔다. 강의실은 내가 다녔던 고등학교 교실 두 개를 합친 정도의 크기에다, 길쭉한 책상과 의자가 뒤로 갈수록 한 단씩 높아지는 구성이다. 일본 대학을 다녀본 경험이 있는 사람이라면 딱 표준적인 규모의 대학 강의실을 떠올리면 편할 것이다. 정면에는 칠판과 교탁이 있었다.

클레어 님에게 가까이 다가가려고 하자 추종자들이 내 앞을 막아섰다.

"그렇게 멋대로 말 걸지 말아 줄래? 우리는 당신과는 사는 세계가 다르다고. 그렇죠? 클레어 님?"

추종자 중 한 명이 심술궂은 목소리로 말했다. 그 말을 시작으로, 맞아 맞아 하고 다른 추종자들도 시끄럽게 떠들기 시작했다.

"아——. 당신들 같은 병풍한테는 볼일 없어. 나는 클레어 님한테 말하고 있는 거야. 그렇죠? 클레어 님? 평안하신가요?"

"뭣?! 무례하긴! 나를 누구라고 생각하는 거야! 프랑소와 가문을 대대로 섬겨온 크글렛 가문의——."

"그러니까 병풍 맞잖아?"

"크……클레어 니임……."

크글렛 가문인가 뭔가 하는 집안의 애는 클레어 님에게 울면서 매달렸다. 약해 빠졌네.

"이 평민이…… 건방지게 굴지 말아 주시겠어요? 당신 따위한테 건네줄 말 따위는 없어요. 애초에 평안하세요 라는 인사는 헤어질 때 쓰는 인사로서——."

오싹오싹.

아—— 바로 이거야 이거.

역시나 병풍들로는 부족하다니깐. 클레어 님의 매도가 최고야 짜릿해. 참고로 평안하세요, 라는 인사의 쓰임에 대해선 여러 가지 설이 있다. 따라서 현대 일본에서는 아침 인사나 점심 인사 대용으로 아무런 문제가 없다.

"하지만 결국 저한테 말도 걸어주셨고, 인사말의 올바른 사용법까지 정중하게 가르쳐주시는 클레어 님이었습니다. 좋아합니다."

"시, 시끄러워요! 당신 지금 저를 놀리는 건가요?!"

"네!"

"당당하게 긍정?!"

좋은 반응이네. 오늘도 나는 행복하다.

"폭주하지 말라고, 레이. 안녕하세요, 클레어 님."

내 뒷덜미를 잡아서 제동을 거는 미샤 때문에 더 이상 클레어 님에게 다가갈 수가 없다.

"놔 달라고 미샤. 지금 클레어 님'으로' 놀고 있는 중이란 말이야."

"하다못해 '이랑'으로 해주겠어요?!"

장담컨대, 클레어 님은 태클 걸기에 재능이 있는 게 분명하다.

"그러니까 그쯤하고 그만 하라니까."

미샤한테 찰싹하고 머리를 한 대 맞았다.

"미샤…… 당신이 기르는 고양이한테 예의범절이라는 걸 가르쳐 두란 말이에요."

"클레어 님, 레이는 딱히 제 애완동물이 아닌데요."

"오히려 클레어 님한테 길러지고 싶어요."

"당신은 제발 입 좀 다물고 있어 줄래요?!"

한바탕 절규한 다음에 헥—헥—하고 어깨를 들썩이는 클레어 님. 약간 지치신 거 같다.

"클레어 님 어째 아침부터 기운이 없으신 거 아닌가요? 자, 오늘 하루도 함께 힘내보죠."

"누구 때문에 이런 거라고 생각하는 건가요?! 됐으니까 저리로 가요!"

"에이——."

클레어 님의 발언에 유감스러워하고 있었더니.

"아침부터 재밌는 걸 하고 있구나."

높고 부드러운 목소리가 울려 퍼졌다.

"유 님……."

"안녕 클레어. 너의 그런 흐트러진 모습은 정말 오랜만에 보는걸."

쿡쿡하고 웃고 있는 이 사람은 이 나라의 제3왕자인 유 바우어다. 간판만 왕자인 것이 아니라 정말로 분위기부터 외모까지 전부 다 이것이 바로 왕자님이라는 느낌이다. 부드럽고 찰랑거리는 금발, 명랑하고 상냥한 미소. 목소리마저도 왕자님답다니 정말 철저하기 그지없다.

유 님은 〈Revolution〉의 공략 대상 캐릭터 중 한 명이다. 참고로 이런 왕자님다운 모습 덕에 공략 캐릭터 3명 중에서 2위의 인기를 차지했다.

말하기를, '귀엽다' '지켜주고 싶다' '사위로 삼고 싶다'라고 한다.

"유 님, 그게 아니에요! 이 평민…… 레이 양이 예의 없는 행동을 해서 주의를 주던 참이에요."

"그러니?"

유 님이 내 쪽으로 시선을 돌렸다.

"아뇨. 예의가 없기는커녕 사랑을 듬뿍 담고 있었는데요."

"당신 지금 무슨 소릴 하는 건가요?!"

"아하하."

자기도 모르게 목소리를 높이고만 클레어 님을 보고 유 님은 즐거운 듯이 웃었다.

"레이 테일러라고 했던가. 분명 올해의 수석 입학자였지. 공부밖에 모르는 애인가 했더니 꽤나 재미있는 애였어."

"그거 감사함다."

나는 유 님에게는 별달리 흥미가 없다. 쌀쌀맞은 인사를 돌려주었다.

"레이 실례잖아. 좋은 아침입니다. 유 님."

미샤는 나를 가볍게 나무라고선 유 님에게 인사했다.

"미샤구나. 안녕."

미샤를 알아채고선 유 님은 친근하게 인사를 받았다. 유 님은 기본적으로 누구에게나 상냥하지만 미샤는 한층 더 특별하다.

미샤와 유 님은 소꿉친구인 것이다. 그녀의 집안이 몰락하기 전에는 꽤 친한 사이였고, 사실 미샤는 지금까지도 유 님을 몰래 연모하고 있다.

유 님 루트에서는 클레어 님의 괴롭힘에 맞서 싸워나가는 것과 별개로, 미샤와의 우정과 유 님에 대한 마음 사이의 갈등 속에서 흔들리지 않으면 안 된다. 시나리오 완성도 측면에선 최고라고 평가받고 있다.

"레이가 실례를 저질렀습니다. 나중에 제가 잘 말해두겠습니다."

"괜찮아. 오히려 미샤도 좀 더 격식 없는 느낌으로 대해도 괜찮은데? 학교에서는 모두가 평등하니까 말이야."

"……고려해 보겠습니다."

그런 의미심장한 대화를 주고받고 있는 와중이었지만.

"클레어 님, 저거 어떻게 생각하세요? 역시 썸도 한번 타본 커플이 잘 타는 법이라고 생각하지 않으세요?"

"당신은 어떻게 그렇게 하는 족족 발상이 저속한 건가요……."

나는 클레어 님을 놀리기에 바빴다.

"여어. 유에다가 클레어까지. 너희들도 안녕."

우리에게 쾌활한 목소리로 인사를 건네 온 사람은 삐쭉삐쭉하게 짧게 자른 흑발 머리의 잘생긴 남성이었다.

"좋은 아침이에요. 로드 님."

"안녕, 형."

그의 이름은 로드 바우어. 이 나라의 제1왕자로, 그 역시 공략 대상 캐릭터 중 한 명이다.

"뭐야, 뭐야. 재밌는 일이냐? 나도 끼워달라고."

시원스럽게 웃으면서 로드 님은 친근한 태도로 우리들의 대화 속에 끼어들었다.

"재밌는 일 따위는 아무것도 없어요. 이 중에 한 명, 학교의 풍기를 어지럽히는 녀석이 있을 뿐이에요."

"그 말인즉슨 그건가요? 저와 함께 풍기를 문란하게 하고 싶으신 건가요? 문란해져 볼까요? 문란해져 버려도 되는 거죠?"

"안 할 거거든요?!

"……뭐야 이 녀석."

클레어 님과 나의 만담을 본 로드 님은 천연기념물이라도 보는 듯이 나를 쳐다봤다.

"장학생이자 올해의 수석 입학자인 레이 테일러 양이야. 꽤 재미있는 애지 않아?"

쿡쿡하고 웃으면서 유 님이 나를 소개해 주셨다.

사실 원래 같으면 내가 직접 이름을 대야 예의에 맞는 거였지만.

"확실히 귀족 중에선 찾아볼 수 없는 타입이군. 아버지의 정책도 꽤나 재미있는 결과가 됐잖아."

"허어……."

이건 지금 칭찬하는 거려나. 애매모호한 반응으로 대처하도록 하자.

"그 반응, 신선한걸. 레이라고 했지…… 기억해 두겠다."

"감사함다."

"그러니까 실례라고 했잖아, 레이."

"로드 님이 기억해 주길 바라는 사람들이 얼마나 많은지 알고
는 있는 건가요……."

나는 로드 님에게도 흥미가 없었기 때문에 그냥 대충대충 대
답했다. 하지만 그로 인해 미샤에게 또 혼이 났고 클레어 님도
황당하다는 반응이다.

그래도 어쩔 수 없다. 로드 님은 내가 싫어하는 타입. ──소
위 말하는 이 몸 최고 타입의 캐릭터인 것이다. 언제나 자신만
의 길을 걸으면서도 꺾이지 않고, 흐트러지지 않고, 그저 앞으
로 나아갈 뿐. 엄청나게 긍정적인 사고방식과 굉장히 밝은 성격
이다.

하지만 이런 사람이 만약 실제로 주변에 있다면 엄청 피곤하
지 않아? 어째서 로드 님이 인기투표 부동의 1위인건지 나로서
는 아직도 잘 모르겠다. 뭐, 공략 캐릭터보다도 클레어 님한테
더욱 불타오르는 나니까 분명 내 감성 쪽에 문제가 있는 거겠지.

"세인. 너도 이리로 오렴."

"……나는 됐어."

강의실 뒤쪽 자리에서 책상에 조용히 엎드려 있던 은발의 청
년은 로드 님의 목소리에 그다지 내키지 않는다는 듯 대답했다.

그는 다시 책상에 엎드리고선 더 이상 미동도 하지 않았다.

"세인 형은 이런 분위기를 그다지 좋아하지 않을 것 같은데."

"쟤가 좋아하는 분위기라는 게 있기는 한 건가."

곤란하다는 듯이 웃고 있는 유 님과, 찡그린 표정을 하고 있는 로드 님. 두 사람의 미묘한 반응만 봐도 알 수 있듯이 세인 님은 뭐라고 해야 하나…… '귀찮은' 성격을 가진 사람이다.

세인 님은 이 나라의 제2왕자이자, 공략 대상 3인 중 마지막 한 명이다. 3명의 공략 대상 중에서 가장 인기가 낮다. 유 님을 왕자님 타입, 로드 님을 이 몸 최고 타입 캐릭터라고 한다면, 세인 님은 삐뚤어진 타입 캐릭터라고 해야 하나.

유 님은 타고난 천재이기 때문에 별다른 노력 없이도 어떤 분야에서든 뛰어난 능력을 보여준다. 로드 님은 수재로서 착실하게 노력하고 수행을 쌓아서 역시나 결국엔 뛰어난 능력을 보여준다. 그런 우수한 두 사람 사이에 끼어있는 세인 님은 열심히 노력해도 노력에 비해 그다지 뛰어난 능력을 보여주지 못하는 사람인 것이다. 언제나 형이나 동생한테 비교당해 왔던 세인 님은 여러모로 귀찮은 성격으로 자라고 말았다. 콤플렉스 덩어리에다가 솔직하지도 못하다.

하지만 나는 공략 대상 중에서는 세인 님을 제일 좋아한다. 왜냐하면 클레어 님과 마찬가지로 인간다운 면모를 가지고 있기 때문이다. 초인과도 같은 사람들보다도 아 확실히 이런 사람도 있지 라는 공감이 드는 사람에게서 더욱 매력을 느낀다. 그건 내가 꿈과 희망에 가슴이 떨리는 젊은이가 아니라 현실을 자각하고 만 어른이라서 그런 걸지도 모른다. 그걸 감안해도 내가 너무 극단적이라고 생각하긴 하지만.

"세인 님……."

복잡한 감정이 서린 한숨과도 같은 읊조림을 뱉은 사람은 나의 사랑스러운 클레어 님이다. 사실 클레어 님은 세인 님을 좋아하고 있다.

세인 님의 인기가 가장 저조한 이유 중에 한 가지는 성가시게 구는 클레어 님 때문이다. 안 그래도 이래저래 귀찮게 굴어대는 클레어 님인데, 세인 님 루트의 클레어 님은 아주 제대로 성가시게 들러붙는다. 참고로, 온갖 고생을 다 해본 세인 님은 마지막 엔딩에 도달해도 클레어 님을 규탄하거나 하지 않고서,

"……너의 마음은 잘 이해하고 있어. 괴로웠겠구나."

라고 말하며 그녀를 용서하고 만다. 다른 루트―― 예를 들면 로드 님 루트에서 볼 수 있는 호쾌하고 짜릿한 대역전극이 세인 님 루트에는 존재하지 않는다. 이래서야 다른 루트보다 인기가 떨어지는 것도 어쩔 수 없는 일이라는 생각이 든다. 나는 "그거 꼴좋구나" 식의 엔딩을 그다지 좋아하지 않기 때문에 세인 님의 그런 대응이 싫지 않았지만.

"한번 가서 말 걸어보시면 어때요? 클레어 님."

세인 님은 기본적으로 자신이 먼저 다가오는 일은 없다. 이쪽에서 먼저 적극적으로 어프로치를 해야 하는 것이다.

"어, 어째서 제가."

"그야, 좋아하시잖아요?"

입 밖으로 말하고 나서, 아차 실수했다. 라는 생각이 들었지만 이미 늦었다.

"아, 아니거든요! 세인 님에 대한 마음 같은 건 요만큼도 없다

고요!"

정곡을 찔리자 자기도 모르게 크게 소리치고 만 클레어 님. 강의실 전체에 울려 퍼질 정도였다는 건 당연히 세인 님도 그 외침을 들을 수 있었다는 뜻이다.

"……."

세인 님은 자리에서 일어나서는 아무런 표정도 내비치지 않고 강의실 밖으로 나가버리고 말았다.

"아……. 어떻게 하죠…… 저는 절대 그럴 생각이었던 게…….."

어쩔 줄 모르는 클레어 님. 정말이지 서투르기 그지없다니깐.

"나중에 사과하도록 하죠. 클레어 님."

"……! 평민 주제에 뭘 안다고 그런 소릴!"

"클레어 님."

나는 클레어 님의 눈을 똑바로 바라보면서 목소리에 힘을 담아 말했다.

"뭐, 뭔가요……."

"세인 님은 섬세하신 분입니다."

"그건 당연히 저도 알고 있어요."

"그러니까 사과하도록 하죠."

"……시, 시끄러워요!"

클레어 님은 덜컹하는 소리와 함께 자리에서 일어났다.

"컨디션이 좋지 않아요! 저 오늘은 이만 돌아가도록 하겠어요!"

"앗, 클레어 님!"

"저 혼자 있게 해주세요!"

추종자들이 뒤따라 붙는 걸 거절하고서 클레어 님은 강의실 밖으로 나가버리고 말았다.

"……."

하지만 난 알고 있었다. 클레어 님은 분명 세인 님을 뒤쫓아 간 것이다.

"정말이지……. 너무 귀엽다니깐."

이러니 클레어 님을 참을 수 없이 좋아한다. 나는 흔들리는 빙글빙글 헤어를 바라보며 생글생글 웃으면서 배웅했다.

"당신, 평민 주제에 건방지다고요!"

"네! 건방진 저를 좀 더 매도해주세요!"

오늘 아침도 클레어 님은 기운이 넘치신다. 덧붙여 나도 최고의 컨디션이다.

말하는 걸 깜빡했지만, 내가 전생했던 날은 입학식이 있었던 학교생활의 첫날이었다. 그로부터 1주일이 지났고, 점점 학교에도 익숙해지기 시작함과 동시에 클레어 님과도 순조롭게 사이가 깊어지고 있다…… 고 일방적으로 생각하고 있다.

언제나처럼 아침 인사를 드리러 갔더니 되돌아온 반응이 제일 처음의 저 말이었다.

클레어 님의 추종자들은 어떤가 하면 아무리 괴롭혀도, 괴롭혀도 내가 전혀 아무렇지도 않아 하니까 처치불능이라고 생각한 건지 어제쯤부터는 더 이상 방해하지 않게 되었다. 근성이 부족하구나. 클레어 님을 좀 보고 배우란 말이야. 뭐, 나로서는 클레어 님과의 커뮤니케이션이 스무드하게 진행되어서 굉장히 마음에 든다.

"……그런 식으로 매번 당하기만 할 것 같나요?"

"어라?"

클레어 님이 내 마음에 쏙 드는 멋진 반응을 보여주시길 기대했는데, 오늘은 평소와 다른 신선한 반응이다.

클레어 님은 자신만만하게 웃으면서 말을 이었다.

"내일 시험이 있지요?"

"있죠."

이건 일본의 학교에서 시행되는 시험의 성격과 크게 다르지 않다. 하지만 일반적으로 생각하는 교과과목이 아닌, 교양, 예법, 그리고 마력을 시험한다는 점에서 큰 차이가 있다.

이전에는 교양과 예법만 있었다고 하는데, 능력주의의 도입으로 새롭게 개설된 것이 마력이라고 하는 과목이다…… 라는 게 게임 설정 자료집에서 발췌한 설명이다.

〈Revolution〉의 세계는 변혁의 시기에 있다. 그 계기가 된 건 『마법석』이라는 이름의 특별한 돌의 발견이다. 상세한 건 나중에 후술하겠지만 이 돌의 발견으로 인해 『마도구』라는 게 발명되었고 그에 이어 기술혁신이 일어나게 됐다. 마도구는 이 세계를 크게 바꾸려고 하고 있고, 국가마다 그 마도구를 얼마나 유효하게 활용할지를 앞다투어 경쟁하고 있다. 그리고 그 마도구를 다루기 위해서 필요한 적성이 마력이다.

그러고 보니 설정자료집에 실린 클레어 님 어린 시절 버전은 그야말로 천사였었지…… 같은 생각을 내가 하고 있다는 건 꿈에도 모르는 채, 클레어 님은 한껏 턱을 치켜 올리면서,

"승부예요. 제가 이긴다면 당신은 학교를 떠나줘야겠어요."

"네? 싫은데요?"

"조금은 생각해보는 척이라도 하는 게 어때요?!"

키―잇 하고 짜증을 내는 클레어 님. 그렇지만 그도 그렇잖아. 나한테는 아무런 이득도 없다.

"수석 입학생이면서 도망칠 생각인가요?"

"그렇지만 학교를 그만두면 클레어 님으로 놀 수 없게 되잖아요."

"그러니까! '으로'라는 조사를 쓰지 말아 달라고 했잖아요?!"

"아하하, 무슨 바보 같은 말씀을."

"제가 이상한 건가요?! 저예요?!"

아 역시 즐거워.

그런 식으로 클레어 님을 귀여워하고 있자니 문득 짚이는 생각이 있었다. 이건 〈Revolution〉에서 일어나는 이벤트 중 하나라는 사실이다. 클레어 님은 여주인공에게 여러 가지 승부에 도전해 오는데 그 최초의 승부가 바로 학기 처음에 있는 시험이었다. 처음에는 플레이어 쪽의 지식이 적으니만큼 클레어 님은 제법 어려운 상대다.

"됐으니까 승부하세요!"

"음——…… 그러면 이렇게 할까요. 클레어 님이 저를 이기지 못한다면 클레어 님도 뭔가 하나 제가 말하는 걸 들어주세요."

"하아? 어째서 제가 그런 짓을."

"어라? 도망치시는 건가요? 설마 자신 없으신 건 아니시겠죠. 내부 진학조의 수석이기도 하신 분이."

왕립학교에는 유치부, 초등부, 중등부, 고등부, 대학부가 있고, 학생 중에는 유치부에서부터 계속 쭉 왕립학교에 다니고 있는 내부 진학조와 외부에서 편입해온 편입조가 있다. 주인공은 고등부부터 편입해온 편입조의 수석이지만, 클레어 님은 내부 진학조의 수석인 것이다. 귀족들이 중심인 내부 진학조와 평민들이 중심인 편입조는 일반적으로 사이가 나쁘다—— 아니, 정확히는 서로 사는 세계가 다르다. 실제로는 내부 진학조 쪽에서 일방적으로 편입조를 적대시하고 있기 때문이지만. 귀족과 평민이 같이 기숙사 룸메이트가 된다든가 하면 꽤나 비극적인 일이라고 한다.

"저를 도발하려는 건가요? 좋아요. 그 도전 받아주겠어요."

"후후후. 감사합니다."

"뭐에 대한 감사인가요. 지금부터라도 짐 싸서 나갈 준비를 하도록 하세요."

"네! 격려해 주셔서 감사합니다!"

"한 적 없거든요?! 정말이지……. 미샤!"

"왜 그러시죠?"

방관자 포지션을 취하고 있던 미샤가 클레어 님의 부름에 다가왔다.

"당신이 증인이 되어 주시겠어요? 시험에서 제가 이긴다면 이 평민은 학교를 떠난다. 이기지 못한다면 제가 딱 한 가지 그녀가 말하는 걸 들어준다."

"학교에 재학할 자격은 국왕 폐하가 정하신 일이니, 이런 사적인 다툼으로 마음대로 바꾸는 건 좋지 않다고 생각합니다만."

"사적인 다툼이 아니에요. 평민은 능력 부족을 통감하고 그걸 부끄럽게 여겨서 자기 스스로 학교를 떠나는 거니까요."

소리 높여 웃으며, 벌써부터 승리감을 만끽하고 있는 클레어 님이었다.

"너는 그래도 괜찮아? 레이."

"응. 괜찮아."

"그렇게 된 거예요. 나중에 딴말하거나 하면 안 되니 당신이 증인이 되어 주셨으면 좋겠군요. 불만 없겠죠. 평민?"

"네! 클레어 님한테 이런 짓 저런 짓을 할 수 있다고 생각하니 벌써부터 두근두근하네요!"

"제가 질 리가 없잖아요! 자, 신께 맹세코!"

"신께 맹세코!"

"……제가 증인을 맡도록 하겠습니다."

이 나라에서는 신에게 맹세한다고 하는 말은 굉장히 중요한 의미를 가진다. 단순한 구두 약속으로 끝나지 않을 뿐만 아니라, 이 맹세를 깨면 귀족이든 평민이든 신분과 관계없이 엄청난 경멸을 받는다. 이렇게 해서 클레어 님과 나의 승부의 막이 열리게 된 것이다.

　그리고 시험 당일.
　제일 처음은 교양 시험이다. 이건 주로 이 나라의 역사나 문화, 거기다가 문학 등에 관련된 지식을 시험한다. 예를 들면——

　문제
　왕국력 1927년에 발생한 대기근에 대해서 당시의 국왕인 클리 3세가 실시한 정책의 문제점과 개선점에 대해서 논술하시오.

　라든가,

　문제
　왕국의 주요 산업을 한 가지 골라서 그에 대한 문제점과 개선책에 대하여 논술하시오.

　라든가,

　문제
　고전 시가 작법에 맞게 시 한 편을 작성하시오.

　같은 식이다.
　보면 알 수 있듯이 이 시험 문제들은 전부 일상생활과 밀접한 관련이 있다고는 말할 수 없다. 평민의 문맹률이 높은 이 세계에서, 교양이라고 하는 과목은 거의 귀족의 독무대다. 즉, 클레어 님이 압도적으로 유리한 것이다. 이 과목이 시험 전체의 3분의 1을 차지한다는 점을 볼 때, 전체 점수도 클레어 님이 유리하다.

"이거 꽤나 힘들었었지……."

게임에서는 공부라는 행동을 취함으로써 지식을 얻는 게 가능하고 그 지식을 열심히 쌓아서 시험에 임하게 된다. 시험 문제는 논술식으로 출제되어 있지만, 실제 게임 안에서는 선택지가 제시되기 때문에 정답을 고르기만 하면 됐었다. 하지만 유감스럽게도 문제 수가 너무 많았다. 거의 대부분의 플레이어가 웹 공략 사이트를 참고하면서 해결했다는 모양이다. 정말 귀찮은 일이네.

다음은 예법이다. 이건 자세히 설명할 필요 없겠지. 문자 그대로, 예의범절을 시험한다. 이번 시험에서는 회식을 실시해서 학생들이 어떤 식으로 식사를 하는지에 대해 시험관들이 평가한다.

단순한 식사라고 무시하지 말라. 시험은 시험장이 되는 만찬장에 들어오기 전부터 이미 시작된다. 어떤 옷을 입고 오는지부터 시작해서 입실할 때의 자세나 인사하는 몸짓, 심하게는 식사 중에 시선을 어디에 두고 있는 지까지도 평가의 대상이 된다. 단순히 식사 중의 수저 사용법만 평가하는 게 아니다.

이 과목도 역시나 귀족 출신인 클레어 님이 압도적으로 유리하다. 평민이 이러한 예절들을 접해볼 기회는 거의 없으니까.

실제로 클레어 님을 필두로 한 에스컬레이터 진학조와 외부에서 편입해온 편입조 사이에는, 초보자가 봐도 몸짓 하나하나의 세련됨이 일목요연하게 차이가 났다.

"실제로 해보니 이거 쉽지가 않네…….."

게임에서는 이 과목 역시 선택지 방식이었다. 예를 들어, 입고갈 옷은 흰색일까요 검은색일까요, 입실할 때의 인사말은 뭘까요, 시선은 어느 쪽으로 향해야 할까요, 등등. 물론 이것도 대부분의 플레이어들은 공략집을 보고 해결했다.

여기까지가 시험 전체의 3분의 2. 전부 다 귀족에게 유리한 것들뿐이니, 당연히 일반적으로 생각하자면 내가 클레어 님을 이길 수 있는 요소가 하나도 없다.

마지막이 마법이다. 평민이 귀족에게 이길 수 있는 건 거의 이 과목 밖에 없다. 실제로 외부에서 편입해 올 때 편입 시험으로 실시되는 건 이 과목 한 가지뿐이다.

현재 왕국에서 말하는 능력주의 정책이라고 하는 건 마법 중시 정책이라고도 바꿔 말할 수 있다. 첨단기술인 마도구에 대한 적성은 선천적인 요소와 후천적인 요소, 둘 다 영향을 받지만 선천적인 요소가 더 크다. 그리고 이건 귀족이든 평민이든 마찬가지다. 능력주의 정책의 대의명분은 귀족 중심의 정책에 대한 불만을 다독이기 위해서라고 말한다. 하지만 실제로는 귀족만을 중용하고 있어서는 시대의 흐름에 뒤처지고 말 것이라는 게, 국왕이 느끼는 가장 큰 위기의식인 것이다. 귀족들이 능력주의 정책에 반발하고 있는 것도 이 마법이라고 하는 것이 가문이나 혈통으로는 어떻게 할 수 없는 것이기 때문이다.

물론 교양과 예절 같은 귀족들이 중요시하는 과목들에서 우수한 평민도 드물긴 하지만 존재는 한다. 그런 자들을 중용하는 것도 일단 시야에 넣어두고 있기야 하겠지만 그건 역시 아직까진 예외적인 일일 뿐인 게 현실이다. 마법 시험의 배점이 전체 시험의 3분의 1이라는 점이 지금이 시대 변화의 중심에 있다는 걸 상징하고 있다. 마법 과목의 배점은 이제 앞으로도 더욱더 커질 게 분명하다.

자, 그러면 마법 시험에 대해서지만 이건 야외에서 실시된다. 평가항목은 기초 마력과 마도구 조작. 두 가지로 나뉘어 있다.

기초 마력은 마도구에 대한 적성이 얼마나 있는지를 측정 전용 마도구를 통해 계측한다. 적성에는 지, 수, 화, 풍 의 4가지 종류가 있고 기본적으론 한 사람당 한 가지의 적성을 가진다. 각각의 적성은 없음/낮음/중간/높음/초월의 5단계로 측정된다. 이건 후천적인 수련을 통해서도 늘릴 수는 있지만, 선천적인 요소가 압도적으로 크다.

그건 그렇고 클레어 님은 마력 또한 뛰어나다. 클레어 님의 기초 마력은 화 속성 높음 적성이다. 불 속성을 가지고 있다는 게 참 클레어 님답네. 게임 개발자의 취향이 슬쩍 드러나고 있어서 즐겁다.

마도구 조작은 기본적인 마법 지팡이를 다루는 시험이다. 마법 지팡이는 범용적인 마도구로 이걸 써서 여러 가지 현상을 일으키는 것이 가능하다. 이번에는 제각각의 적성에 해당하는 마법탄을 얼마나 멀리 날려 보낼 수 있는가를 보는 시험이었다.

"이게 제일 간단했었지……."

게임에서는 마법 수련이라는 행동을 선택해서 마력을 올릴 수 있었다. 그리고 시험 때에는 소위 말하는 리듬 게임처럼, 타이밍에 맞춰서 누르는 것으로 마법탄이 날아가는 비거리가 결정되는 형식이었다. 굳이 공략 사이트를 뒤져볼 필요도 없고, 타이밍에 맞춰서 누르는 것도 그다지 어렵지 않은 난이도라서 가장 간단한 시험이다.

다만, 일부에선 날아가는 거리를 어디까지 늘릴 수 있는가에 집착하는 마니아들이 있었다. 〈Revolution〉은 게임 웹사이트와 연동되어 있어서, 기록이 공식 홈페이지에 랭크되기 때문이다. 1위를 한 사람에겐 개발회사에서 경품을 증정해 주지만, 1위를 할 수 있을 만한 고인물들은 굳이 말하면 경품보다도 기록 자체를 늘리는 게 목적이었던 모양이었다. 내가 기억하기로 최신 기록은 평균치의 10배 이상이었다.

뭐 아무튼 여기까지가 시험의 개요다. 하루가 꼬박 걸린 시험을 마치고서 나는 피로감을 느끼고 있었다.

"그런고로 기운을 충전하러 왔습니다!"

"……돌아가 주시겠어요?"

클레어 님의 방으로 찾아갔더니 지친 기색으로 매정하게 쫓아내셨다. 슬프다.

시험이 끝나고 3일 후. 시험 결과가 나오는 날이다.

"눈 밑에 다크서클이 짙게 생기셨군요?"

방과 후 복도 게시판 앞에서 시험 결과를 기다리는 나를 향해 클레어 님이 말을 걸어왔다.

"네에. 사실은 한숨도 못 자서……."

"옷—호호호! 참 딱하기도 하군요. 하지만 약속은 약속인거 아시죠?"

"네. 클레어 님에게 뭘 해달라고 해야 할지 고민하다가 밤샘을 해버렸습니다."

"그쪽이었어요?!"

그렇지만 게임에서는 이런 걸 할 수 없었는걸.

"저한테 이길 수 있을 거라고 생각하는 건가요? 머릿속이 꽃밭이시군요."

자신만만한 클레어 님이었다. 뭐 그야 그렇겠지. 클레어 님 입장에서 보면 자기가 패배할 요소가 하나도 없으니까.

"뭐, 결과는 나와 보기 전엔 모르는 거라고요?"

"불 보듯 뻔한 일이에요."

"후후, 두 사람 다 사이가 좋구나."

불꽃을 튀기고 있는 우리들의 대화에 끼어들어 온 것은 유 님이었다.

"자신은 있니, 레이?"

"네에 뭐, 그럭저럭 이요."

"후후, 기대되는구나. 미샤는 어때?"

"최선은 다했습니다."

자신이 연모하는 상대가 말을 걸어와도 그다지 기쁜 내색을 보이지 않는 미샤. 그녀는 자신이 유 님에게 어울리지 않는다고 생각하고 있기 때문이다. 집안이 몰락해 버린 것도 그렇지만 유 님 같은 뛰어난 재능의 결정체 옆에서 자신이 할 수 있는 건 아무것도 없다고 생각하고 있다. 그러면서도 연심이라고 하는 건 멈춰 세울 수 있는 게 아니니까, 정말이지 연애라는 녀석은 어렵기 그지없다.

"자, 그럼 2등은 대체 누굴까?"

로드 님도 이쪽으로 오셨다. 저 말에 담긴 뜻은 '내가 1등인 게 당연하지'라는 뜻이다. 역시 이 사람은 대하기 어렵다.

"……."

맨 앞에서 여유 넘치는 태도로 결과를 기다리고 있는 클레어 님과, 그 클레어 님 바로 옆에 있는 우리들과는 다르게, 줄곧 이쪽과 떨어진 곳에서 아무런 표정 없는 얼굴로 서 있는 세인 님도 보였다. 그에게 있어서는 결코 즐겁지 않은 이벤트겠지. 자신의 능력 부족을 다시금 통감해버리니까.

오해가 없도록 말해두겠지만, 세인 님이 남들보다 뒤떨어진다고 하는 건 어디까지나 다른 두 명의 왕자들과 비교했을 때 그렇다는 것이다. 일반적인 레벨에서 보면 세인 님도 충분히 유능한 인물이다. 그저 다른 두 명의 왕자들이 너무 규격 외의 존재일 뿐이다.

"왔네요."

미샤의 목소리에 우리들이 뒤를 돌아보자, 사무직원이 종이를 들고 이쪽으로 다가오는 참이었다.

"각오는 되셨는지요?"

"클레어 님을 실컷 만끽할 각오라면 이미 되어있죠."

제일 먼저 게시된 건 교양 성적의 결과였다.

• 교양 과목 결과───────

1등‥로드 바우어(100점)

2등‥유 바우어(98점)

2등‥레이 테일러(98점)

4등‥클레어 프랑소와(95점)

•

•

7등‥미샤 유르(90점)

•

•

10등‥세인 바우어(87점)

───────────

"무슨?!"

클레어 님이 비명을 질렀다. 그에 비해서 나는 아, 두 문제나

틀려버렸나~ 라는 감상을 느끼고 있었다.

"호오? 나랑 유 가 나란히 1, 2등인 건 당연하다고 쳐도, 레이도 제법 하잖아."

"제법이네. 레이."

"감사합니다."

왕자 두 사람의 칭찬에 대답하면서 나는 클레어 님을 바라보았다. 귀족인 자신이 평민을 상대로 교양 과목에서 졌다는 사실을 도저히 믿을 수 없는 모양이다.

이 게임의 플레이어들 대부분은 공략 사이트를 참조하고 있다고 앞서 말했었다. 하지만 나는 다르다. 나는 교양 시험에 나올 수 있는 모든 문제와 정답을 전부 암기하고 있었다.

그 이유는 내가 〈Revolution〉의 2차 창작을 하고 있기 때문이다. 〈Revolution〉의 세계와 캐릭터를 차용한 동인 소설을 써서 동인 이벤트에서 판매해왔다. 동인 소설을 쓰기 위해서는 세계관에 대한 모든 것을 알아둘 필요가 있었던 것이다.

물론, 그렇게까지 각 잡고 공부하지 않아도 동인 소설을 쓸 수는 있다. 그렇지만 내가 써 내려가고 있었던 것은 게임 마지막에 몰락하고 난 뒤에, 클레어 님이 자신의 영지에서 능력을 발휘해 재기해서 결국 성공해 나가는 악역 영애의 이야기였다. 영지물이라는 장르는 세계관 설정을 파악해 두는 게 필수 불가결하기 때문에, 나는 설정자료집을 사서 몇 번이고 읽고 또 읽었다. 솔직히 말해서 게임 개발자보다도 설정에 빠삭할 거라고 자신하고 있다.

그런 자신감이 있으니만큼 내가 교양 시험에서 클레어 님에게 질 거라는 생각은 털끝만큼도 없었다. 따라서 결과를 보고서도 전혀 놀랍지 않았다. 다만, 클레어 님은 창백해질 정도로 주먹을 꽉 쥐고서는 부들부들 떨고 있었지만.

그다음 이어서 예법 시험 결과가 나왔다.

• 예법 과목 결과————
1등··유 바우어(100점)
2등··로드 바우어(98점)
2등··클레어 프랑소와(97점)
4등··세인 바우어(95점)
 •
 •
8등··미샤 유르(90점)
 •
 •
22등··레이 테일러(75점)

————————

교양 시험 결과의 충격으로 안색이 창백해 졌던 클레어 님의 얼굴이 다시 혈색을 되찾는 게 보였다. 내 쪽을 보면서 어떠냐 하는 표정을 짓는다. 넵. 엄청 귀엽습니다.

"방금은 우연이었던 모양이네요. 이제야 본 실력이 드러났다고나 할까요."

"그러네요."

실제로 클레어 님이 말한 대로다. 예법 시험에서 평가되는 포인트는 전부 다 알고 있었다. 하지만 알고 있는 것과 실제로 거기에 맞게 행동할 수 있는가는 또 별개의 문제다.

나는 고등학교 시절에 일본 전통의상 예절부라는, 예절을 배우는 부활동을 했었기 때문에 기초적인 몸가짐은 갖춰져 있다. 하지만 예절이라고 하는 건 문화나 상황에 따라서 얼마든지 달라질 수 있는 것이라서, 하루아침에 이 세계의 예법을 전부 몸에 익히는 건 쉽지 않았다. 태생부터 귀족 출신인 클레어 님의 상대가 될 리가 없다. 오히려 22등이라는 성적은 참 열심히 노력한 편이라고 생각한다.

그리고 마지막으로 마법 시험 결과가 벽에 게시됐다.

• 마법 과목 결과————
1등‥레이 테일러(측정불가)
2등‥미샤 유르(98점)
•
•
6등‥클레어 프랑소와(92점)
•
8등‥세인 바우어(90점)
9등‥로드 바우어(88점)

9등‥유 바우어(88점)

_____

"뭐…… 라고요……?"

다시 한번 절규하는 클레어 님. 내 입장은 좋아, 해냈다. 라는
심정이다.

사실 이 결과는 여주인공에 해당하는 나에게 있어선 승부 조
작이나 마찬가지였다. 일단 먼저 기초 마력에 대해 말해보자면
여주인공은 지와 수라는 두 가지 속성의 초월적성이다. 복수의
속성을 가지고 있다는 시점에서 이미 규격 외나 마찬가지인데,
거기다가 두 속성 전부가 최고랭크의 초월적성. 더욱이 마도구
조작 능력도 기본적으로는 기초 마력에 비례해서 결과가 나오기
마련이라, 이것도 필연적으로 여주인공이 1등이 된다.

즉, 마력 과목 시험의 1등은 이미 정해져 있는 것이나 마찬가
지였다.

자 이제, 마지막으로 종합성적 결과를 보면——

• 종합 결과————————————
1등‥로드 바우어(286점)
1등‥유 바우어(286점)
3등‥클레어 프랑소와(284점)
•
5등‥미샤 유르(278점)

·

·

10등‥세인 바우어(272점)

·

·

※덧붙여서 레이 테일러의 성적은 특이한 케이스이므로 이번 에는 별개로 취급한다.

학교 측은 다음번 시험부터 평가방법을 새롭게 고칠 예정이다.

―――――――――――

이렇게 되는 것이다.

게임 속에서 클레어 님을 첫 시험에서 이기는 건 꽤나 어려운 일이라고 앞서 말했었지만, 그건 교양과 예법 시험에서 점수를 얻기가 힘들기 때문이다. 이 두 과목에서 웬만큼 낮은 점수를 받지 않는 이상 최종 결과는 이렇게 된다.

"납득이 안 가는 거예요……."

입술을 깨무는 클레어 님을 향해 추종자들이 열심히 위로의 말을 건넸다.

"하지만 왕자님 두 분에 이어 3등이에요! 굉장하잖아요!"

"맞아요! 역시 클레어 님이세요!"

"……그, 그렇지요……. 그 말이 맞아요."

하고 살짝 기분이 회복됐을 그때,

"클―레―어―님!!"

"히익?!"

나는 득달같이 클레어 님한테 달려들었다.

"그런 식으로 귀신이라도 본 거 같은 비명을 지르지 말아 주세요~."

"비명 지르지 않았어요. 그래서 뭔가요? 보신대로예요, 승부는 무효가 됐어요."

"무슨 소릴 하시는 건가요? 클레어 님. 저한테 이기지 못하셨잖아요."

"네?"

아무래도 아직 눈치채지 못한 모양이다.

"맹세의 내용은 이렇잖아요? 클레어 님이 이긴다면 내가 학교를 나간다. 이기지 못한다면 클레어 님이 내가 말하는 걸 한 가지 들어준다."

"그러니까 결국 승패는 갈리지 않았잖아요."

"그렇죠. 즉, 클레어 님은 저한테 이기지 못하셨습니다."

"……아."

이제야 깨닫게 된 모양이다. 클레어 님이 내가 말하는 걸 들어줘야 하는 조건은 '내가 클레어 님을 이긴다면'이 아니라 '클레어 님이 나를 이기지 못한다면'이다. 후자는 승패가 제대로 갈리지 않았을 때의 결과도 당연히 포함되어 있다.

"비, 비겁해요!"

"네. 처음부터 속여먹을 생각이었습니다!"

"이런 건 무효인 게 당연하잖아요!"

"어라? 딴소리하기 있기입니까? 신에게 맹세하셨는데?"

"……으으으……."

클레어 님의 아름다운 얼굴이 갈등으로 찌푸려졌다. 납득이 가지 않는다. 그렇지만 귀족으로서 신에게 맹세까지 한 일을 이제 와서 뒤집기에는 자존심이 용납하지 않는다. 그런 심정이겠지.

"……요구는 뭔가요……."

"앗, 들어주시는 거네요! 역시 클레어 님! 좋아합니다!"

"됐으니까 빨리 요구를 말하세요!"

클레어 님은 폭발하기 직전이었다.

"포기하지 말아 주세요."

"네?"

"아무리 괴롭고 힘들더라도, 마지막의 마지막까지 포기하지 말아 주세요."

내가 말한 부탁을 듣고 클레어 님은 의아한 표정이었다. 내가 생각해도 상당히 애매한 부탁이지만 물론 제대로 된 의미가 있다. 여기에 대해서는 언젠가 설명할 때가 오겠지

"……그런 부탁으로 괜찮은 건가요?"

"네."

"……좀 더 엄청나게 터무니없는 부탁을 말할 거라고 생각했어요."

"그러길 바라시나요?"

"아니요! 그걸로 됐어요!"

응응, 솔직해서 좋다. 골탕이라도 먹은 듯 당황하던 클레어 님은 시선을 내 쪽으로 똑바로 향하고 등허리를 쭉 피고선,

"신께 맹세코 저는 포기 따위 하지 않겠어요. 언제 무슨 상황에서도 절대로 희망을 버리지 않고 마지막까지 발버둥 치겠다고 맹세해요."

"그걸로 좋아요. 클레어 님."

당당하게 맹세하는 그 모습은 어찌나 아름다운가. 역시 클레어 님이다.

"……다음번엔 지지 않을 거예요."

클레어 님은 그렇게 말하고는 자리를 떠났다. 악역 영애 치고는 깔끔하게 물러서는구나 하고 생각했다.

"아, 클레어 님."

"……또 뭔가요?"

"좋아합니다!"

"저는 엄청 싫거든요!"

잠깐 있었던 좋은 분위기는 이미 어디론가 날아가 버렸다. 응응. 역시 클레어 님은 이래야지.

〈Revolution〉은 연애 시뮬레이션 게임이다. 그렇다는 말은 당연히 연애 요소가 있다는 뜻이다. 이전에도 말한 적 있지만, 나는 공략 대상인 남정네들에겐 흥미가 없다. 클레어 님을 사랑

으로 보듬을 수만 있다면 그걸로 충분한 것이다. 즉, 공략 대상을 어떻게 대할지도 클레어 님을 기준으로 삼게 된다. 클레어 님과 가장 많이 접촉할 수 있는 루트—— 그건 바로 제 2왕자인 세인 님 루트다. 나로서는 부디 꼭 세인 님 루트로 가고 싶지만, 현재로선 약간 곤란한 상황에 처해있다.

"어이, 레이. 듣고 있는 거냐?"

매력 넘치는 바리톤 음색의 목소리가 울렸다.

"……죄송합니다. 안 듣고 있었습니다."

"하하하, 역시 재미있는 녀석이구나. 좋아 용서하마."

제1왕자, 로드 님은 시원스러운 목소리로 껄껄 웃었다. 우리 주위로는 부러운 기색을 감추지 못한 채 이쪽을 바라보는 있는 영애들이 있었다. 아무리 귀족이라고는 해도 1왕자를 상대로 마음 편히 말을 걸 수 있는 배짱은 없는 것 같다.

시험이 끝나고 나서, 지금 현재 나는 로드 님의 눈에 들고 말았다. 눈에 든 원인은 시험 성적이었다. 로드 님을 공략하기 위한 플래그 중 하나는 시험에서 우수한 성적을 따내는 것이다. 그 플래그 달성을 통해서 로드 님이 여주인공에게 흥미를 느끼게 되고 그 후로 자주자주 모습을 비추게 된다.

나는 지금 현재진행형으로 그런 상황을 겪고 있지만, 이미 앞서 말했다시피 곤란해하고 있었다. 시선을 뒤로 돌려보자, 맨 뒷자리에 있는 세인 님이 이쪽을 마음에 들지 않는다는 시선으로 보고 있었다.

'클레어 님을 이기기 위해서 한 거라고는 해도 조금 귀찮은 일

이 되어버렸구나…….'

시험 성적이 너무 좋으면 세인 님의 호감도가 내려가게 된다. 세인 님은 콤플렉스 덩어리라서 자기보다 능력이 뛰어난 사람을 꺼리기 때문이다. 정말 귀찮은 성격이지만 좋아할 수밖에 없다.

"로드 님, 이런 신분도 낮은 자한테 가볍게 말 걸지 않는 편이 좋지 않을까요? 고귀하신 피가 더러워 진다구요?"

"앗 클레어 님!"

익숙하기 그지없는 쨍쨍한 고성에 내 기분이 단번에 밝아진다. 멀리서 기웃거리고만 있는 영애들과는 달리 클레어 님은 당당하게 로드 님한테 말을 걸며 이쪽으로 다가왔다. 클레어 님의 가문을 생각해보면 당연한 일이긴 해도, 역시 클레어 님이구나 하는 생각이 들었다.

"분명 신분은 평민일지도 모르지만, 이 녀석은 능력이 있지. 거기다 반응이 재미있어."

"로드 형의 나쁜 버릇이 나왔네. 레이, 그다지 무리해서 어울려줄 필요는 없다고?"

유 님도 다가왔다. 유 님은 시험에 관해서 별다른 플래그가 없으므로 반응도 평소대로였다.

"괜찮습니다. 로드 님이 어울려주신 덕분에 클레어 님이 저한테 말을 걸어주셨으니까!"

"레이는 좀 더 왕족분들을 향한 경의를 가질 필요가 있다고 생각해."

바로 옆에서 조용히 자습하고 있던 미샤가 어처구니없다는 듯이 말했다. 미샤는 기본적으로 언제나 여주인공 옆에서 이런저런 어드바이스를 해준다. 그건 반대로 말하면 언제나 여주인공 옆에 있어서 유 님 루트로 가게 될 경우 이런저런 수라장이 펼쳐진다는 뜻이기도 하지만.

"왕족을 향한 경의는 당연히 가지고 있지만, 그 경의보다도 클레어 님을 향한 사랑이 더 깊어서 말이지."

"저렇게 말하고 있다만 클레어는 어떠냐?"

"평민이 저한테 어떤 마음을 품든 저랑은 상관없어요. 너무 건방지게 군다고는 생각하지만요."

"그러시구나! 그에 대한 벌로서 매도해주세요!"

"어째서 그렇게 기뻐하는 건가요?!"

그렇게 오늘도 평소처럼 장난치는 클레어 님과 나를 보면서,

"하하! 역시 너는 재미있구나!"

하고 밝게 웃는 로드 님. 으음——……. 어떻게 할까.

"로드 님."

"뭐냐?"

"저는 클레어 님 말고는 흥미가 없습니다."

"그래 보이는구나."

"그러므로 절 좀 그냥 내버려 둬 주셨으면 합니다만."

하고 내 쪽에서 먼저 거리를 둬 줬으면 하는 의사를 내비쳤다.

"잠깐! 레이!"

미샤가 당황한 듯 소리를 질렀다. 아무리 그래도 너무 불경스럽다고 생각한 거겠지.

"로드 님, 정말 죄송합니다. 레이는 아직 왕족분들을 대하는 법을 잘 몰라서 그래요."

"아니요. 지금 건 그냥 듣고 넘길 수 없겠어요. 몰랐다는 말만 으로는 넘어갈 수 없는 일도 있지 않겠어요? 시험 성적이 조금 잘 나왔다고는 해도 너무 건방지게 말이죠."

재빨리 나를 감싸 주려는 미샤와 이때다 싶어서 이빨을 드러 내는 클레어 님.

응, 확실히 이건 클레어 님 말이 맞다.

"뭐……, 클레어가 말하는 것도 일리가 있다면 일리가 있지 만……."

"그렇지요? 부디 이자한테 엄벌을."

"하지만 이곳은 학교다. 지금의 나는 왕족이기 이전에 한 사 람의 학생이니까 말이지."

"그런 허울뿐인 말은——."

"무엇보다도."

클레어 님의 말을 가로막고서 로드 님이 말했다.

"이 내가 용서한다고 하는 것이다. 차기 국왕의 말이다. 불만 이라도 있는가?"

"……읏! ……알겠습니다."

분한 듯 물러서는 클레어 님. 로드 님은 물론 왕위 계승권 1 위이긴 하지만 아직 왕자일 뿐, 반드시 왕위에 오를 것이라고는 단언할 수 없다. 하지만 그 부분을 지적하기엔 클레어 님은 너 무 귀족적이다. 평범하게 말을 거는 건 할 수 있어도 간언을 할 수 있을 정도는 아니다.

"클레어 님."

"……흥. 뭔가요? 로드 님의 총애를 받아서 좋으시겠네요."

"아니요."

"?"

"클레어 님은 원칙에 따라서 행동하셨을 뿐이에요. 저는 클레어 님을 존경합니다."

클레어 님은 새총 맞은 비둘기 같은 표정을 지었다. 곤경에 처하게 하려고 했던 상대한테 위로를 받으리라곤 생각하지 못하신 걸까.

"흐, 흥! 잘난 척하지 말아 주시겠어요! 저는 절대로 당신을 인정하지 못하니까요!"

"네! 인정받을 수 있도록 힘내겠습니다!"

"저는 인정할 수 없다고 말하고 있잖아요!"

"저는 인정받을 수 있도록 힘내겠다고 말하고 있는데요!"

아웅다웅하는 클레어 님과 나.

"정말로 사이가 좋구나. 너희들은."

"넵!"

"좋지 않다고요!!"

오늘도 클레어 님은 귀엽다.

나는 장학금 제도 덕분에 학비를 면제받고 있지만, 당연히 학비 이외의 부분들에선 이런저런 지출이 있다. 나, 즉 여주인공의 집안은 가난하기 때문에 생활비를 송금 받는 일은 기대할 수 없다. 그래서 어떻게 해야 하냐면, 아르바이트를 하는 것이다. 학교 강의는 기본적으로 오전 중에 끝나기 때문에 오후에는 아르바이트를 할 수 있다. 게임에서는 이 아르바이트를 통해서 주인공의 스테이터스 변동이 있기 때문에, 어떤 아르바이트를 할지는 꽤나 중요한 요소이다.

"불합격이에요."

"그걸 어떻게든 좀."

"불합격이라고 말하고 있잖아요!"

지금 내가 뭘 하고 있냐 하면 클레어 님의 본가인 프랑소와 가문의 메이드 면접을 받는 중이다. 왕립학교는 원래는 좋은 가문 출신 학생들밖에 없었기 때문에 학생들은 두 명까지 메이드를 대동할 수 있다는 규칙이 있다. 자금적인 여유가 없는 장학생들에게는 실질적으로 무의미한 제도지만 나한테 있어서는 아주 큰 의미가 있다. 메이드가 된다면 클레어 님의 곁에 있을 대의명분을 얻을 수 있기 때문이다.

면접에는 클레어 님도 면접관으로 들어와 있다. 원래 같으면 메이드장이 전부 책임지고 도맡겠지만 클레어 님이 이 자리에 있는 데에는 이유가 있었다.

내가 이미 사전에 메이드에 응모하겠다고 선언해 뒀기 때문이다.

"클레어 님. 이 사람은 왜 안 되는 건지요? 능력적으로는 빠지지 않습니다만……."

메이드에 응모하는 사람들은 물론 귀족이 아닌 평민 출신이다. 이전에 시험을 칠 때도 언급했었지만 평민인데도 예법을 몸에 익히고 있는 사람은 굉장히 드물다. 귀족과 비교하자면 좀 떨어질지는 몰라도 나는 평민치고는 어느 정도 예절을 몸에 익히고 있기 때문에 메이드로서 귀중한 인재인 모양이다. 거기에 더해서 나는 마력도 가지고 있기 때문에 신변경호도 가능하다.

"성격 쪽에 너무 문제가 산더미예요! 이런 메이드가 24시간, 제 옆에 있다면 제가 도저히 마음을 놓을 여유가 없잖아요!"

"하지만 충성심은 몹시 높기도 하고."

"메이드장. 충성심이 아닙니다. 사랑입니다."

"이런 소리를 하는 메이드를 곁에 둘 수는 없어요!"

같은 식으로 왁자지껄 떠들고 있자니,

"무슨 일이냐, 소란스럽구나."

"주인님……."

"아버님."

클레어 님과 똑같은 밝은 금발을 올백으로 넘긴 남성이 방에 들어왔다. 평범한 키와 평범한 체구로 눈에 띄는 신체적 특징은 없지만 몸에 걸치고 있는 것들은 전부 최고급품들뿐이다. 콧수염을 기르고 있는 표정에는 시종일관 거만한 분위기가 서려 있다. 이 남성이야말로, 프랑소와 가문의 당주이자 클레어 님의 아버님인 도르 프랑소와다.

도르 님은 재무장관이라는 이 나라의 넘버 3의 지위를 가진 분이고, 귀족세력의 톱이기도 하다. 능력주의 정책에 가장 앞장서서 반대하는 사람 중 한 명으로, 현 국왕에겐 눈엣가시라고 말해도 과언이 아니다. 게임에서 보여주는 행동들은 좋은 쪽으로든 나쁜 쪽으로든 귀족적이라 전통과 격식을 굉장히 중시한다.

"학교에서 아가씨를 돌봐드릴 메이드를 고르고 있습니다만, 제가 고른 메이드가 아가씨의 마음에는 들지 않으시는 모양이라."

"흠. 메이드장이 골랐다면 능력적으로는 문제가 없을 테지만 클레어는 어째서 싫은 거냐?"

"성격 쪽에 문제가 너무 많아요. 언제나 저를 놀려먹기나 하고……."

"흐음……. 메이드는 주인을 경애하지 않으면 안 되는 법. 적성에 맞지 않는 자 아닌가, 메이드장?"

참고로 도르 님은 클레어 님을 몹시도 아끼신다. 클레어 님이 방약무인한 성격이 되고만 이유 중 하나는 분명히 이 도르 님이다.

"그렇지는 않습니다. 이자는 지원 동기부터가 아가씨에게 봉사하고 싶다는 이유였습니다. 그저 돈만이 목적인 평민과는 확연히 다른 면이 있습니다."

"입만으로는 얼마든지 떠들 수 있지."

"메이드로 채용됐을 경우에 어떤 식으로 아가씨를 보필할 수 있는지를 물어봤더니 아주 헌신적이고 구체적인 답안을 내놓았습니다. 입만 산 건 아니라고 생각합니다."

흐음. 하고 도르 님이 다시 생각에 잠겼다.

"하지만 결국은 클레어의 마음에 드느냐 아니냐가 중요한 거겠지. 클레어가 싫다고 한다면야 역시 채용은 불가능하다."

"그건…… 그렇습니다만."

"역시 아버님이세요!"

"프랑소와 각하. 실례지만 제가 한 말씀 올리는 걸 허가해 주십시오."

아무래도 형세가 나쁘다고 판단한 나는 수중의 패를 꺼내 들기로 했다. 내 발언에 도르 님은 미간을 찌푸렸다.

"평민 따위가 귀족이자 재무장관인 나에게 무슨 말을 하겠다는 건가. 클레어의 판단은 틀리지 않았던 모양이군. 무례한 것에도 정도가──."

"아바인 마누엘."

내가 그 이름을 입에 올린 순간, 도르 님의 표정이 싸늘해졌다.

얼굴에 조소를 띄우고 있으면서도 눈은 전혀 웃고 있지 않다.

"누구냐, 그게?"

"3월 3일. 50만 골드."

도르 님은 무슨 말을 하는지 전혀 모르겠다는 태도를 유지하고 있었지만, 나의 이어진 말에 침묵하고 말았다.

"아버님?"

"클레어, 메이드장. 잠깐 이자와 둘이서만 있게 해주겠나."

"그럴 수는 없습니다! 최소한 경호원이라도——."

"이건 명령이다."

그렇게 말하는데 메이드장이 거스를 수 있을 리가 없다.

"저도 같이 있으면 안 되는 건가요?"

"미안하구나, 클레어. 조금 확인하고 싶은 게 있어서 그렇단다, 참아주렴."

"……알겠어요."

도르 님의 달래는 목소리를 듣고선 클레어 님도 주뼛주뼛 방을 나갔다.

"자 그럼……. 너는 대체 누구냐? 뭘 알고 있는 거지?"

클레어 님한테 건넸던 목소리와는 전혀 다른 엄격한 말투로 도르 님이 나를 추궁했다. 대답 여하에 따라서는 나는 이 방을 살아서 나가지 못하겠지. 하지만 나에게는 클레어 님을 사랑으로 즐기며 살아가겠다는 커다란 목표가 있다. 여기서 죽을 수는 없다.

나는 도르 님과 30분 정도 대화를 나눴다.

"이자를 클레어의 메이드로 채용하도록."

대화가 끝나고, 메이드장과 클레어 님을 다시 불러들인 도르 님은 먼저 그렇게 말했다.

"어째서인가요?!"

"이자는 신뢰할 수 있다. 클레어의 메이드에 걸맞다."

"납득이 가지 않아요! 당신 아버님께 무슨 소릴 한 거예요?!"

"특별히 아무것도요. 굳이 말한다면 클레어 님에 대한 사랑을."

"웃기지 말아 주시겠어요?!"

평소보다도 한층 더 펄펄 날뛰는 클레어 님. 뭐, 무리도 아니겠지. 바로 조금 전까지만 해도 자기편이라고 생각했던 아버지가 갑자기 손바닥 뒤집듯이 내 편으로 돌아섰으니까.

"아버님, 이런 소리나 하는 자를 곁에 두라고 말씀하시는 건가요?!"

"이야기를 나눠보니 이자가 가진 클레어를 향한 충성심은 의심할 바가 없다만?"

"방향성이 불순하잖아요! 이자는 저를 놀리면서 즐기고 싶을 뿐이라고요?!"

"클레어."

도르 님의 목소리 톤이 살짝 낮아졌다. 산전수전 다 겪은 정치가인 도르 님이 그렇게 나오면 굉장한 박력이 있다.

"그저 순순히 따르는 자를 곁에 두는 건 쉬운 일이다. 프랑소와 가문의 장녀라면 다루기 힘든 부하도 다뤄보이도록 해라."

"큿……."

프랑소와 가문의 장녀, 라는 입장을 들고나오면 클레어 님도 약해진다. 역시나 친아버지. 클레어 님을 다루는 법을 잘 알고 있다.

"제가 뭐라고 하든, 이자를 고용한다고 말씀하시는 거지요?"

"그렇다."

"……알겠어요."

클레어 님은 아직도 불만이 한가득 있는 것 같았지만, 그런데도 턱을 한껏 치켜들면서 이렇게 말했다.

"제 메이드가 된 이상, 제가 말하는 건 절대적인 거지요?! 각오하도록 하세요!"

"정말 고맙습니다! 열심히 하겠습니다!"

이렇게 해서 나는 떳떳하게 클레어 님의 메이드라는 지위를 손에 넣었다.

도르 님과 무슨 이야기를 나누었는지는 아직 비밀이다.

"좋은 아침입니다. 클레어 님."

"……."

내가 클레어 님의 아침 준비를 도와드리기 위해서 방으로 찾아가자, 클레어 님은 나를 의심스럽다는 시선으로 바라보았다. 응, 저 눈 너무 좋아.

"……당신 정말로 제 메이드가 된 거군요."

"네. 앞으로 클레어 님이 신세를 지게 되실 겁니다."

"거기선 앞으로 신세를 지겠으니 잘 부탁드립니다. 라고 해야 하는 거 아닌가요?"

"네? 그렇지만 전 메이드니까 클레어 님을 돌봐드리는 쪽이잖아요?"

"그런 뜻으로 말하는 게 아니잖아요!"

"넵. 저도 그냥 한번 놀려봤을 뿐입니다."

"크으一!"

아침부터 기운이 넘치시는구나, 클레어 님.

"레이 짱. 너무 클레어 님을 곤란하게 만들면 안 돼. 자, 클레어 님. 옷 갈아입으실 시간입니다."

나긋나긋한 목소리로 나를 가볍게 꾸짖는 이 사람은, 클레어 님의 시중을 드는 또 한 명의 메이드인 레네 오르소라고 한다. 나이는 나보다 살짝 연상. 황갈색의 폭신폭신한 헤어스타일을 하고 있는 어딘지 모르게 포용력이 느껴지는 여성이다.

"좋은 아침이에요 레네. 갈아입혀 주시겠어요?"

"아, 제가 하게 해주세요!"

"당신은 좀 떨어져 있어 줄래요?!"

"어머머, 일에 대한 의욕이 넘치는구나?"

욕망을 있는 대로 방출하고 있는 나와, 키一잇 하고 위협하고 있는 클레어 님을 방긋방긋 웃는 얼굴로 바라보고 있는 레네. 레네는 나와 똑같은 평민 출신이다. 그러나 평민이라고는 해도 이 나라에서 손꼽히는 거상인 오르소 상회의 장녀라서 금전적인 곤궁할 일은 없다. 그런 레네가 어째서 클레어 님의 메이드 같은 걸 하고 있느냐고 묻는다면, 거기엔 오르소 상회의 꿍꿍이가 얽혀있기 때문이다.

클레어 님의 아버지인 도르 님은 재무장관. 상회 입장에서는 어떻게 해서든 인연을 만들어 두고 싶은 상대다. 그래서 오르소 상회는 장녀인 레네를 클레어 님의 메이드로 삼아서 프랑소와 가문의 환심을 사려고 한 것이다.

"모처럼이니까 레이 짱한테 옷 시중을 맡겨보죠."

"싫다고요! 이 평민이 하는 일이니만큼 제대로 할 리가 없어요!"

"자자, 나중에 혹시나 제가 아프기라도 해서 클레어 님의 환복을 도와드리지 못할지도 모르니까요. 그런 일이 생겼을 때 레이 짱이 일에 미숙해서야 클레어 님도 곤란하시겠죠?"

"……그건…… 그럴지도 모르지만요."

지금까지의 대화만 봐도 알 수 있을 거라고 생각하지만, 클레어 님은 레네를 굉장히 마음에 들어 하신다. 레네는 뭐라고 할까……, 클레어 님을 다루는 솜씨가 좋은 것이다. 겸손해 보이지만 실은 클레어 님을 손바닥 위에서 굴리고 있는 것 같은 느낌이 있다. 클레어 님을 섬기면서도 사실은 손바닥 위에서 자유자재로 다루는 것처럼 느껴질 때가 있다. 그저 부드럽기만 한 아가씨는 아닌 것이다.

"레이 짱도 클레어 님을 놀리는 건 적당히 하도록 하렴. 사랑이 넘치는 건 어쩔 수 없지만."

"네."

"레네!"

"후후, 농담이에요."

명랑하게 웃는 레네는 마치 클레어 님과 자매처럼 느껴진다.

실제로 두 사람이 함께 해온 시간은 길다. 레네는 클레어 님이 철이 들기 이전부터 메이드로서 일했다. 클레어 님의 메이드는 몇 명인가 더 있었지만, 그 까다롭기 그지없는 성격 탓에 대부분이 오래 버티지 못하고 바뀌었으나 레네 만큼은 줄곧 변함없이 클레어 님을 모셔왔다.

그러한 속사정은 게임 내에서 표현되지는 않았지만, 설정자료집에 자세히 적혀있었다.

"자, 그럼 갈아입어 볼까요. 레이 짱, 클레어 님의 옷을 벗겨드리렴?"

"네. 클레어 님 잠시 실례하겠습니다."

"……."

단념한 건지 클레어 님은 나에게 몸을 맡겼다. 클레어 님이 몸에 걸치고 있는 것들은 전부 다 특별 주문된 고급품들뿐이다. 그리고 그건 파자마도 마찬가지다. 부드러운 실크로 된 파자마는, 마나 솜이 의복의 주류인 이 세상에서는 거의 한번 보기도 힘든 고급품이다.

그렇다곤 하나 내 눈에는 파자마 같은 건 전혀 눈에 들어오지 않았다. 클레어 님을 혀로 핥듯이 보고 있었기 때문이다. 변명할 여지없는 성희롱이다.

지근거리에서 보는 클레어 님은 좀 위험하다 싶을 정도로 사랑스러웠다. 그 고운 피부는 티 없는 도자기와도 같았고 키는 그다지 큰 편은 아니지만, 손발은 날씬하고 길며, 몸도 군살 없이 아주 이상적인 곡선을 그리고 있었다. 그야말로 흠잡을 곳이 없는 완벽한 미인이다. 뭐, 위로 치켜 올라간 눈초리는 호불호가 갈릴지도 모르지만.

"……시선이 음흉한 거 아닌가요?"

"실례했습니다. 클레어 님이 너무나도 아름다우셔서."

"그런 아부는 질릴 만큼 들었어요. 아직도 안 끝났나요?"

"조금만 더 훔쳐보고 싶습니다만."

"빨리빨리 하세요!"

아쉽기 그지없다.

마음을 다잡고 학교 교복을 입힌다. 왕립학교 교복은 현대 일본에서 블레이저라고 부르는 옷과 비슷하지만, 훨씬 뛰어난 디자인으로 우아한 인상을 준다.

이 세계에서는 제복이 있는 학교가 더 드물다. 제복 같은 걸 만들 의미가 없기 때문이다. 평민은 애당초 학교에 다니는 일 자체가 드물고, 귀족은 화려한 옷을 얼마든지 입을 수 있다.

그런 와중에 어째서 왕립학교는 교복을 채택하고 있는가 하면, 이 교복이 하나의 상징이나 마찬가지이기 때문이다. 이 교복을 입을 수 있다는 것은 선택된 뛰어난 엘리트들뿐. 일본의 교복은 무개성과 획일화의 상징이지만, 왕립학교 교복은 우수함과 아름다움을 상징하고 있다.

프릴과 자수를 곁들인 흰색 블라우스에 클레어 님의 팔을 넣는다.

"헤어 세팅은 레이 짱한테는 아직 무리겠네. 내가 할게."

클레어 님의 트레이드마크인 롤 헤어스타일은 천연 파마가 아

니라 매일 세팅하고 있는 헤어스타일이다. 거기엔 나름의 고집이 있는 것 같아서 나도 가발을 가지고 연습 중이긴 하지만 아직 내 솜씨로는 흉내 낼 수 없었다. 레네는 능숙하게 헤어를 세팅했다. 참고로 이 세계에는 샴푸나 린스 같은 제품들이 존재하지 않아서 머리를 감을 때 쓰는 물건은 비누뿐이다. 그렇지만 이 비누가 아무래도 현실 세계에 있는 비누와는 제조법이 다른 모양이라 샴푸나 린스를 쓰지 않아도 꽤나 깨끗하게 머리를 감을 수 있다. 흔히 있는 이세계 전생물에서는 자기가 직접 샴푸나 린스를 개발해서 단단히 한 몫 버는 전개가 많이 나오지만 그걸 따라 하려고 했었던 나는 단념해야 했다.

"역시 레네. 훌륭한 솜씨예요."

"과분한 칭찬이세요."

만족스러운 듯 거울을 보는 클레어 님은 어딜 봐도 완벽한 귀족 영애였다. 귀여워.

"자, 식당으로 가죠."

학교에서의 식사는 대다수가 식당에서 해결하고 있다. 귀족 자녀가 다니고 있으니만큼 메뉴는 꽤나 호화스러운 것들이다. 아무리 그래도 코스요리가 나오거나 하지는 않지만, 주식, 메인 반찬, 보조반찬, 스프, 디저트가 한데 모인 정식이 나온다. 평민 출신인 장학생들에게는 이 풍요로운 식사가 매일 매일의 즐거움 중 하나라고 해도 과언이 아니다.

"하아…… 빈곤한 식사로군요."

그러나 그건 일반적인 귀족과 장학생들에게만 해당하는 이야기. 태생부터 상류 귀족인 클레어 님이 만족할 수 있는 레벨은 아니다.

"그런가요? 이렇게나 맛있는데."

나는 규동 정식을 만끽하고 있었다. 클레어 님은 절대 먹지 않을 메뉴다.

"이래서 평민은…… 적어도 블루메의 코스요리 정도는 먹을 수 있었으면 좋겠네요."

블루메라는 건 지금 왕국 수도에서 가장 인기 있는 요리점 이름이다. 지금까지는 없었던 새로운 레시피를 계속해서 내놓고 있고, 귀족들 누구나가 방문하고 싶어 하는 유명한 가게다. 그러한 블루메의 코스요리쯤 되면, 한 끼 식사만으로도 평민의 연수입 절반이 날아가 버릴 정도의 고급요리다. 아무리 학교가 왕립이라 자금을 풍족하게 지원받고 있다고 해도 그런 사치를 부려서야 경영에 차질이 생길 게 불 보듯 뻔하다.

"클레어 님. 편식은 좋지 않아요."

클레어 님은 피망을 그릇 한구석에 밀어놓고 있었다.

그걸 재빠르게 눈치챈 레네가 충고했다.

"피망 같은 건 인간이 먹을 만한 음식이 아니에요. 딱히 상관 없잖아요. 이거 말고도 채소는 얼마든지 있으니까요."

"그런 문제가 아니에요. 이 식사는 백성들의 세금으로 만들어진 것입니다. 귀족이신 클레어 님은 피망을 남기지 않고 드셔야 할 의무가 있어요."

"으……."

귀족의 의무라는 말을 들으면 클레어 님도 할 말이 없어진다. 이건 한 번만 더 밀어붙이면 넘어가겠네.

"앗, 그럼 제가 대신 먹어도 될까요? 앗싸. 클레어 님과 간접 키——."

"잘 먹었습니다!"

내가 말을 채 끝내기도 전에 클레어 님은 맹렬한 기세로 포크를 움직여서 피망을 전부 입에 쑤셔 넣었다. 흠, 유감이다.

"레이 짱 제법이네. 클레어 님한테 피망을 드시게 하다니."

"이야~ 뭘 그 정도로요."

"당신, 분명히 그저 본능에 따랐을 뿐이죠?!"

식사를 마치고서 드디어 수업시간이다. 오늘은 교양 강좌였다. 설정자료집을 통째로 암기하고 있는 나로서는 지루할 뿐이다.

"그럼 이 크리 3세의 정책이 후세에 미친 영향에 대해서…… 클레어 님, 대답 부탁합니다."

교사와 학생이라는 입장이지만 클레어 님에게 경칭을 붙여서 불렀다. 귀족인 교사도 있지만 설사 그렇다고 해도 프랑소와 가문을 뛰어넘는 집안은 없다. 명목상으로는 학교에선 모두가 평등하다고 되어있어도 실제로는 명확한 신분의 격차가 존재한다는 것을 보여주는 증거 중 하나다.

"크리 3세의 식량정책은 인접국인 아파라치아의 흉작으로 인해 일어난 대기근을 신속하게 해결했어요. 하지만 그런 한편으로 왕국의 식량 인프라의 취약점이 명확하게 드러났지요. 그걸 계기로 왕국은 수입에 기대지 않기 위해, 서부 곡창지대의 개발에 힘을 쏟고 식량자급률을 향상하려고 노력한 거예요."

"아주 훌륭합니다."

클레어 님은 굉장히 공부를 잘한다. 어릴 때부터 우수한 가정교사에게 영재교육을 받았다는 점도 있다. 하지만 무엇보다도 본인이 뿌리부터 지기 싫어하는 성격이기 때문에, 가만히 내버려 둬도 스스로 공부를 하기 때문이다.

요전의 시험 때 교양 과목에서 나한테 졌기 때문에 클레어 님은 한층 더 열심히 공부하고 있었다. 악역 영애라고 하면 이미지가 안 좋지만, 그녀는 굉장한 노력가다. 프랑소와 가문에서 지시받은 내 메이드 업무 중에서는 클레어 님의 가정교사 역할도 포함되어 있지만, 지금 현재로서 내가 가르쳐 줄 수 있을 만한 과목은 없다.

참고로 레네는 함께 강의를 듣지 않는다. 그녀는 클레어의 개인 메이드이지 학교의 학생이 아니기 때문이다. 참고로 학교에는 학생들이 거주하는 학생 기숙사 옆에 시종들이 거주하는 시설이 마련되어있어서, 레네는 거기에서 클레어 님이 있는 곳을 오가고 있다.

클레어 님이 강의를 받는 동안, 레네와 같은 메이드들은 일을 하고 있다. 주인의 옷을 세탁하거나, 가문과 연락을 하거나, 겨울의 사교 파티를 대비해 정보 수집을 하는 등, 일에는 끝이 없다. 나는 메이드이면서 동시에 학교의 학생이기도 하므로 그런 일들은 레네에게 맡기고 교내에서 클레어 님을 보좌하고 있다.

애초에 일다운 일은 나한테 시켜주지도 않지만.

"저도 빨리 클레어 님한테 이런 짓, 저런 짓 하고 싶어요. 많은 지도편달 부탁드립니다."

"당신이 그런 식으로 말하는 동안에는 아무것도 맡기지 않을 건데요?"

오전 중으로 강의가 끝나고 오후부터는 자유시간이다. 이런 부분은 일본의 학교와 다르게 꽤나 스케줄이 너그럽다. 숙제 같은 나쁜 문화도 없고 공부하고 싶은 자는 알아서 공부하고 하기 싫은 사람은 자기 편한 대로 시간을 보낸다. 자유시간을 어떻게 활용할지는 개인마다 차이가 있지만, 대략적인 경향으로 보자면 귀족 중심인 내부 진학생들은 사교에 힘을 쏟고, 평민 중심인 외부 편입생들은 공부에 전념하는 모양이다. 나 같은 경우에는 외부 편입생이긴 하지만 현재는 클레어 님의 메이드다. 클레어 님이 가는 곳에 나도 함께하게 되니까 당연히 클레어 님의 행동에 따라서 내가 하는 일도 정해진다는 뜻이다. 클레어 님은 사교를 굉장히 좋아하시는 분이기 때문에 주변에는 언제나 많은 사람이 모여든다. 분명 성격은 거칠지만, 귀족적인 사귐에 있어선 매우 능숙하신 분이기도 하다.

"클레어 님, 블루메의 신작 과자 소식은 들으셨나요?"

"물론이지요. 이미 시식해 보았는걸요? 역시나 블루메다워요. 이번 과자는 초콜릿이라는 이름의 과자였는데 달콤하면서도 쌉싸름한 풍미가 있는 아주 신기한 과자였답니다."

"어머나! 이미 드셔보셨다니. 역시 클레어 님이세요."

"학교에도 몇 개쯤 가져왔으니까 흥미가 있으시다면 나중에 방으로 보내드릴게요."

"로레타 님만 주시다니 너무해요. 저도 조금 나눠주세요."

"저도 부탁드려요."

아가씨들의 오늘 이야기 주제는 과자에 대한 것인 모양이다. 이 세계에서는 설탕이 아직 귀중품이라서 귀족들 사이에서만 맛볼 수 있다. 그렇기 때문에 당연히 달콤한 과자는 고급품에 속한다.

"당신은 참 좋겠군요. 클레어 님의 곁에 붙어있다니. 클레어 님이 뭐라도 베풀어주시나요?"

"오호호호. 농담으로라도 그런 말 하지 말아 주세요, 피피. 이 자는 어디까지나 메이드일 뿐. 제가 그런 온정을 베풀 필요는 없어요."

"어머 그랬었죠."

메이드가 됐다는 점에서 내가 평민이라는 사실을 새삼 강하게 의식한 건지 약간 얌전해졌었던 병풍들이 나한테 깔짝깔짝 시비를 걸어왔다.

하지만——.

"과자 같은 걸 주시지 않더라도, 클레어 님이 입었던 블라우스만 가지고도 밥 세 그릇 뚝딱입니다."

"엄청 기분 나쁘거든요?!"

내가 요만큼도 기죽지 않자, 다시 점점 기세를 잃어간다. 참고로 이 세계의 주식은 빵이다. 밥은 꽤나 사치품에 속한다.

"클레어 님……. 저기, 이런 말씀 드리긴 뭐하지만 저런 자를 곁에 두셔도 괜찮은 건가요?"

추종자 중 한 명이 걱정스러운 듯이 말했다.

"저도 어쩔 수가 없어요……. 저도 싫다고는 말했지만, 아버님이 잘 길들여 보라고 말씀하신걸요."

시무룩하게 클레어 님이 낙담하는 몸짓을 하며 추종자들의 동정을 사고 있었다.

과연 그렇군. 이럴 땐 분명,

"그 마음은 저도 이해합니다."

"지금 당신 얘기하는 거거든요?!"

나도 같이 위로해 드렸더니 혼나고 말았다. 화내는 얼굴도 멋지십니다. 넵.

"레이 쨩은 정말로 클레어 님을 좋아하는구나."

강의가 끝난 후에 우리와 합류한 레네가 즐거운 듯이 웃었다. 그녀는 능숙한 솜씨로 아가씨들을 위한 차를 준비하고 있었다.

"아뇨, 좋아함이 아니에요."

"어?"

내 대답에 레네 뿐만 아니라 추종자들인 아가씨들, 거기에다 클레어 님까지도 의외라는 표정이었다.

"어라? 클레어 님. 지금 약간 쓸쓸한 표정이셨죠? 그런 표정 지으신 거죠? 드디어 부끄러워하시는 건가요? 부끄럼기가 찾아오신 건가요?"

"찾아오지 않았어요! 애초에 부끄럼기라는 건 대체 뭔가요."

이거 참 이상하네. 한순간이지만 그런 표정으로 보였었는데.

"저는 클레어 님을 그냥 좋아하는 게 아닙니다. 진짜 정말 좋아하는 겁니다. 오히려 사랑하고 있습니다."

"히익……!"

"어머머."

클레어 님과 추종자들이 질겁하고 있는 와중에 레네만이 태연하게 있었다. 이 사람도 꽤나 별난 사람이다.

"평민."

"저는 레이입니다. 클레어 님."

"지금부터 제가 하는 말을 들어준다면, 이름으로 불러주는 것도 한번 고려해 보도록 하겠어요."

흐흥, 하고 클레어 님이 웃었다.

"뭔가요?"

"저를 좋아한다든가, 사랑한다든가, 그런 헛소리를 그만둬 주세요."

"싫어요."

"바로 거절하는 건가요?!"

그렇지만 진짜로 좋아하는걸.

"애당초 당신. 저랑 만난 지 아직 얼마 되지도 않았잖아요."

"아──, 클레어 님 입장에서 보기엔 그러네요."

"당신은 다르나요?"

"저는 클레어 님의 머리부터 발끝까지 전부 다 알고 있으니까요."

게임은 물론이고 설정자료집, 거기다 덕심으로 2차 창작까지 전부 다 읽었으니 말이지.

"······이렇게나 심술궂게 구는데도 잘도 그런 소리를 계속하는군요."

"앗, 자각은 있으시네요."

"시끄러워요!"

"그렇지만 역시 클레어 님이라면 그러셔야죠. 좀 더 매도해주세요."

"······당신, 정말로 살짝 정신이 이상한 거 아닌가 싶어요······."

물론 그렇지 않다. 그저 클레어 님을 너무 사랑하고 있을 뿐이다.

저녁 시간이 되어서 사교모임도 일단락되자, 우리들은 기숙사로 돌아왔다. 저녁밥은, 아침, 점심과 마찬가지로 식당에서 해결했다.

그리고——.

"이게 있다니 정말로 멋져."

"누구한테 말하고 있는 건가요?"

머리를 묶어 올리고 있는 클레어 님의 의아하다는 목소리가 벽에 반향되어 울렸다. 주변은 뜨거운 온기로 가득 차 있어서 클레어 님의 완벽한 바디라인이 잘 보이지 않는다.

이미 알 거라고 생각하지만 이곳은 목욕탕이다. 놀랍게도 학교 기숙사에는 목욕탕이 있었다. 대량의 따뜻한 물을 데우는 일은 쉽지 않기 때문에 평민 가정은 물론이고 귀족 집안조차도 목욕탕이 있는 집은 흔치 않다. 학교에 목욕탕이 있는 이유는 왕도에서 조금 떨어진 곳에 화산지대가 있기 때문이다. 즉, 이건 그저 단순한 목욕탕이 아닌 온천탕이라는 말이다.

"이 무슨 사치인지."

"후후, 분명 그렇군요. 평민에게는 과분한 곳이죠."

"클레어 님도 레이 쨩도 춥지 않나요?"

나의 한마디 한마디에 깍듯이 트집을 잡아주시는 클레어 님. 그리고 그런 짓을 하느라 알몸인 채로 서 있는 우리 두 사람을 어처구니없다는 듯이 바라보고 있는 레네가 있었다.

"엣취. 그러네요. 자 빨리 몸을 씻고 들어가도록 하죠. 레네."

"알겠습니다."

레네는 스폰지에 비누 거품을 묻혀 클레어 님의 등을 닦기 시작했다.

"레이 쨩은 머리 감는 걸 도와줄래?"

"이상한 짓 하면 한 대 때릴 거니까요."

전혀 신용 받지 못하는 나였다. 비누를 손에 들고 거품을 낸다. 앞에서도 말했었지만, 지구의 비누와는 조금 다른 모양이라서, 거품도 잘 나고 향기도 훌륭하다.

"클레어 님, 잠시 실례할게요."

"……."

아무 말 없이 고개를 끄덕이는 클레어 님의 금빛 실타래 같은 머리카락을 정중한 손놀림으로 감겨드렸다.

"……어라, 제법 잘하네요?"

의외라는 반응인 클레어 님. 그저 머리를 감겨드릴 뿐만 아니라, 두피를 가볍게 마사지하는 것도 섞어봤는데 이게 제법 마음에 드신 모양이다.

"익숙한 것 같네요?"

"네에, 뭐."

나는 지금 삶에선 무남독녀지만, 전생에서는 나이 차이가 제법 나는 동생이 있었다. 그러다 보니 동생과 함께 욕실에 들어가는 일이 많았기 때문에 머리를 감아주는 요령은 잘 알고 있다.

샴푸 모자를 사용하는 건 초보다. 능숙해지면 거품을 흘러내리지 않게 하면서 머리를 감아줄 수 있다. 더군다나 이 세계의 비누는 거품이 잘 난다. 클레어 님의 눈에 비눗물이 들어갈 만한 일은 없다.

"됐습니다. 그럼 헹굴게요."

클레어 님이 눈을 감는 걸 확인하고 나서 머리 위로 따뜻한 물을 쏟았다. 깨끗하게 거품이 씻겨 나가자, 반짝반짝 깔끔한 아가씨가 완성이다.

옷을 갈아입힐 때도 봤지만 정말로 예쁜 사람이다. 내 성적 취향은 일단 제쳐두고서도, 같은 여자가 봐도 한숨이 나올 정도의 아름다움이다. 글래머러스 하다고 할 수는 없으므로 남성들이 보기에는 조금 모자랄 수도 있지만 과함도 부족함도 없는 이상적인 모델 체형이다.

"……당신 시선이 어쩐지 음흉한 거 같은데요."

"기분 탓입니다."

사실 기분 탓이 아니지만 말이지.

몸을 깨끗이 씻고 나서 욕조에 잠기자 클레어 님은 "후우" 하고 숨을 내쉬었다.

"클레어 님, 할머니 같아요."

"무, 무례하긴! 지금 건 조금 숨을 강하게 내쉬었을 뿐이에요."

"뭐, 그런 걸로 해둘까요."

"……이게……!"

"자자, 클레어 님. 목욕할 때만큼은 힘을 빼고 즐겨보죠."

내가 장난을 치고, 화를 내는 클레어 님을 레네가 다독인다. 이 구도는 앞으로도 계속될 거 같다.

충분히 몸을 담근 후에 옷을 갈아입고 나자 다음은 잘 시간이다. 레네는 메이드용 기숙사로 돌아가고 클레어 님은 침대에 누웠다. 참고로 아래쪽 침대가 클레어 님이고 룸메이트인 다른 아가씨는 위쪽 침대다.

클레어 님은 고소 공포증이 있기 때문이다.

"그럼 안녕히 주무세요. 클레어 님."

"알겠어요."

"굿나잇 키스는 필요 없으신가요?"

"그런 짓이 메이드한테 허락될 거라 생각하는 거예요?!"

"아뇨, 그냥 한번 말해봤을 뿐입니다."

"……정말이지 이 평민은……. 빨리 주무세요."

"네, 안녕히 주무세요."

나는 언제나 클레어 님이 주무실 때까지 옆에서 지켜본 후에 내 방으로 돌아간다.

잠시간 침묵이 찾아왔다.

"아직 거기에 있나요?"

5분 정도 지났을까. 클레어 님이 입을 열었다.

"네에."

"……그래요…….."

그렇게 말하고 나서는 다시 입을 다무는 클레어 님. 무슨 일일까, 하고 생각하고 있었더니.

"당신은 어째서 저를 좋아한다는 둥 말하는 건가요?"

그런 물음을 던졌다.

"네? 그야 클레어 님이 너무 귀여우니까 그렇잖아요."

"외모가 마음에 들었다. 라는 의미인가요?"

"아니요. 성격도 사랑하고 있습니다."

"……."

내가 본능에 맡긴 채 대답했더니 클레어 님은 다시 침묵에 잠기고 말았다. 조금 전 말을 보충하는 게 좋을까 하고 생각하고 있었더니 다시 클레어 님이 말문을 열었다.

"저는 이렇게 보여도 저 스스로에 대한 걸 잘 알고 있다고 생각해요."

그 말투에는 살짝 자조하는 기색이 섞여 있는 것 같았다.

"저는 다른 사람한테 사랑받을 만한 성격이 아니에요."

"그렇지는——."

"빈말은 필요 없어요. 그렇기 때문에 당신이 진짜로 원하는 게 뭔지 알고 싶은 거예요."

클레어 님의 목소리는 진지했다.

진지하게 스스로가 타인에게 사랑받지 못할 거라고 생각하고 있는 것이다.

"클레어 님. 저는 클레어 님을 좋아하기 때문에 곁에 있는 거예요. 그 외에 다른 뜻은 없습니다."

"……계속해서 시치미를 뗄 생각인 거군요."

실망감이 가득한 목소리에 나는 곤혹스러워졌다.

"믿어주실 수는 없는 건가요?"

"네."

"그럼 믿어주실 수 있도록 노력하겠습니다."

"……."

클레어 님한테서는 잠시 아무런 대답도 돌아오지 않았다. 잠드신 건가 싶어서 나도 그만 방으로 돌아가려고 했다.

"……좋을 대로 하세요."

방을 나설 때 어둠 속에서 울려 퍼진 그 목소리는, 굉장히 쓸쓸하게 느껴졌다.

오후의 사교 시간. 귀족 자제들로 넘쳐나는 학교 로비에서 한 무리의 남성들이 즐겁게 떠들고 있었다.

그 중심에 있는 사람은 로드 바우어. 이 나라의 제1왕자다.

이전에도 말한 적 있지만 그 성격을 한마디로 표현하자면 이 몸 최고. 꺾이지 않고, 흐트러지지 않고, 그저 앞으로 나아갈 뿐. 내가 대하기 힘들어하는 타입의 사람이다.

그런 로드 님의 주변에는 사람들이 끊이질 않는다. 평민이나 어중간한 귀족들로서는 황송해서라도 가까이 다가오는 것조차 할 수 없지만, 상급 귀족들은 어떻게 해서든 인연을 만들어 보고자 모두가 필사적이다. 다만, 항상 많은 여성에게 둘러싸여 있는 유 님과는 다르게 로드 님은 남자들과 함께 있을 때가 많다. 이성과의 로맨스보다도 동성 친구들과 짓궂은 장난을 치는 게 아직 더 재밌을 나이인 것 같다.

"오——. 레이잖아. 너도 이쪽으로 오려무나."

뭐, 그렇다고는 해도 당연히 예외는 있다. 그는 자기 스스로가 재미있다고 판단한 사람이라면, 성별과는 관계없이 가까이 두고 싶어 하는 성격이다. 나는 요전 시험에서 그의 흥미를 사 버리고 말았다. 오늘 나는 클레어 님의 시종 역으로 로비에 지금 막 도착한 참이지만, 운 나쁘게 로드 님께 붙잡혀 버리고 말았다.

"아뇨. 저는 클레어 님의 시중을 들어야 해서요."

"저는 괜찮은데요? 모처럼 로드 님이 친히 말을 걸어주셨으니 다녀오도록 하세요."

그렇게 말하는 클레어 님의 진짜 속마음은, 어디든 좋으니 저리 좀 가주세요, 인 것이다. 레네도 쓴웃음을 짓고 있었다.

"아뇨. 저는 언제나 클레어 님의 곁에 있겠습니다. 어떤가요? 이 충성심이. 뭔가 상이라도 주세요."

"그런 거는 자기 입으로 직접 말하는 게 아니잖아요!"

응, 클레어 님은 오늘도 맑고 고운 목소리로 태클을 넣어주신다.

"그럼 클레어도 같이 오면 되는 거지. 오늘은 마침 체스를 두는 중이다."

"로드 님이 너무 강하셔서 아무도 상대가 안 되거든."

같이 동석 중이던 귀족 청년이 그렇게 말했다.

체스인가. 같이 있는 귀족들이 접대게임을 하고 있어서 지고 있는 게 아니다. 정말로 로드 님이 강하기 때문이다. 로드 님은 어릴 적부터 군을 지휘하게 될 일도 염두에 넣어두고 교육을 받았기 때문에 체스는 그 기초 소양으로서 중점적으로 배워왔다.

"클레어도 제법 강했었지? 한판 어떠냐?"

"저는 사양하겠어요. 로드 님의 적수가 될 수 없는걸요."

지는 걸 엄청 싫어하는 클레어 님이 자신은 이길 가망이 없다고 말할 정도로 로드 님은 강하다. 이걸 보면 로드 님이 얼마나 강한지 조금은 짐작이 갈 거라고 생각한다.

"레이는 어떠냐?"

"저는…… 뭐, 취미 수준으로는 하죠."

"한판 같이 둬 보자고. 흥미가 있거든."

"하아…… 상관은 없지만요."

그런 흐름으로 인해 로드 님과 체스를 두게 되었다.

"……."

"체크입니다."

"평민…… 당신……."

클레어 님이 로드 님의 앞에서 평민이라는 멸칭을 무심코 입에 담았다는 사실에서 그녀가 지금 얼마나 동요했는지가 간접적으로 전해진다. 주변의 귀족들도 술렁이고 있는 것 같았다. 게임의 전개는 거의 일방적으로 내가 밀어붙였다. 로드 님의 킹은 아까부터 궁지에 몰려있다.

"……."

로드 님은 평소에 보여주는 여유로움을 잃고서, 진지한 얼굴로 체스판을 바라보고 있었다. 다음에 룩을 어떻게 움직이느냐에 따라서 승부가 결정된다.

"레이…… 너 강하구나."

"그 정도는 아닙니다."

"겸손은 됐어. 내가 이렇게까지 고전했던 건 유랑 됐을 때 이후로 처음이다."

당연하지만 유 님도 체스를 즐기고 계신다. 그리고 로드 님 정도는 아니지만 정말로 강하다.

"그냥 져드릴까요?"

"잠깐, 당신! 불경하잖아요?!"

클레어 님이 화를 내셨다. 하지만 나는 알고 있었다.

"아니, 분명 너는 강하지만…… 그렇다곤 해도 나만큼은 아니야."

그렇게 말하고서 로드 님은 룩을 움직였다. 로드 님의 룩은 그의 킹과 내 킹의 한가운데에 서서 체크를 걸고 있던 퀸을 따내듯이 움직였다.

"체크 메이트다."

이미 예상하고 있던 전개였지만, 일단 수읽기를 해본다. 여기서 룩을 비숍으로 잡아내도 그 위치로 비숍이 가면 나이트의 먹이가 될 테고 몇 수만 더 지나면 킹이 잡혀버린다. 킹이 도망쳐도 룩이 그대로 내 진영에서 날뛰면 이쪽은 너덜너덜해질 뿐. 그러다가 몇 수 후에는 폰이 퀸으로 승급해서 체크 메이트 당한다. 패배 확정이다.

"졌습니다."

"오오오!"

화려한 역전극에 관중들이 환호한다. 로드 님은 만족스러운 듯이 웃었다.

"이야, 정말 아슬아슬했었군."

"아뇨. 중반부턴 계속 이렇게 될 거라고 수를 읽고서 움직이고 계셨죠?"

"뭐야, 눈치채고 있었던 건가."

"네에. 제 패착은 중반에 룩이 비숍을 따냈던 부분이 아니었나 싶네요."

"그렇지. 그건 확실히 불찰이었다."

같은 식으로 감상을 나누고 있었더니, 여러 귀족의 나를 보는 시선이 달라졌다는 걸 깨달았다. 이런. 너무 건방져 보였던 걸까?

"너 정말 강하잖아!"

"로드 님을 이렇게 몰아붙이다니 유 님과 비슷한 수준 아니야?"

"나와도 뒤 보자고!"

그 걱정은 단순히 기우로 끝난 모양이지만 어쩐지 이해하기 힘든 반응들이었다. 여기 모여 있는 청년들은 어딘지 모르게 로드 님과 비슷한 느낌이 든다.

"자자 기다리도록. 이런 격렬한 일전을 치르고서 연속으로 하는 건 힘들겠지. 오늘은 여기까지 해두자고."

드물게도 로드 님이 어른스러운 발언을 했다. 아슬아슬한 격전을 이겨내서 기분이 좋다는 점도 있겠지만, 이런 식의 대국적이고 객관적인 판단을 할 수 있는 건 로드 님의 타고난 천성일 것이다.

"그나저나 정말로 강하군. 평민인데도 체스를 둬 본 경험이 있는 건가?"

"아뇨. 저희 집에서는 한 번도 둬 본 적이 없습니다. 룰 자체는 알고 있긴 하지만요."

"……뭐라고?"

로드 님이 나를 물끄러미 바라보았다. 나는 거짓말은 하지 않았다. 레이 테일러의 본가에는 체스 판 따위는 없었기 때문에 체스를 둬볼 기회 같은 건 한 번도 없었다. 하지만 예전에도 설명했었지만 나는 전생에 취미가 게임이었고 체스도 보드게임의 일종이니만큼 취미의 일환으로 꽤나 많이 즐겼었다.

거기다가, 이번에 이 정도로 선전할 수 있었던 데에는 이유가 있었다. 〈Revolution〉의 미니게임 중에도 컴퓨터 체스가 있어서 나는 그것도 열심히 파고들었기 때문이다. 컴퓨터 체스에는 몇 개인가 패턴이 있어서, 가장 약한 세인 님 AI부터 가장 강력한 히든 유 님 까지 있었다. 각각의 AI마다 공격 방법, 수비 방법에 특징들이 있었고, 히든 유 님 이외에는 여러 번 하다 보면 거의 다 이길 수 있다.

그래서 사실은 나는 이번에 로드 님을 충분히 이길 수 있었다. 하지만 여기서 이겨버리면 또다시 로드 님의 나를 향한 호감도가 올라가 버리기 때문에 일부러 상대를 치켜세워주면서 승리를 양보했다. 내 목적은 클레어 님을 사랑으로 보듬는 것이지, 결코 잘난 맛에 사는 왕자를 공략하는 게 아니다.

여담이지만 사실은 체스가 가장 강한 건 전력을 다하는 유 님 —— 통칭 히든 유 님이다. 게임 내에서는 로드 님에 이어 2등으로 만족하고 있는 유 님이지만, 사실 진심으로 임하면 가장 강하다. 미니게임 속의 히든 유 님도 여성향 게임이라고는 생각할 수 없을 정도의 완성도를 자랑하며 매우 강력하다.

"거의 처음이나 마찬가지인데 그렇게 강하다고?"

"아뇨, 둬 본 경험 자체는 있습니다. 다른 곳에서지만요."

"……?"

"자 그럼 클레어 님. 이제 슬슬 식사하실 시간입니다. 로드 님이만 실례하겠습니다."

그렇게 말하고서 자리를 뜨려고 했는데,

"또 두자꾸나. ……이번에야말로 본 실력으로 말이지?"

하고, 로드 님은 짓궂은 웃음을 지으며 말했다. 아, 이건 손대 중을 한 걸 들킨 거구나.

"기회가 있다면요."

나는 계속해서 시치미를 떼면서 로비를 떠났다.

"평민…… 당신, 정말 뭐 하는 사람인가요?"

식당으로 향하는 도중에 클레어 님이 그런 질문을 던졌다.

"뭐하는 사람이라니요 클레어 님의 귀엽고도 사랑스러운 노예 인데요?"

"또 그런 식으로 얼버무리고……. 뭐 됐어요. 언젠가는 그 내 숭덩어리 가면을 벗겨주고 말테니까요."

"기대하고 있겠습니다."

딱히 숨기고 있는 건 아무것도 없지만 클레어 님이 나한테 흥미를 가져주신다면야 더할 나위 없다. 그런 의미에서는 계기를 제공해준 로드 님한테 감사해야 하려나.

"그나저나 아까의 충성심에 대한 상은요?"

"없어요!"

제3왕자 유 바우어. 3명의 왕자 중에서도 가장 왕자님이라는 단어가 어울리는 The 프린스님이다. 온화한 성격과 부드러우면서도 상큼한 외모로 여성 귀족들의 관심을 한몸에 받는 그는,

사실 대단한 책략가이기도 하다. 상대를 치켜세우고 자신을 낮추는 것으로 방심을 유도하면서 뒤로는 상대를 원하는 대로 조종하는 일면이 있다. 그런 성격은 어쩐지 레네랑 닮은 부분도 있다고 생각한다.

유 님도 로드 님과 마찬가지로 언제나 사람들한테 둘러싸여 있다. 다만 다른 점이 있다고 한다면.

"유 님. 남쪽 지방에서 좋은 홍차를 들여왔어요. 한번 드셔보시겠어요?"

"어라, 이건 귀한 물건이구나. 유세의 집은 남부 교역지대에 있었지. 고마워."

"저는 블루메의 신작 과자를 가져왔어요. 초콜릿이라는 이름인 모양이에요."

"헤에? 잘 먹을게. ……음 맛있어. 쌉싸름한 풍미와 향이 정말로 멋지구나. 고마워 미르."

"아이, 유 님. 저는요——."

그녀는 여성들에게 굉장히 인기가 있다는 점이다. 아니, 물론 로드 님도 인기가 있긴 하지만 앞에서도 서술했듯이 그분은 동성 친구들과 놀고 있는 경우가 많다. 플레이어에게는 로드 님이 부동의 인기 넘버 원이지만 게임 내에서 인기도를 측정한다면 유 님의 승리다. 세인 님?

그분의 좋은 점은 아는 사람끼리 알면 충분하다고 생각해.

"체크예요."

"그렇게 나오셨군요."

그런 화사한 유 님 일행과는 일절 관계없이 나는 클레어 님과 체스를 두고 있었다. 아무래도 로드 님과의 대국으로 인해 클레어 님의 지기 싫어하는 성격에 불이 붙어버린 모양이라서, 그 후로 틈만 나면 체스로 도전해 오신다. 지금 현재 내가 클레어 님한테 가르쳐 드리고 있는 유일한 분야, 라고 말할 수 있는 게 체스다.

현재 국면은 내가 수세에 몰려있는 상태. 여기서 한 수만 실수해도 그대로 형세가 무너져 내리게 된다.

"그럼 저는 이렇게 둬 볼까요."

"으윽……."

내 나이트의 움직임에 클레어 님이 신음을 흘렸다. 팽팽했던 형세가 내 쪽으로 유리하게 넘어왔다. 클레어 님의 두는 방식은 명확하다. 그저 무조건 공격할 뿐── 그걸로 끝이다. 그러므로 클레어 님을 상대할 때 생각해야 할 것은 그다음 수, 즉 카운터를 넣는 것이다. 미니 게임을 통해 클레어 님의 공격 방식을 숙달하고 있는 나로서는 그다지 어려운 작업이 아니다. 대전 전적은 20전 17승 3패. 승률은 낮지 않다.

하지만 걸고 넘어가야 할 부분은 승률이 아니다. 로드 님과의 대국 이후로 아직 1주일도 지나지 않았는데도 벌써 20국이나 뒀다는 사실에 주목해야 한다. 클레어 님이 얼마나 지기 싫어하는 성격인지 새삼 알 수 있는 부분이라고 해야 할까.

"흐—음……. 클레어, Qf4란다."

"네……? 앗!"

생각에 잠겨있던 클레어 님의 고민을 끊어준 사람은 유 님이었다. 게다가 저 한마디는 치사하다. Qf4라는 건 체스 말을 이동하는 방식을 말한다. Q는 퀸, f4는 체스판 위의 특정 지점을 나타낸다. 내 쪽의 수비를 무너뜨리면서 단번에 형세를 클레어 님 쪽으로 가져오는 강렬한 한 수였다.

"고맙습니다. 유 님. 하지만 승부가 한창일 때에 훈수는 사양하겠어요. 저 스스로 깨달을 수 있으니까요."

"아하하, 미안, 미안. 레이가 너무 클레어를 괴롭히고 있었으니까 말이지."

"네?"

놀란 얼굴이 된 클레어 님.

"레이는 일부러 클레어가 공격해 오도록 유도하고 있어. 그렇게 해서 자신한테 유리한 장소까지 오도록 유인하는 거지. 레이한테 이기고 싶다면 공격 방식을 좀 바꿔보는 게 어떨까 싶네."

"당신 그런 비열한 짓을 했단 말이에요?!"

"네. 하지만 대국 후의 해설 때 몇 번이고 설명해드렸는데요."

몇 번이고 설명해 드려도 공격 방식을 바꾸지 않는 데다 유도해 오는 족족 다 걸려들고 마는 부분까지 전부 클레어 님답다.

"잠깐 기분 전환을 하지 않을래? 모두 함께 포커라도 하자고."

유 님은 트럼프를 꺼내면서 씩 웃었다. 주변의 영애들이 저도요, 저도요, 하면서 모여들었다. 은근슬쩍 미샤도 끼어있는 모습이 흐뭇하다.

"디드. 딜러를 맡아줘."

"알겠습니다."

유 님의 시종 중 한 명이 딜러 역을 맡는 모양이다.

검은 단발머리를 한 제법 고풍스러운 인상인 미남이다.

룰은 단순하다. 2번의 카드 교환으로 가장 강한 패를 완성한 사람이 승리다. 돈을 걸거나 하지는 않기 때문에, 벳, 레이즈, 콜 같은 세세한 룰은 없는 걸로 한다.

"레이는 제법 체스를 잘 둔다고 하던데. 형한테 들었어."

"뭐, 로드 님한테는 졌지만요."

"본 실력을 내지 않았다고 들었는데?"

"엣?!"

"그건 로드 님이 과대평가하시는 거예요."

유 님의 그 말에 클레어 님은 깜짝 놀란 표정이었다. 나는 끝까지 시치미를 떼고 모르쇠로 일관하려고…… 했었지만.

"레이. 너 로드 님을 상대로 손대중을 한 거야?"

미샤가 거기서 끝내지 않고 다시금 추궁했다.

"아냐. 로드 님이 잘못 생각하신 거야. 나는 전력을 다했어."

"그렇다면 괜찮지만. 로드 님은 승부가 걸린 일에 진지하게 임하지 않는 걸 가장 싫어하는 분이시니까."

잘 알고 있다. 아니 사실은 그걸 노리고 일부러 손대중했었는데 어째서 그런 반응이었던 걸까. 수수께끼다.

"후후, 역시 레이는 재미있는 아이구나."

부드럽게 웃는 유 님을 보고 주변에 있는 영애들이 언짢은 표정을 지었다. 그런 표정을 짓도 있는 영애 중에는 미샤도 포함되어 있었다. 소녀구나.

"다들 카드를 받았니? 자 그럼 첫 바퀴를 가볼까. 제일 처음은 레이부터네."

나눠 받은 카드는 클로버2, 클로버4, 하트3, 스페이드A, 스페이드7이었다. 나쁘지 않다. 아니 나쁘지 않은 수준이 아니라 스트레이트 까지 딱 한걸음이다.

"저는 1장 교환입니다."

스페이드7을 버리고 딜러에게서 카드 한 장을 받았다. 받은 카드는 스페이드 2. 원 페어다.

"다음은 미샤구나."

"저도 2장 교환입니다."

딜러가 2장의 카드를 배부했다. 나눠 받은 카드를 보면서도 미샤는 포커페이스였다. 유 님이 얽힌 일이 아니면 미샤는 언제나 쿨 뷰티인 것이다. 계속해서 다른 영애들도 차례로 카드를 교환했다. 보아하니 신분이 낮은 사람들부터 순서대로 교환하는 것 같다. 딱히 특별한 의미는 없겠지만 말이다.

"다음은 클레어구나."

"저는 1장 교환하겠어요."

클레어 님은 비교적 좋은 손 패를 들고 있는 모양이다.

"마지막은 나군. 나는 교환 없이 그대로 갈게."

이럴 수가, 무려 유 님은 교환 없음을 선언했다.

엄청나게 좋은 패가 완성된 걸까.

"자, 두 번째 바퀴를 돌아볼까. 레이는 어떻게 할 거니?"

"전부 교환하겠습니다."

"오호."

유 님이 한 장도 교환하지 않았다는 건 꽤나 좋은 패를 들고 있다고 볼 수 있다. 스트레이트로는 이길 수 없을지도 모른다. 나는 모 아니면 도라는 전부 교환에 걸었다. 결과는 아주 훌륭한 하이 카드(=망함)였다.

"미샤."

"저는 2장입니다."

그렇게 또다시 순서가 돌아가고 클레어 님의 차례가 됐다.

"1장. 교환하겠어요."

클레어 님은 받은 카드를 보자 활짝 웃었다. 알기 쉽다.

"자, 그럼 오픈해볼까. 레이는?"

"하이 카드입니다."

"후후. 운이 없었구나."

스트레이트를 노리는 게 현명한 선택이었겠지만 말이지.

"미샤는?"

"트리플입니다."

나쁘지 않은 패다. 첫 교환에서 2장을 바꿨다는 점을 생각해 봤을 때, 첫 카드부터 이미 트리플이 완성했었겠지.

다른 영애들은 나처럼 하이 카드인 사람도 있고, 잘해봐야 투 페어 정도였다.

"클레어는? 그 자신만만한 표정으로 미루어 보면 꽤나 좋은 패가 들어온 거 아닌가 싶은데?"

"후후, 저는 풀 하우스예요."

저건 확실히 활짝 웃을 만도 하다. 클레어 님한테 이기기 위해선 포 카드나 스트레이트 플러시, 또는 로열 스트레이트 플러시밖에 없다.

"자, 그럼 내 차례군. 포 카드다."

A의 포 카드였다. 이 너구리 같은 왕자가.

"어라? 레이, 뭔가 하고 싶은 말이 있는 거 같은데?"

"아뇨, 딱히요."

그야 하고 싶은 말이 있을 수밖에 없지. 제일 처음에 내가 받은 손 패에는 스페이드 A가 있었다. 즉, 이 게임에서 그는 속임수를 쓰고 있었다는 뜻이다. 잘 생각해보면 딜러는 유 님의 시종이다. 유 님은 딜러와 한패였음이 틀림없다.

"후후…… 그렇구나. 레이는 그런 식으로 반응하는구나."

유 님은 기죽지도 않고 뻔뻔스럽게 말하면서 미소를 지었다. 아무래도 정말로 기분이 좋아 보인다.

"무슨 일인가요? 레이. 당신 뭔가 한 건가요?"

"아니요. 굳이 말한다면 클레어 님이 귀엽구나하고."

"매번, 매번 그걸로 얼버무리지 말라고요?!"

그렇게 말하면서도 결국은 흐지부지 넘어가고 마는 부분이 클레어 님답다면, 클레어 님답다.

"레이. 또 같이 놀자꾸나."

"되도록 사양하고 싶습니다."

너구리 왕자의 권유를 나는 천연덕스럽게 거절했다.

　제2왕자, 세인 바우어. 나의 주인 클레어 님이 연모하는 사람이자 배배 꼬인 타입의 남자다. 외모도 그다지 나쁘지는 않지만 어딘지 모르게 그늘이 느껴진다. 약간 그늘이 있는 미청년이라고 하면 보통 인기가 높은 요소지만, 세인 님의 경우엔 그 배배 꼬인 성격 탓에 '뿌리부터 어둡다'라든가 '음침캐'라든가 그런 평판이 많다.

　나는 시험 이후로 세인 님한테 경원시 당하고 있었지만 그래도 클레어 님의 메이드라는 점 덕분에 마주칠 기회가 없는 건 아니다. 클레어 님은 어떻게든 세인 님과 교류를 지속하려고 노력하고 있기 때문이다. 예를 들어 은근슬쩍 강의시간에 옆자리에 앉는다거나, 오후 사교 시간에 어프로치를 걸어보거나, 식사 시간에 같은 메뉴를 골라서 화젯거리를 만들거나. 뭐, 그것참 정성이 갸륵하다.

　하지만 클레어 님도 우수한 분이니 만큼 세인 님 입장에서 보면 껄끄러운 상대라서 앞서 말한 대부분의 시도가 실패로 끝나고 만다. 정말로 곤란하기 그지없는 까다로운 왕자님이다. 그렇다곤 해도 언제까지나 계속 클레어 님을 피해 다니도록 둘 수는 없다.

　내 목적은 클레어 님을 사랑으로 보듬는 것도 있지만 동시에 클레어 님이 행복해지셨으면 한다. 어떻게든 해서 클레어 님의

사랑을 응원하고 싶다. 뭔가 좋은 계기가 없을까 하고 고민하고 있었을 때,

"어머? 이 소리는 뭐죠?"

"뭔가 음악 소리가 들려오네요."

클레어 님과 레네가 무슨 소리를 들은 모양이다. 나도 귀를 기울여본다.

"아······."

찬스다. 이건 게임에 있던 세인 님 이벤트 중 하나다. 세인 님은 하프를 연주하는 취미가 있는데 어느 날 주인공이 그 연주를 우연히 듣게 된다는 이벤트가 있다. 거의 모든 면에서 다른 왕자들에 비해 뒤처지는 세인 님이지만, 이 하프 연주에 관해서만큼은 월등한 기량을 뽐낸다. 일선에서 활약하고 있는 프로 연주가 못지않다. 주인공은 그 음색에 반해서 진심 어린 칭찬을 건네지만 세인 님은 솔직하게 기뻐하지 않는다, 라는 게 이 이벤트의 개요다.

"클레어 님. 이쪽입니다."

"?"

"잠깐, 레이 짱."

어떤 영애와의 다도회에 가는 도중이었던 클레어 님과 레네를 반쯤 억지로 세인 님이 있는 장소까지 유도했다. 이 이벤트를 놓치면 다음 기회는 언제 찾아올지 모른다. 약속 상대인 영애한테는 미안하지만 여기선 세인 님을 우선하도록 하자.

"잠깐만요 평민. 어디로 향하는 건가요?"

"쉿—! 자, 저쪽을 봐주세요."

건물 그늘에 숨어서 교내 중앙 정원 한쪽 구석을 슬쩍 엿보았다. 호숫가에 있는 정자. 내 예상대로 그곳에는 홀로 하프를 연주하고 있는 세인 님의 모습이 있었다.

"세인 님……."

"와아…… 멋진 음색이에요."

세인 님이라는 걸 깨달은 클레어 님과 레네가 감탄사를 흘렸다. 게임과 마찬가지로 세인 님의 연주 솜씨는 굉장했다. 섬세함의 날실과 우아한 아름다움의 씨실로 짜인 극상품의 비단과도 같은 선율에는 사람의 마음에 호소하는 무언가가 분명히 있었다.

"정말 멋져요, 세인 님!"

아직 연주하는 도중이었는데도, 클레어 님이 분위기를 못 읽고 큰소리로 칭찬의 말을 건네면서 정자를 향해 뛰어갔다.

"! ……클레어 님. 그건 잘못된 선택지라고요."

이 시점에서는 무슨 선택지를 고르더라도 세인 님이 솔직하게 칭찬의 말을 받아주는 경우는 없지만, 가장 호감도를 올릴 수 있는 방법은 연주가 끝날 때까지 듣고 나서 다가가는 방법이다. 아니나 다를까, 세인 님은 연주를 중단하고 클레어 님을 귀찮다는 시선으로 바라보았다.

"……너는…… 프랑소와 가문의……."

"클레어예요. 슬슬 기억해 주신다면 기쁘겠어요."

"……아아…… 그랬었지."

그렇게 말하면서 하프를 정리하기 시작하는 세인 님.

"어머? 더 연주하지 않으시는 건가요? 저, 좀 더 들려주셨으면 좋겠어요."

"⋯⋯이런 건 그냥 장난에 지나지 않아. 다른 사람한테 들려줄 만큼 대단한 게 못 돼."

"그런가요? 굉장히 멋진 솜씨였는데요?"

클레어 님도 레네도 입을 모아 칭찬했다.

"⋯⋯하프 같은 건 교양일 뿐 아무런 도움이 안 돼. 왕으로서의 자질과는 관계없는 거야."

그렇게 말하고는 하프를 정리해 버리고 말았다. 세인 님에게 있어서 중요한 것은 스스로가 훌륭한 왕이 되는 것이다. 그가 이상으로 삼고 있는 건 현재의 국왕인 로세이유 바우어 전하다. 하지만 세인 님은 스스로가 왕과는 거리가 멀다고 생각하고 있다. 세인 님의 하프는 정말로 훌륭한 솜씨이긴 하지만, 그는 왕으로서 필요한 능력 이외의 것들에 대해선 가치를 인정하지 않는다.

"그렇다면 국왕에게 필요한 자질을 묻는 게임이라도 해볼까요?"

"⋯⋯호오?"

내 말에 세인 님의 눈썹이 꿈틀하고 치켜 올라갔다.

"⋯⋯레이 테일러인가. 클레어의 메이드가 됐다는 건, 들었다만."

어째서 내 이름은 기억하고 있는 거야. 나 같은 것보다도 클레어 님의 이름을 기억하지 못하겠냐.

"덕분에 매일같이 행복한 나날을 보내고 있습니다."

"……그건 그렇다 치고. 왕의 자질을 묻는 게임이라는 건 뭐냐? 체스인가? 분명 너는 꽤나 솜씨가 좋다는 모양인데."

그러니까 어째서 아무래도 좋은 나에 대한 걸 알고 있는 거냐고. 그런 걸 기억할 시간이 있으면 아까부터 사랑에 빠진 소녀가 보내는 순도 100%의 질투가 담긴 클레어 님의 시선을 깨달으란 말이야.

"국왕의 자질을 묻는 게임…… 그것은."

"……그것은?"

"이른바, 왕 게임입니다."

당연히 새빨간 거짓말이다. 이런 걸로 국왕의 자질을 측정할 수 있을 리가 없다.

"……호오, 재미있어 보이는군. 어떤 게임이지?"

이미 알고 있는 분들이 많을 거라고 생각하지만 일단 설명하겠다. 왕 게임이라는 건 여러 개의 번호가 적혀있는 제비뽑기를 뽑아서 1번을 뽑은 자가 왕이 되고, 왕이 된 사람이 "○번과 △번이 □를 해라."라는 식으로 명령을 하는 게임이다. 나는 전원에게 게임에 대해 설명했다.

"……그런 걸로 왕의 자질을 잴 수 있는 건가?"

"네."

"……뭐 괜찮겠지, 한번 해보겠다."

나는 종이를 배배 꼬아서 만든 제비뽑기를 빠르게 만들고, 거기에 1번부터 4번까지의 숫자를 적었다.

"그럼 모두들, 뽑아주십시오."

세인 님, 클레어 님, 레네의 순서로 제비를 뽑았다.

나는 마지막에 남은 하나를 손에 쥐었다.

"그럼, 왕은 누―구냐?"

"……뭐냐 그건?"

"이 게임의 구령입니다. 제비뽑기 결과를 서로 알아볼 때, 모두 함께 외쳐야 합니다."

"……그런가."

"네, 그럼 다시 한번."

""""왕은 누―구냐?""""

첫 번째, 왕은―.

"나인가."

세인 님이었다. 역시 대단하다. 세인 님에게는 숨겨진 설정으로 '알아채기 힘들지만, 행운의 소유자'라는 설정이 붙어있다. 〈Revolution〉의 플레이어들이 이걸 처음 알게 됐을 때는 대체로, 세인 님의 어디가 행운인건데? 라는 반응이었다. 우수한 형제들 중간에 끼어서 자기 혼자 열등감을 품고 있는데다, 클레어 님이라는 악역 영애가 졸졸 따라다니는 그가 어딜 봐서, 하고.

운영진 측의 설명은 이렇다. 형제가 우수하다는 사실은 세인 님의 주변에 우수한 인재가 모인다고도 볼 수 있으므로, 그게 꼭 불행한 요소라고는 볼 수 없다. 오히려 행복한 일이라고 말할 수 있다. 클레어 님에 대한 부분은 설명이 없긴 했지만 어쨌든 간에 세인 님에게는 그런 식으로 일견으론 알아챌 수 없는 행운을 가지고 있다고 한다.

"자 그럼 세인 님. 명령해 주시죠."

"……음……. 그렇다면……."

세인 님은 뭘 명령해야 할지 고민하는 모양이었다. 그도 그럴게 세인 님은 왕자인데도 태어나서 지금까지 타인에게 명령을 내려 본 경험이 거의 없기 때문이다. 그는 로드 님이나 유 님처럼 숨 쉬듯 자연스럽게 왕자로서 권력을 휘두르는 일에 서투르다. 로드 님은 이 몸 최고, 유 님은 너구리, 라는 식의 차이는 있어도 두 사람 다 극히 자연스럽게 자기 자신이 왕자라는 사실을 받아들이고 있다. 그런 반면에 세인 님은 자신 같은 건 왕족에 어울리지 않는다고 생각하고 있기 때문에 다른 사람에게 명령해 본 일이 거의 없다.

세인 님은 잠시 으음 하고 신음하더니 이윽고 명령할 내용을 정한 모양이었다.

"……2번은 3번과 손을 잡는다."

"2번은 저입니다!"

"큭…… 3번은 저네요."

내가 클레어 님의 손을 잡게 됐다.

"그럼 클레어 님, 손을 내밀어 주세요."

"어쩔 수 없네요."

나는 클레어 님의 가늘고 예쁜 손을 잡았다. 너무 세게 쥐면 부러지는 거 아닐까 싶은 작고도 예쁜 손이었다. 나는 그 감촉을 만끽하면서 천천히 엄지손가락으로 클레어 님의 손등을 쓰다듬어보았다.

"꺅?! 뭐뭐뭐, 뭐하는 건가요?!"

"아뇨. 저기, 클레어 님의 매끈매끈한 손의 감촉을 맛보자는 생각이 들어서."

"그냥 평범하게 잡으라고요! 자, 이제 됐죠? 다음으로 넘어가자고요."

"그러네요. 그럼 두 번째는──."

""""왕은 누─구냐?""""

두 번째 왕은──.

"저, 저예요."

레네였다. 평민인 자신이 여차하면 왕족에게 명령을 내리게 될지도 모른다는 사실 때문에 꽤나 긴장하고 있는 것 같았다. 아까 전의 세인 님보다도 오래 고민한 끝에 말한 명령은──.

"4번이 2번의 머리를 쓰다듬어 주세요."

"……4번은 나다."

"2, 2번은 저예요."

오오, 이건 당첨이다. 레네, 굿 잡이다. 이것도 세인 님의 알기 힘든 행운…… 은 아니다.

"······귀족 여성의 머리에 그렇게 가볍게 손을 대선 안 된다고 생각한다만······."

"세인 님. 규칙입니다."

"······하지만······."

"세인 님. 저는 괜찮으니까요."

오히려 빨리해주세요. 라고 말하고 싶어 보이는 클레어 님이었다. 귀엽구나.

"······그럼 실례하겠다."

세인 님은 주저주저하면서 클레어 님의 머리 위에 손을 뻗고는 천천히 상냥하게 쓰다듬었다.

"하우으······."

클레어 님, 굉장히 만족스러워하신다.

"······이제 됐겠지. 다음이다."

시간으로 따지면 10초도 안 되는 시간이었지만 세인 님은 얼굴을 붉히고는 재빨리 손을 뗐다.

"넵. 그럼 3번째는——."

"""왕은 누——구냐?"""

3번째의 왕은——.

"앗, 저네요."

나였다. 자~ 그럼 여기서는 어떻게 해서든 클레어 님과 세인 님을 이어줄 수 있는 명령을 하고 싶다. 나는 레네를 슬쩍 곁눈

질했다. 레네는 눈을 3번 깜빡였다.

　조금 전에 레네가 왕이 되었을 때도 그렇고, 사실 나는 게임을 시작하기 전에 미리 레네와 서로 짜고 속임수를 쓰고 있었다. 둘 중 한 명이 왕이 됐을 때, 눈을 깜빡이는 횟수로 자신의 번호를 상대방에게 가르쳐주기로 서로 말을 맞춰놓았다. 그렇구나 레네가 3번인가. 그렇다면 클레어 님과 세인 님이 2번 아니면 4번. 여기서는 누가 몇 번을 뽑았는지에 상관없이 둘 다 이득인 명령을 내려 보자.

　"자 그럼 2번과 4번은 키스를 해주세요."

　"……뭐라고?"

　"자, 잠깐만요, 평민?!"

　저질러 버렸다고. 세인 님은 동공지진을 일으키고 있고 클레어 님은 당황해서 어쩔 줄 모르고 있었다.

　"……어이, 아무리 그래도 그 명령은 지나치잖나."

　"그, 그 말이 맞아요."

　"어라? 왕의 명령은 절대적인데요? 자, 빨리해주세요."

　"……알겠다."

　"세인 님?!"

　세인 님의 생각지도 못한 발언에 클레어 님은 눈이 휘둥그레졌다.

　"그럼 키스를——."

　"……그게 아니야."

　"세인 님?"

세인 님의 딱딱한 말투에 클레어 님은 살짝 겁먹은 목소리를 흘렸다.

"……이 게임. 왕의 자질과는 아무 관계도 없는 거지?"

세인 님이 나를 노려보았다.

"……나를 놀린 것이냐?

경우에 따라선 용서하지 않겠다. 라고 눈으로 말하고 있었다. 후우, 이정도가 한계인가.

"역시나 세인 님이십니다."

"……뭐라고?"

"이 게임의 본질은, 그야말로 그 사실을 깨닫느냐 아니냐에 있습니다."

당연히 새빨간 거짓말이다. 하지만 여기서 솔직하게 말할 수는 없는 노릇이다.

"만약 그냥 그대로 세인 님이 말도 안 되는 명령에 따랐다면 세인 님은 국왕의 자질이 없다는 겁니다."

"시험해 본 거냐. 이 나를."

"그 점에 대해선 부디 용서해 주시길. 하지만 역시 세인 님은 국왕의 자질을 가지고 계십니다."

"……."

복잡한 표정을 짓고 있는 세인 님. 자신을 시험했다는 사실은 마음에 들지 않지만 왕의 자질이 있다고 타인에게 인정받았다는 사실이 기쁘기는 하다. 라고 표현해야 할까.

"……돌아가겠다."

"세인 님!"

세인 님은 무뚝뚝한 표정이었지만 나를 벌하는 일 없이 그대로 자리에서 일어나서 정자를 떠났다. 클레어 님은 그 뒷모습을 걱정스러운 듯이 바라보았다.

"레이 짱."

"왜 그래? 레네."

"지금 한 이야기는 진짜야?"

"아니. 그냥 내가 클레어 님으로 놀고 싶었을 뿐이야."

"펴, 평민! 당신은 정말이지……!"

그렇지만 세인 님은 왕자라는 지위를 내세워서 불합리한 명령을 내리지도 않았을 뿐만 아니라. 키스에 대해서도 그 자리의 분위기에 휩쓸리지 않고 확실하게 No라고 말했다. 그런 부분은 세인 님이 가진 장점이라고 생각한다. 뭐, 그의 경우에는 No라고 생각하는 부분이 너무 많은 게 옥에 티지만.

"클레어 님."

"뭔가요."

"세인 님이 머리를 쓰다듬어 주셨을 때 어떠셨어요?"

"△◆◇×○!!!"

응. 클레어 님도 즐거우셨던 모양이니 잘됐네.

"저기 레이. 너는 흔히 말하는 동성애자야?"

점심시간.

식당에서 점심을 먹고 있자니, 미샤가 갑자기 그런 폭탄 발언을 던졌다. 클레어 님과 레네는 사레가 들렸다.

"잠깐만요 미샤. 어떤 식으로 접근해도 귀찮아질 게 분명한 주제를……."

"미샤 님. 그런 건 그다지 백주대낮에 공공장소에서 얘기할 만한 주제가 아니지 않을까요?"

클레어 님도 레네도 이 주제에 대한 이야기는 그만두자고 말하고 싶은 모양이다.

"말해도 그다지 상관은 없지만 듣고 싶어?"

"절친으로서 신경 쓰이는 부분이거든."

나를 동성애자일지도 모른다고 생각하고 있으면서도 이렇게 분명하게 얘기해 주는 건 조금 감동이다. 하지만 이 주제에 대해서 얘기하면 미묘한 분위기가 되어 버리니까 말이지.

"음——……. 짐작이지만 나는 그렇다고 생각해. 지금까지 남성을 좋아해 본 적이 없기도 하고."

"……."

내가 아무렇지도 않게 대답하자, 클레어 님이 나한테서 살짝 거리를 벌렸다. 클레어 님이 떨어진 거리만큼 거리를 좁힌다. 그랬더니 다시 그 거리만큼 거리를 벌렸다.

"어째서 거리를 벌리시는 거예요?"

"갑자기 제 몸의 위기를 느꼈을 뿐이에요."

"그럴 수가. 저 아무 짓도 안 한다니까요."

"글쎄요, 어떨까요."

뭐, 동성애자를 보면 나오는 반응 같은 건 대체로 다 이렇다. 일반적으로 동성애자라는 존재는 그 성적 지향성에 대한 부분이 강조되기 때문이다. 전생을 돌이켜봐도 동성애자는 마치 모든 동성을 성적 대상으로 보는 것처럼 묘사되는 경우가 많다. 그 결과, 동성애자라고 말했을 뿐인데 "날 덮치지 말아줘" 같은 반응이 돌아온다는 뜻이다. 이 세계에는 미디어가 크게 발달하진 않았지만, 희극이나 소설 등에서 그려지고 있는 동성애자는 역시나 전생과 그다지 다를 게 없었다.

"클레어 님. 동성애자라고 해서 그런 반응은 너무 편견에 차 있다고 생각합니다."

그랬기 때문에 미샤의 반응은 의외였다.

"어떤 부분이 말이죠?"

"예를 들어, 클레어 님은 이성애자시죠?"

"당연한 거예요."

"세인 님을 좋아하시니까요."

"레이, 방해하지 말고 잠깐 가만있어줘."

혼나고 말았다. 어쩔 수 없이 잠시 입을 다문다.

"클레어 님이 남성한테서 '날 덮치지 마'라는 말을 듣는다면 무슨 생각이 드시겠어요?"

"저는 그런 변태가 아니에요!"

"그렇네요. 하지만 클레어 님이 레이한테 말씀하신 건 그것과 똑같은 말이에요."

"……아."

클레어 님은 뭔가 깨달은 표정이 됐다.

미샤의 인식은 정말로 건전하고 올바르다. 동성애자라는 건 그저 성적지향이 보통의 다른 사람들과 다를 뿐이고 그 외에 부분은 전혀 다르지 않다. 언제나 욕정하고 있는 것도 아닐뿐더러, 마구잡이로 성적인 언동을 하는 것도 아니다.

"뭐, 뭐어……. 좋아하게 된 상대가 어쩌다 보니 여성이었을 뿐이었던 거네요. 성별 같은 건 관계없다는 거겠죠."

"응? 그건 아닌데?"

"어?"

"성별은 확실히 관계가 있어."

"그, 그런 거야?"

레네가 말한 말은, 이것 또한 흔히 있는 동성애자에 대한 인식이다. 클레어 님이 품고 있는 편견이 부정적인 인식이라고 한다면, 레네는 긍정적인 인식이라고도 할 수 있는 편견이다. 바이 섹슈얼이라면 이야기가 다르겠지만 동성애자는 이성을 성적인 의미로 좋아하게 되지 않는다. 사람을 좋아하게 되는데 성별은 관계없다고 하는 건, 어쩌면 억지로 합리화하는 방법으로선 올바를지도 모르겠지만 적어도 나는 남성을 좋아하게 되지 않는다. 성별은 분명히 관련이 있는 요소다.

"그렇구나. 나도 잘 몰랐어."

"뭐, 그런 걸 알 기회도 없었을 테니까 어쩔 수 없다고 생각해."

이 세계에서는 아직 동성애는 압도적 소수파다. 편견도 강하고 이해하는 사람도 적다. 희곡이나 소설 안에서 그려지는 동성애자는 클레어 님의 인식처럼 성적으로 문란한 사람이거나, 한편으로는 레네의 인식처럼 극단적으로 미화된 존재다. 사회적 편견이나 소수자가 존재하지 않는 이상향 따위는 꿈속에서나 찾을 수 있는 세계다.

　"우리가 뭔가 좀 더 이렇게 해줬으면 한다, 싶은 건 있어?"

　"음──, 딱히 없으려나. 나는 클레어 님을 매일 귀여워할 수 있는 것만으로도 행복하거든."

　"당신이 그런 말만 계속해대니까 저도 제 몸의 위기를 느끼게 되는 거 아닌가요?"

　응. 그 점에 대해선 전적으로 내 잘못이다. 말하고 보니까 전생에서 동성애자에 대한 편견을 퍼트리고 있었던 동성애를 웃음거리로 삼는 개그맨들 같은 행동을 나 자신이 하는 거나 마찬가지다.

　하지만──.

　"그렇게 농담으로 웃어넘기지 않고서는 견뎌낼 수가 없거든요오~."

　하하하, 하고 나는 웃었다. 하지만, 이 웃음에 아무도 호응해 주지 않았다.

　"레이…… 너……."

　미샤가 걱정스러운 시선을 보냈다. 아──아. 이렇게 되니까 이런 얘기는 그다지 하고 싶지 않았는데.

"괜찮아, 괜찮아. 내 마음이 보답받지 못하는 건 매번 있는 일이니까."

그렇다. 슬픈 일이지만 엄연한 사실로서 동성애자는 절대적 소수파다. 누군가를 좋아하게 되어도 그 마음이 결실을 맺는 경우는 드물다.

하지만 그건 어쩔 수 없는 일이다. 그 누구의 잘못도 아니다. 굳이 말하자면 운이 나빴을 뿐.

또한, 연애에 있어서 괴로운 마음을 품는 건 동성애자만 그런 게 아니다. 나는 레네를 슬쩍 보았다.

"응? 왜 그래, 레이 짱?"

"으응, 아무것도 아니야."

그 부분에 대해선 언젠가 또 얘기할 날이 오겠지.

"그럼, 레이는 클레어 님에 대해 포기하고 있다는 뜻이야?"

"오늘은 꽤나 민감한 부분을 치고 들어오네, 미샤."

"기분을 상하게 했다면 사과할게."

"기분이 상한 건 아니지만 말이야. 그러네. 포기하고 있냐고 묻는다면 그렇다고도 할 수 있고 아니라고도 할 수 있으려나."

"그게 무슨 뜻이야 레이 짱?"

레네도 질문해왔다.

"클레어 님이 내 마음을 받아주실 거라고는 생각하지 않아. 클레어 님에게는 좋아하는 사람이 있고, 그걸 응원하고도 있고, 곁에 가까이 있는 것만으로도 행복하고. 그렇지만——."

"그렇지만?"

클레어 님도 묻는다.

"그렇지만, 그렇다고 해서 클레어 님에 대한 마음을 완전히 포기할 수 있냐고 한다면 그건 좀 무리겠죠."

아하하, 하고 웃으면서 농담인 것처럼 끝맺었다. 이번에도 역시나 능숙하게 얼버무릴 수 없었다. 이거 영 컨디션이 별로구나.

"뭐, 그런 거니까, 클레어 님은 지금까지 해왔던 그대로 해주세요. 저는 지금 현재의 관계만으로도 의외로 행복하거든요."

"……그래요…….."

"물론, 그대로가 아니라 저를 좋아하게 되셔도 괜찮은데요?"

"싫거든요."

"그렇겠죠——."

클레어 님이 즉석에서 부정해주신 덕분에 조금이지만 평소 같은 느낌으로 돌아왔다. 응응. 역시 이래야지, 이래야지.

"네, 그럼 이 얘기는 여기까지. 그럼 클레어 님. 언제나처럼 저랑 엉큼한 짓 하러 가시죠."

"안 하거든요?! 아니 애초에 한 적도 없거든요?!"

"에이 또 그러신다. 만담하는 것도 아니고."

"잠꼬대는 침대에서나 하세요!"

"아하하."

"……."

이제야 완전히 평소처럼 돌아왔다. 아까까지의 진지한 느낌은 연기처럼 사라졌다. 내가 클레어 님을 놀리고, 클레어 님은 화를 내고, 레네가 옆에서 달래고, 미샤가 그걸 지켜봐 준다. 정말로 평소 그대로다.

그렇다, 평소 그대로. 평소 그대로 나는 조금이지만…… 정말로 조금이지만 마음이 괴롭다.

전생에서도, 동성애자에 대한 편견을 없애려고 했던 지식인이 텔레비전에 나와서 동성애를 상품화하는 개그맨들을 비판할 때가 여러 번 있었다. 그 주장은 분명 올바르긴 하겠지. 하지만 나는 이렇게도 생각한다. 진짜인지 아닌지 확실치는 않지만 그렇게 웃음거리로라도 만들어 버리지 않고선 버틸 수 없는 사람도 있지 않을까, 라고.

물론. 그런 개그맨들이 편견을 확대하고 있는 것은 사실이다. 가능하면 편견이 없어지는 쪽이 좋다. 하지만 현실을 살아가는 동성애자 중에는 일부러 그런 편견을 바라는 것 같은 행동을 스스로 하는 사람도 일정 수 존재한다. 이유는 사람마다 제각각 다르겠지만 그중에는 분명 있을 거라 생각한다. 웃음거리로 치부하지 않으면 살아가는 것조차 괴롭다고 말하는 사람들이.

누군가를 좋아하게 되어도 보답하지 못하는 경우가 대부분이고, 아무것도 밝히지 않고 가만히 있으면 이성보다도 가까이 함께 있을 수 있지만, 좋아하게 되는 순간 누구보다도 멀어지고 만다. 그런 일들을 몇 번이고 계속 반복하는 사이에 언젠가부터 자기도 모르게 웃어넘길 수밖에 없게 된 사람들이 있는 것은 아닐까. 동성애자 전원이 그렇다고는 절대로 말할 수 없다. 하지만, 적어도 나는 그랬었다.

"클레어 님."

"뭔가요."

"저를 싫어하시나요?

오늘도 나는 클레어 님에게 그렇게 물었다. 좋아하시나요? 라고는 묻지 않는다. 물어볼 수 없다. 그 대답을 뻔히 알고 있기 때문에.

"당연하잖아요."

"그렇겠죠~."

그리고 언제나처럼 이렇게 말을 잇는다.

"하지만, 저는 좋아해요."

설령 닿지 않아도, 보답 받지 못해도, 나는 클레어 님을 좋아한다. 미래 따위는 없다. 그렇다고 해도 이 마음을 그만 둘 수는 없다.

"같은 동성애자인 사람을 좋아하게 된다면 편할 텐데 말이지──."

하지만 사랑이란, 빠져버리고 마는 것이라고 나는 생각한다. 상대를 고를 수 있는 게 아니다. 정말로 연애라는 녀석은 귀찮다.

이 세계에 있어서 마법은 최첨단 기술이다. 현대에 비유하자면 마법은 IT기술, 마도구는 최신형 가전제품과 같다고 하면 이해하기 쉬우려나. 거기다가 마도구는 가전제품으로만 쓰이는 게

아니다. 마법과 마도구는 군사나 행정에 이르기까지 폭넓게 보급되기 시작했다. 이전에도 말했었지만 이 기술을 얼마나 잘 활용하고 있느냐가 이 세계에선 국력의 차이가 되어 나타난다.

"마도구에 필요한 것이 이 마법석입니다."

교사가 가장 기본적인 마도구인 마법 지팡이 끄트머리를 손가락으로 가리켰다. 그곳에는 신비한 색의 돌이 빛나고 있었다.

마법석은 마도구 개발의 계기가 된 돌로, 사용자의 마력에 감응해서 여러 가지 현상을 일으킨다. 일반적으로 크기가 크고 순도가 높을수록 고급품이고 그럴수록 더 효과도 커진다. 어떤 나라든 마법석의 채굴과 판매는 국가의 관리 하에 놓여있고, 이 바우어 왕국에서는 왕실의 관리하에 레네의 집안인 오르소 상회가 그 발굴과 유통을 전담하고 있다. 이걸 보면 레네네 집안이 경제시장에서 얼마나 높은 위치에 있는가를 이해할 수 있을 것이다.

"자 그럼 여러분. 기본 마법탄을 만들어서 표적에 발사해주세요."

학생들은 교사의 지시에 따라서 약 25미터 정도 앞에 있는 표적에 마법탄을 쏘기 시작했다. 이 마법탄은 주로 전투용으로 쓰이는 마법이다. 군사용 마법으로선 약하지만, 호신용으로는 가장 즐겨 쓰이는 손쉬운 녀석이다. 그리고 호신이라는 건 인간 범죄자만을 상정하고 있는 표현이 아니다.

"마물의 약점은 핵심이 되는 마법석입니다. 속성에는 상성이 있고 각 속성의 상성은 서로 물고 물리는 관계입니다."

그렇다, 이 세계에는 마물이 존재하고 있다. 마물은 마법석의 발견과 함께 역사 위로 출현했다. 일반적인 학설로는 동물이 마법석을 집어먹으면 마물이 된다고 알려져 있다. 마물로 변한 동물은 변화하기 전보다도 능력이 대폭 상승하고 외형도 변화한다. 그중에서는 원래 동물이었다고는 상상할 수 없을 정도의 녀석도 있고, 옛날이야기에서나 나올 법한 존재에 가까운 녀석도 있다는 모양이다. 참고로 마법의 속성에 대한 설명은 지금은 생략하겠다.

"레이. 너 아까부터 마음이 딴 데 가 있는데 괜찮은 거야?"

"아, 미샤."

미샤가 의아해하는 표정으로 이쪽을 보고 있다. 이런, 잠시 멍해 있었다.

"아무리 2속성 보유자(듀얼 캐스터)라고 해도, 평소에 연습을 게을리하는 건 좋지 않다고?"

"그렇지, 응."

미샤는 기본적으로 언제나 성실하다. 그녀를 본받아서 나도 성실하게 마법탄의 연습을 하기로 했다. 표적을 눈에 담고서 마법 지팡이를 휘둘렀다.

"에잇."

마법 지팡이에서 흑색과 청색, 두 가지 색깔의 마법탄이 쏘아졌다. 마법에는 상징색이라는 게 있다. 토속성은 흑색, 수속성은 청색, 화속성은 적색, 풍속성은 백색, 같은 느낌으로. 일반적으로 색이 진할수록 강한 마력을 품고 있다고 말할 수 있다.

내가 방출한 마법탄이 거침없이 날아가서 두꺼운 목제 표적에 직격하더니—— 그대로 산산조각이 났다.

"……."

"……."

"아."

주변에서 쏟아지는 시선이 따갑다. 조금 힘 조절을 실수한 것 같다. 수복이 불가능할 정도로 망가져 버린 표적을 보면서, 저질러 버렸네 하고 후회한다.

"흥!"

그 직후, 내가 부순 표적의 바로 옆 표적이 화염에 휩싸여서 무너져 내렸다. 그건 물론 클레어 님이었다.

"잘난 척하지 말아 주세요. 그 정도는 2속성 보유자(듀얼캐스터)가 아니더라도 할 수 있는 거라고요?"

턱을 한껏 치켜 올리면서 소리 높여 웃는 클레어 님.

"클레어 님."

"뭔가요?"

"너무 멋지세요. 결혼해 주세요."

"어째서 그렇게 되는 건데요?!"

살짝 놀란 것만으로도 바로 씩씩대는 클레어 님이 오늘도 너무나 사랑스러워서 어쩔 수가 없는 나였다.

"이 녀석들, 긴장 늦추지 말렴. 마법은 다루는 방법이 잘못되면 위험한 기술이란다. 사용할 때는 신중하면서도 진지하게."

초로의 선생님이 온화하게 꾸짖으셨다. 응. 이건 내가 잘못이

맞다.

"죄송합니다."

"실례했어요."

나뿐만 아니라, 클레어 님도 솔직하게 사과했다. 참고로 이 선생님의 이름은 트레드라고 한다. 선생님은 마법 적성은 중간 수준이지만, 현재 왕국에서 확인된 유일한 3속성 보유자(트라이 캐스터)로, 마법 연구 분야의 1인자이다. 겉보기에는 그다지 시원찮은 초로의 아저씨…… 또는 그냥 평범한 아저씨지만 사실은 굉장한 사람인 것이다.

마법연구에 있어서 왕국은 다른 나라에 비해 한걸음 뒤처져있다. 왕국은 지금까지 주변 국가 중에서도 제일가는 군사력을 보유하고 있었기 때문에, 거기에 안주한 나머지 신기술이었던 마법의 가치를 제대로 알아보지 못했기 때문이다. 우수한 마법 연구자들은 차례로 왕국 밖으로 유출되었고, 현 국왕이 즉위한 후에 마법중시 정책을 내세운 후에도 한동안 뒤처진 상황은 돌이킬 수 없었다.

그런 상황에서 혜성처럼 등장한 사람이 이 트레드 선생님이다. 그는 어디서 배웠는지는 몰라도 우수한 마법기술을 왕국으로 가져왔다. 마법의 기초이론부터, 마법석의 채굴법, 마도구 개발 방법에 이르기까지 지금 왕국에 있는 마법기술의 기초는 전부 이 트레드 선생님이 쌓아 올린 것이다. 그럼에도 최첨단 마법기술에는 조금 뒤처져있다는 모양이니, 마법이라는 기술이 가지는 시대성을 나타내는 일화라고도 말할 수 있다.

뭐, 그런 이유로 클레어 님도 이 선생님한테는 경의를 표하고 있다. 선생님의 신분은 그 마법에 대한 공로를 통해 받은 기사 작위다. 공적인 신분으로는 공작가의 영애인 클레어 님의 발끝에도 미치지 못한다. 하지만 클레어 님은 정말로 뛰어난 사람에게는 존경을 표하는 사람이다. 물론 대항의식도 같이 불태우기는 하지만.

"여러분 마법 지팡이와 마법탄에는 익숙해지신 거 같네요. 그렇다면 계통 마법의 해설로 이동해보겠습니다."

트레드 선생님은 짝짝, 하고 박수를 쳐서 학생들을 주목하게 했다.

"마법은 개인의 선천적인 소질에 의존하는 부분이 크긴 하지만, 그래도 속성에 따라 대략적인 계통이 존재합니다."

그렇게 말하면서 트레드 선생님은 표적을 향해 손바닥을 펼쳤다.

지면이 부풀어 오르더니 토벽처럼 솟아올랐다.

"먼저 토속성은 주로 방어에 쓰입니다. 기본적으로는 토벽을 세우거나 하는 거네요. 고위 마법사가 되면, 성벽을 세울 수 있는 사람도 있습니다."

그런 다음에 선생님은 벽을 향해서 화염탄을 쐈다. 화염탄이 토벽에 작렬하자 일부가 무너졌다.

"화속성은 주로 공격. 화염 화살이나 화염탄을 발사하는 게 일반적입니다. 이것도 고위 마법사가 되면 일정 면적을 불바다로 만들 수도 있습니다."

이어서 선생님은 토벽에 다가가더니 무너진 부분에 손을 가져다 댔다. 무너진 부분이 영상을 거꾸로 되감는 것처럼 점차 원래대로 복구됐다.

"수속성은 주로 회복입니다. 상처나 병을 낫게 하는데 사용됩니다. 고위 마법사가 되면 결손된 상처도 낫게 할 수 있다고 하지만, 죽은 사람을 살리는 건 절대로 불가능합니다."

거기까지 설명하고서 선생님은 토벽을 지면으로 되돌렸다.

"풍속성은 저는 쓸 수 없습니다만, 주로 보조적인 역할로 쓰입니다. 화속성 마법과 결합되면 공격력이 향상되고, 수속성과 결합하면 회복량이 증가하는 방식입니다. 하지만 반대속성에 해당하는 토속성과는 조금 상성이 나쁘므로 조심해주세요."

선생님은 그렇게 해설을 마치고서 지금 본 것들을 각자 실제로 해보라고 지시를 내렸다. 풍속성은 개별적으로 선생님과 상담하는 모양이다. 선생님은 적성은 높지 않지만, 많은 지식을 보유하고 있기 때문에 풍속성 마법으로 무엇을 할 수 있는가에 대해서 충분한 조언을 해줄 수 있을 것이다. 풍속성의 높음 적성을 가진 미샤가 재빠르게 선생님과 상담하러 이동했다.

"여어, 레이."

"안녕."

"안녕하세요. 로드 님. 유 님."

로드 님과 유 님이 다가왔다. 세인 님은 어디 계신가 하고 주변을 둘러보니 트레드 선생님 쪽에 있었다. 그러고 보니 그도 풍속성이었다.

"화려하게 표적을 박살 내던데. 역시나 대단하군."

"우리들은 마법은 그다지 특기 분야가 아니라서 말이야. 조금 부럽다고."

"흐음……."

칭찬받아서 딱히 나쁠 건 없지만, 이 두 사람보다도 나를 칭찬해 줬으면 하는 사람은 따로 있다.

"클레어 님."

"뭔가요. 전 지금 바쁜데요?"

"칭찬해주세요."

"……갑자기 뭔가요, 당신."

클레어 님은 질렸다는 표정으로 나를 보았다. 그런 우리들의 모습을 보고 로드 님은 껄껄거렸고, 유 님은 쿡쿡대며 웃었다.

"너희들은 정말로 사이가 좋구나."

"정말 말도 안 되는 오해예요. 저는 이런 자한테 마음을 허락해준 기억이 없어요."

"그렇다는데, 레이?"

"그런 클레어 님이 정말 좋아요."

"……그냥 이제 됐어요."

클레어 님은 지친 것처럼 보인다.

"괜찮으세요?"

"누구 때문에 이렇다고 생각하는 거예요?!"

"저군요! 미안합니다! 정말 좋아합니다!"

하고, 오늘도 오늘 분의 부부만담(일방적)을 한다.

비명이 울려 퍼졌던 건 바로 그때였다.

그 마물은 반투명한 부정형의 괴물이었다. RPG게임에 흔히
나오는 슬라임을 10미터 정도 거대화한 다음 흉악하게 만든 것
같다고 말하면 어떤 느낌인지 전달이 될까. 표면은 청백색의 광
택이 나는 물렁물렁한 질감이고, 반투명하게 비쳐 보이는 체내
에는 트레드 선생님이 설명했었던 마법석의 핵이 떠 있는걸 볼
수 있었다. 슬라임은 슬금슬금 둔중한 발걸음으로 이쪽을 향해
다가왔다.

"워터 슬라임이다! 엄청 큰 녀석이야!"

누군가가 그렇게 외쳤다. 워터 슬라임 자체는 위험도 중급 정
도의 마물이다. 위협도 중급이란, 위병 대여섯 명 정도가 있으
면 토벌 가능한 정도의 위험성이라는 뜻이다. 하지만 이 워터
슬라임은 거대하다. 웬만한 집 한 채 정도 크기는 되는 거 아닐
까.

슬라임이라는 말을 들으면 모 유명 RPG에 나오는 귀여운 외
모의 몬스터를 떠올리는 사람들이 많을 거라고 생각하지만, 원
래 슬라임이라는 건 그런 약한 몬스터가 아니다. 물리 공격이
통하지 않는 데다 섣불리 접근하면 머리부터 통째로 집어 삼켜
진다. 일단 삼켜져 버리면 몸 안쪽에서 녀석을 쓰러트리는 일은
극히 어려워지고, 대부분의 경우에는 불을 사용하지 않고선 쓰
러트릴 수 없다.

"모두들 물러나세요!"

트레드 선생님이 당장 피난하라고 외치면서, 마법지팡이를 겨누고는 선두로 나섰다. 재빠르게 화염탄을 날렸지만 그건 슬라임의 표면을 살짝 그을리게 했을 뿐 그다지 대단한 데미지를 준 것처럼은 보이지 않았다. 그럼에도 불구하고 트레드 선생님은 2발, 3발 연속으로 화염탄을 발사해서 슬라임의 주의를 끌려고 하고 있었다.

"잠깐 레이, 너도 어서 물러나!"

미샤가 다급한 목소리로 피난할 것을 촉구했지만 나는 그 외침을 뿌리치고선 트레드 선생님의 옆에 나란히 섰다.

"자네! 어서 피난을!"

"저 마물은 수속성. 선생님은 녀석에게 효과적인 풍속성을 다룰 수 없으시죠?"

앞에서 잠깐 말했던 대로, 속성에는 각각 상성이 있다. [화 〉지 〉풍 〉수 〉화]처럼 마치 가위바위보처럼 되어있다. 수속성인 이 워터 슬라임에게는 풍속성 공격이 가장 효과적이다. 일반적인 슬라임에게 유효할 화속성은, 반대로 이 녀석에겐 그다지 효과를 주지 못한다.

"그 말은 맞지만, 지금은 그런 소릴 할 때가 아니야!"

"저도 가세하겠습니다."

나는 재빠르게 마법을 써서 슬라임 주변에 흙벽을 생성했다.

"이럴 수가. 저 정도의 마력 벽을 순식간에 만들어 내다니…….
초보자라곤 생각할 수 없군."

나는 이 마물 습격 이벤트에 대해 이미 다 대비를 마쳐 놓았다. 마법 수업 때뿐만이 아니라 여유만 있으면 언제나 마법 연습을 계속해왔다. 마법을 쓴다는 게 어떠한 것인지 실제로 감을 잡기까지는 조금 시간이 걸렸지만 한번 감을 잡고 나니 빠른 속도로 숙달되었다. 애당초 이 여주인공의 신체는 마법적 재능을 타고났기도 하니.

"선생님. 모두에게 공격 마법을 쏘도록 지시를."

"그, 그래."

내 마법 솜씨가 초보자는 아니라는 것을 확인했기 때문일까. 트레드 선생님은 나머지 다른 학생들에게 있는 대로 공격 마법을 퍼붓도록 지시했다.

"쏴라!"

트레드 선생님의 호령과 함께, 가지각색의 마법탄이나 마법 화살이 슬라임에게 발사됐다. 소질이나 숙련도에 따라 위력은 다소 차이가 있겠지만, 숫자 자체가 워낙 많다. 마법들이 차례차례 슬라임에게 쏟아져 내리자 연기가 피어올랐다.

"해치웠나?"

누군가가 그런 희망적인 관측을 내뱉었다. 아니 그건 상대를 부활시키는 마법의 플래그잖아. 하고 생각하고 있자니——

"구오——!"

슬라임은 건재했다. 입이 어디에 붙어있는지는 모르겠지만, 매우 화가 난 것처럼 크게 울부짖었다. 그 사납게 울리는 울부짖음에 학생들이 위축되고 말았다. 이건 마물이 가진 스킬 중

하나인 헤이트 크라이라는 스킬이다. 마력을 담은 울부짖음으로 상대를 꼼짝 못 하게 만드는 효과를 가진다. 학생들의 대부분이 움직일 수 없게 되어버린 것 같았다.

"큭……."

트레드 선생님과 나는 무사했지만 그렇다곤 해도 공격 측의 숫자가 줄어든 건 조금 뼈아프다. 이상하네. 내 시뮬레이션대로라면 내가 상대의 움직임을 막은 뒤 모두가 함께 공격하면 그걸로 끝이었을 텐데. 나는 2속성 보유자(듀얼 캐스터)니까 방벽을 전개하면서 공격 마법을 사용하는 것도 가능하긴 하지만 토속성은 이미 방벽에 세우는데 사용하고 있고, 수속성은 슬라임과 동일 속성이라서 효과를 주기 어렵다. 조금 곤란한 사태가 됐다.

"일단 물러난다! 군에게 맡기자."

"안됩니다. 헤이트 크라이 때문에 움직일 수 없게 된 학생들이 있어요. 이탈할 수 없습니다."

"으……."

이건 꽤 위험할지도 모르겠다. 참고로 게임 본편에서는 공략 대상이 멋지게 등장해서 핀치에 몰린 여주인공을 구해주게 되어 있었다. 지금은 내가 그 사람의 이름을 외쳐야 할 장면이다. 만약 이게 게임 화면이라면 지금 선택지가 표시되어 있겠지.

→ **로드**
　유
　세인

하지만 뭐, 내가 누군가의 이름을 부른다고 한다면 당연히 이 선택지 안에선 없다.

로드

유

세인

→ 클레어(NEW!)

"도와주세요. 클레어 님!"

"아…… 어……?"

갑자기 이름을 불린 클레어 님은 훌륭하게도 위축되어 계셨다. 아차~ 이 장면에서 클레어 님도 헤이트 크라이에 당한 채로 있었던 건가. 큰일 났네.

"정신 차려라! 클레어 프랑소와!"

그렇게 외치며 클레어 님의 어깨를 흔든 사람은, 놀랍게도 세인 님이었다. 다른 두 왕자들 때문에 무능하다는 인상이 있는 세인 님이지만 사실 마법에 관해선 왕자 중에 가장 적성이 높다. 그 덕분에 헤이트 크라이로부터 빠르게 회복할 수 있었던 모양이다.

"세인 님……."

"내가 원호하겠다. 너는 마법을 슬라임에게 있는 대로 퍼붓도록."

"저, 저는……."

"괜찮다. 너라면 할 수 있어."

세인 님의 속성은 풍속성이다. 공격 마법을 쓸 수 있다면 수속성인 저 슬라임에게는 가장 효과적인 속성이겠지만 세인 님은 보조 마법에 특화되어 있다. 이런 부분도 세인 님이 인기가 없는 이유 중 하나다. 하지만 클레어 님을 보조하는 쪽으로 돌린다면 든든하기 그지없다.

뭐, 아무래도 좋긴 하지만 여주인공을 내버려 두고서 둘이서 멋진 장면을 연출하고 있는 건 참아줬으면 싶다.

"아, 알겠어요!"

"좋아."

클레어 님의 눈에 생기가 돌아왔다. 기세 좋게 일어서서 세인 님과 둘이서 슬라임에게 맞선다.

"하앗!"

클레어 님이 마법의 창을 쏘았다. 세인 님을 향한 사랑을 담은 덕분인지 초 특대 화염의 창이었다.

역시 클레어 님. 높음 적성은 겉멋이 아니다. 하지만 화속성은 그냥 그대로는 수속성에게는 상성 상 좋지 않다. 그럼 어떻게 하느냐고 한다면——.

"인챈트 윈드!"

세인 님의 마법이 발동함과 동시에 화염 창의 색이 하얗게 바뀌었다. 풍속성을 부여하는 마법이다. 이걸 쓰면, 공격 마법의 속성을 변환할 수 있게 된다. 마법 초심자에겐 조금 어려운 마법이지만 세인 님 같은 왕족분들은 스스로의 호신을 위해 어릴 때부터 마법을 배웠다. 그 노력의 성과다.

초 특대 풍속성 마법의 창은 거대 슬라임의 몸 한가운데를 관통하면서 커다랗게 구멍을 냈다.

"구오오오!"

아무래도 핵에 직격한 모양이었다. 비명과 함께 슬라임은 쓰러지며 녹아내렸다.

"어떻게든…… 된 건가."

트레드 선생님이 안도의 한숨을 내쉬었다. 그리고 이어서 학생들이 커다랗게 환호성을 질렀다.

"굉장하세요, 클레어 님!"

"저런 무서운 괴물을 쓰러트리시다니!"

위축에서 회복한 클레어 님의 추종자들이 달려와서 소리 높여 클레어 님을 칭송했다. 추종자들뿐만이 아니다. 생명의 은인인 클레어 님에게 모두가 칭찬의 말을 건넸다. 클레어 님은 부끄러운 듯이, 하지만 기쁜 듯이 웃고 있었다.

그렇게 모여 있는 사람들에게서 슬쩍 빠져나가는 인물이 있었다. 세인 님이었다. 그도 이번 슬라임 격퇴의 공로자임이 틀림없지만, 초보자의 눈으로는 그의 공헌을 알기 힘들다. 트레드 선생님은 물론 세인 님의 공적을 잘 알고 있겠지만, 지금은 다른 마물의 추격을 경계하고 있던 탓에 세인 님에게 칭찬의 말을 건넬 여유가 없는 모양이다.

하지만 그런 세인 님에게 달려가는 사람이 있었다. 클레어 님이다. 클레어 님은 사람들 사이를 빠져나와서 세인 님에게 말을 걸었다.

"세인 님!"

"……."

클레어 님의 목소리에 세인 님이 귀찮다는 듯이 돌아봤다.

"저기, 감사합니다. 저 혼자였다면 저 슬라임을 쓰러트리는 건 도저히 불가능 했을 거예요."

"그렇지 않아. 나 같은 게 없었어도 너라면 괜찮았겠지. 하지만—."

그때 세인 님의 차가운 표정이 문득 온화하게 바뀌고—.

"잘 해냈구나."

라고 말하면서 살짝 미소 지으며 클레어 님의 머리를 쓰다듬었다.

"……네."

처음에는 깜짝 놀라서 경직되었던 클레어 님은, 이윽고 부드러운 표정으로 마음속에서 진심으로 기쁜 듯이 웃음 지었다.

그런 러브 코미디 풍의 공간을 벗어나서 내가 지금 뭘 하고 있느냐면—.

"아, 여기 있다."

내 눈 아래에는 조금 전의 워터 슬라임을 몇십 배는 축소시킨 것 같은 작은 물 덩어리가 있었다. 있다, 있다.

"무서워하지 않아도 괜찮아. 자, 이리 오렴."

내가 살짝 손을 뻗자, 물 덩어리가 부드럽게 흔들렸다. 이 아이는 조금 전의 워터 슬라임의 아기다. 워터 슬라임이 습격해 온 이유는, 아이를 데리고 근처를 지나던 중에 우리가 마법 연습 삼아 날린 마법 화살이 표적을 빗나가서 슬라임에 직격했기 때문이다. 즉, 그녀들(암컷이었다) 입장에서 보면 자기방어를 위한 행동이었을 뿐이다.

"괜찮아. 이리 오렴."

나는 양손으로 아기 슬라임을 살짝 들어 올렸다. 슬라임은 무척 덜덜 떨고 있었다. 아직은 무섭겠지.

실제로 마물은 길들이는 게 가능하다. 주인과 동일한 속성이여야 한다는 조건이 있기 때문에 내 경우에는 수, 토속성이기만 하면 문제없다. 이렇게 길들인 마물을 종마라고 한다.

"너를 종마로 삼을게. 여기서 계약을."

슬라임의 핵인 마법석을 만져서 마력을 주입했다. 핵은 청색에서 금색으로 바뀌었다. 금색의 핵은 종마라는 증거다.

"엄마에 대한 건 미안해. 하지만 내가 너의 엄마가 되어 줄게."

나는 슬라임의 표면을 살짝 쓰다듬었다. 차가우면서도 부드럽고 말랑말랑한 촉감이 전해져 온다.

"그렇지. 네 이름을 생각해 봐야겠네."

말은 그렇게 해도, 이 아이의 이름은 게임을 플레이하던 당시부터 정해져 있었다.

"너 이름은 레레어야."

레이＋클레어라서 레레어. 나는 좋은 이름이라고 생각한다.

"잘 부탁해, 레레어."

레레어는 마치 그 말에 대답하는 것처럼 다시 부드럽게 몸을 떨었다.

"평민! 어디 있었던 거예요!"

모두가 있는 곳으로 돌아오자. 어째선지 클레어 님한테 혼났다.

"잠깐 볼일이 있어서 끝내고 왔어요."

방금 그런 일이 있었던 직후라 다른 사람들을 겁먹게 할 수도 있으니, 레레어는 파우치 속에 넣어 놨다. 언젠가는 모두에게 소개할 날이 올까, 아무리 그래도 지금은 아니다. 여차하면 저 마물을 죽이라는 말을 들을 게 뻔하다.

"이제 돌아가려고 생각했더니 당신 모습이 안 보여서 모두가 찾고 있었다고요?"

"죄송합니다."

"흥! 이래서 평민은……."

구시렁구시렁 심술궂은 소리를 할 거라고 생각했었는데 클레어 님의 추가타가 오지 않는다. 어떻게 된 걸까, 하고 생각하고 있자니――.

"……뭐, 평민치고는 제법 잘했어요."

"네?"

"그러니까! 마물의 움직임을 잘 막아줬다, 라고 말하고 있는 거예요!"

어머, 어머. 이거, 이거.

"부끄럼기군요. 드디어 오신 건가요."

"안 왔거든요?! 아니 그보다 그 부끄럼기라는 게 대체 뭐예요?! 불온한 뜻으로 밖에 생각되지 않는다고요?!"

부끄러움을 감추기 위해서 또다시 흥분하는 클레어 님. 상대가 마음에 들지 않아도 해야 할 말은 확실히 한다. 이래서 클레어 님을 좋아할 수밖에 없다니깐.

"클레어 님."

"뭔가요?"

"무사하셔서 다행이에요."

"……흥!"

휙 하고 고개를 돌리고선 클레어 님은 걷기 시작했다.

"뭘 멍하니 있는 거예요! 빨리 가자고요!"

"네!"

만약 내가 강아지였다면 꼬리를 엄청난 기세로 흔들고 있었을 것이다. 나는 신이 나서 클레어 님의 뒤를 쫓아갔다.

마물 소동으로부터 며칠이 지나고, 지금 나는 클레어 님의 앞에 무릎을 꿇고 정좌하고 있었다. 클레어 님 옆에는 미샤도 있다. 미샤는 이런, 이런 하고 고개를 젓고 있었지만 클레어 님은 대답 여하에 따라서는 용서하지 않겠다는 분위기다.

"그래서? 대체 무슨 생각인거죠?"

클레어 님은 힐문하듯이 말했다.

"무슨 생각…… 이냐고 물으신다면?"

"시치미 떼지 마세요!"

떽! 이라는 의성어가 들려오는 것 같은 엄한 기세로 클레어 님은 내 품 안에 있는 존재── 레레어를 손가락으로 가리켰다.

"그거, 마물이잖아요!"

이야기를 조금 거슬러 올라가 보자. 나는 클레어 님의 메이드이기 때문에 기본적으로 언제나 클레어 님의 곁에 머물러있다. 그 점은 미샤랑 함께 있을 때가 많았던 게임과는 크게 다른 부분이다. 뭐 그건 내가 원해서 그렇게 된 거니까 오히려 기쁜 일이지만, 레레어를 돌보는 게 문제였다.

레레어는 아기 워터 슬라임이다. 아기라는 존재는 어떤 생물이라도 기본적으로 식욕이 왕성하다. 인간만 해도 1회분의 식사량은 적다고 해도, 하루에 10회에서 50회 정도의 수유를 해줄 필요가 있다. 슬라임은 성체가 될 때까지 울음소리는 내지 않지만 그래도 배가 고프면 부들부들하고 몸을 흔들어서 공복을 호소해온다.

레레어는 아직은 손바닥에 올릴 수 있을 정도의 작은 크기다. 그래서 나는 가방 속에 숨겨놓고 기르고 있었지만 이게 참 힘들지, 힘들어. 워터 슬라임이라고는 해도 가방 속이 흥건해지거나 하지는 않지만 문제는 얘가 응석을 부릴 때다. 몸이 액체로 되어있기 때문에 가방을 확실히 잠가두었다고 생각해도 스리슬쩍

빠져나와 버리는 것이다. 강의 도중에 몇 번씩이나 빠져나와서
는 얼마나 배가 고프다고 징징댔는지 모르겠다. 그때마다 나는
당황해서 재빨리 가방 속으로 되돌려 놓고는 먹이를 주고 있었
다.

자, 그래서 이런 식으로 매일같이 레레어한테 휘둘리고 있었
지만 나는 펫에 대한 교육은 확실하게 하는 사람이다. 워터 슬
라임을 교육하는 법도 게임 지식을 통해 완벽하게 익히고 있다.
아직 아기니까 더욱 확실하고 철저하게 어릴 때부터 교육하는
게 중요하다. 밥 앞에서 기다리기, 화장실 교육 등등을 하나하
나 가르쳤다.

다른 사람들 앞에서 대놓고 할 수는 없는 노릇이라, 기본적으
로 교육은 내 방에서 이루어졌다. 당연히 미샤한테는 들켰지만
미샤는 설명만 제대로 하면 이해해주는 사람이다. 처음에는 겁
을 먹었지만 금방 위험하지 않다는 점을 이해해주고서 지금은
같이 교육을 도와줄 정도가 되었다.

그 탓에 방심해버린 거겠지.

"잠깐 평민, 내 머리빗을 어디에 둔 거죠? 레네가 찾고 있——."

밤에 갑자기 내 방에 찾아온 클레어 님한테 딱 들켜버렸다.

"클레어 님. 귀족이시니만큼 노크 정도는 해주세요."

"끼——."

"끼?"

"끼야아아아?!"

다들 잠자리에 들기 시작할 시간에 학교 기숙사 전체로 비명

이 울려 퍼지지 않은 건, 재빠르게 사태를 파악하고 풍 마법을 사용해준 미샤 덕분이었다. 그렇게 지금 현재 이 상황에 이르게 되었다.

"사람의 거주 구역에 마물을 데려오다니……. 대체 무슨 생각을 하는 거예요!"

"아뇨 저기, 레레어는 이제 마물이 아니라 종마라서——."

"그 입 다무세요! 마물은 마물이에요! 요전에 있었던 그 소동을 잊은 건가요?!"

다시 떠올리기도 싫다는 표정을 짓는 클레어 님. 뭐, 꽤나 고전했었으니까 무서워하는 것도 무리는 아닐지도 모른다.

"미샤도 미샤예요. 당신이 옆에 붙어있었으면서 어째서 이런 사태가 된 거죠."

"면목이 없습니다. 하지만 레레어는 정말로 얌전한 아이라고요?"

"레레어?"

"이 아이의 이름인 모양이에요."

미샤가 무표정한 얼굴로 말했다.

"레이와 클레어를 합쳐서 레레어예요! 우리들의 사랑의 결실이에요!"

"멋대로 사람을 부모로 만들지 말라고요! 당신 지금 뭐 하는 거예요?!"

"어? 좋은 이름 아닌가요?"

"마물한테 이름이 붙여진 제 입장도 생각해보시겠어요?!"

"순 억지라니깐."

"저예요?! 제가 잘못한 건가요?!"

클레어 님은 캬악── 하고 짜증을 냈다.

"그렇게 짜증만 내시지 마시고 한번 잘 좀 봐주세요. 봐요, 귀엽잖아요?"

레레어를 양손 위에 올리고 클레어 님의 눈앞에 내밀었다.

"안 귀엽거든요! 마물이잖아요?!"

"그렇지만 자, 이렇게 가만히 보고 있자면 어딘지 모르게 상냥한 기분이──."

"안 들거든요!"

"순 억지라니깐."

"저예요?! 제가 잘못한 건가요?!"

만담을 할 때, 반복 개그는 기본 중의 기본.

"이제 더 말할 필요도 없어요. 트레드 선생님한테 말해서 없애도록 하겠어요."

나는 그렇게 말하고서 발걸음을 돌리려고 하는 클레어 님을 멈춰 세웠다.

"잠깐만 기다려주세요. 클레어 님."

"뭔가요? 말려도 소용없다고요?"

"레레어를 어떻게 하실지는 이걸 보고 나서 결정해주세요."

"?"

나는 레레어를 마룻바닥에 내려놨다.

"레레어, 기다려."

레레어가 움직임을 멈추고 대기했다.

"앉아."

조금 작아졌다.

"엎드려."

다시 조금 더 작아졌다.

"돌아."

그 자리에서 뱅글뱅글 돌고 있는…… 것 같은 느낌이 든다.

"어떻습니까!"

"뭘 뿌듯한 표정 짓고 있는 거예요?! 거의 아무런 변화도 없잖아요!"

"그러게요."

"에이~ 이 변화를 눈치채지 못하시다니 클레어 님도 미샤도 영 보는 눈이 없으시군요?"

"슬라임에 박식한 사람 따위 되고 싶지 않다고요!"

아무래도 클레어 님의 마음에 들기엔 역부족이었던 모양이다.

"그렇다면 최후의 수단입니다. 레레어, 운디네."

"?"

내 목소리에 반응한 레레어가 흔들흔들 흔들리면서 천천히 형태를 바꾸기 시작했다.

"무…… 무슨 일이 일어나는 거죠?"

"자자, 일단 한번 봐주세요."

레레어는 조그맣기는 하지만 클레어 님과 꼭 닮은 모습으로 변했다.

"운디네입니다!"

"운디네라니, 그 물의 정령 말이에요?"

"네!"

운디네라는 건 옛날이야기에 나오는 물의 정령으로 사람들에게 물의 은혜를 내려준다는 존재다. 정령은 마물과는 별개의 존재다. 정령은 그저 상상의 산물에 지나지 않는다고 말하는 사람도 있지만, 한편으로 왕국에서는 그 정령에 대한 신앙이 널리 퍼져있다. 정령신앙에 대해서는 교회 등의 세력도 있지만, 거기에 대한 자세한 설명은 다음 기회에 할 생각이다.

"어째서 제 모습으로?"

"워터 슬라임은 아름다운 여성의 모습을 보면 모방하는 습성이 있습니다."

이건 반은 진짜고 반은 거짓말이다. 워터 슬라임이 자기 주변에 있는 걸 따라 한다는 말은 진짜다. 그건 자기방어를 위한 의태 능력이다. 하지만 아름다운 여성을 보면, 이라는 부분은 거짓말이다.

"그, 그런 건가요……?"

"그런 거예요!"

은근히 기분 좋아 보이는 클레어 님. 쉽구나.

"잘 보다 보니 제법 애교가 있는 것처럼 보이는 것 같기도 하군요……."

주저주저하면서 레레어에게 손가락을 내미는 클레어 님. 레레어가 살짝 부드럽게 흔들렸다.

"……좀 귀여울지도 모르겠네요."

"그렇죠? 제 말 맞죠?"

이제 클레어 님은 악역 영애라는 타이틀을 반납하고, 히로인도 아닌 쉽죠인으로 개명하는 편이 낫지 않을까.

"어쩔 수 없네요. 없애는 건 그만두도록 하겠어요."

"정말 고맙습니다! 상냥하신 클레어 님!"

"하지만 교육은 확실히 해야 하는 거 아시죠? 그리고 또, 괜히 숨기지 말고 모두한테 소개할 것."

"네."

어쩐지 아이한테 잔소리하는 엄마 같은 대사를 하는 클레어 님. 이게 바로 모성본능이라는 걸까나.

"하지만, 레레어라는 이름은 그만둬 주세요. 제 이름을 멋대로 사용하지 말란 말이에요."

"아, 그건 이미 늦었습니다."

"늦었다고요?!"

종마라는 생물은 한번 인식한 자신의 이름을 잊지 않는다. 이건 게임에서 이름 변경이 불가능하다는 점에서 유래되었다.

"앞으로도 잘 부탁해, 레레어."

"이의 있음! 그 이름에는 이의 있어요!"

다음 날 모두에게 레레어를 소개했지만, 그 이름의 유래에 대해선 클레어 님에게 완고하게 입막음을 당했다.

수수께끼다.

제 2 장

학교기사단

당신은 기사단이라는 단어를 보면 어떤 이미지를 떠올리는가. 풀 플레이트 아머를 장비하고 있는 굴강한 신사들을 머릿속에 떠올리는 사람이 많겠지. 물론 이 〈Revolution〉의 세계에도 그런 기사들은 있다. 다만 그건 지금 현재 시점보다 조금 옛날의 이야기다.

왕국 직속의 전사들은 기사단이 아닌 군이라고 불린다. 군은 주로 치안 유지와 국방을 담당하고 있고, 현재는 날로 관계가 악화 일로를 걷고 있는 인접국인 나 제국과의 분쟁 등에 동원되어 있다. 군이 사용하는 장비는 일반적으로 풀 플레이트 아머가 아니라, 기동성을 중시한 가죽 재질이나 천으로 된 것들이 대부분이다. 가장 큰 이유는 마도구의 발달로 인해 무거운 중장 방어구의 필요성이 저하된 탓이다. 이제 공격이든 방어든, 마도구가 사용되는 일이 많아졌기 때문이다.

물론 풀 플레이트에 마도구, 라는 조합도 존재하기는 한다. 다만 그러한 조합은 굉장히 비싸서, 그런 장비를 몸에 걸칠 수 있는 자는 극히 적었다.

자, 여담은 여기까지 하고.

어째서 기사단에 관해 이야기를 했냐고 묻는다면——.

"그렇게 돼서, 올해도 희망자를 대상으로 학교기사단의 선발 시험을 실시하도록 하겠다."

토요일, 학교의 강의실.

학생들 앞에서 그렇게 말한 사람은 현 학교기사단 단장인 로렉 크글렛 님이다. 성씨를 보고서 어라? 하고 눈치챈 사람이 혹시 있을지도 모르겠지만 크글렛이라는 성은 클레어 님이 데리고 다니는 추종자 중 한 사람의 가문이다. 크글렛 가문은 무예를 중시하는 가문으로, 군의 요직에 앉아있는 명문가 중 하나다. 그리고 왕국 내에서 가장 빠르게 마법의 중요성을 깨닫고서 트레드 선생님을 강사로 초빙해 가르침을 받았다. 그 덕분에 마법 도입 후에도 계속 세력을 유지하고 있는 가문이기도 하다. 클레어 님의 추종자분은 로렛타 님이라는 이름이지만 그녀에 대해서는 나도 그다지 알고 있는 게 없다. 하지만 오빠인 로렉 님은 대쪽같이 곧은 성격을 가진 고풍스러운 남자다.

로렉 님이 말한 학교기사단이라는 건 왕립학교 내에 있는 자치조직이다. 학교기사단은 학생들 중에서 선발된 수 명의 학생들로 구성되어 있다. 만약 학생이 기사단 간부라면 교사에 필적할 정도의 권한을 가진다. 전통적으로 왕족이 기사단에 소속되는 경우가 많아서 엘리트 의식이 높은 내부 편입생들은 학교기사단을 동경하고 있다. 쉽게 비유하자면 학생회랑 풍기위원회를 합쳐둔 것 같은 조직이다. 물론 기사단이라는 이름 그대로 유사시에는 전투에도 참가하기 때문에 단순한 명예직이라고는 할 수 없다.

"나는 당연히 지원하겠어."

로드 님이 가장 먼저 앞으로 나섰다. 뭐, 로드 님은 이런 교내 고위직이라는 말을 들으면 당연히 도전하실 분이지.

"나도 도전합니다."

유 님도 나섰다. 왕자님 그 자체인 유 님이지만 전투능력이 결코 낮지 않다. 마법을 다루는 솜씨는 평범하지만 그에게는 어릴 때부터 교육받아온 호신술이 있다.

"세인, 너도 하는 거다."

"……귀찮은데, 솔직히."

로드 님의 재촉에 못 이긴 세인 님도 싫은 티를 내며 손을 들었다. 그의 성격상 이런 단체 같은 곳에는 참가하고 싶지 않겠지만 왕자가 참가하지 않아서야 체면이 서질 않는다.

"왕자님들의 참가에 감사드립니다. 부디, 시험도 열심히 해주십시오. 그 외에도 있는가?"

"저도 참가하겠어요."

손을 든 사람은 클레어 님이었다.

"클레어 님……. 하지만 귀족 영애분들에겐 조금 부담이 되지 않겠습니까?"

"그렇지 않아요. 분명 육체적인 근력 같은 건 남성에 못 미칠지도 모르지만, 마법 실력이나 평소의 사무 능력을 생각해보면 저도 지원 자격은 충분히 있을 텐데요."

클레어 님은 당당하게 정론을 펼치셨다. 로렉 학교기사단장은 조금 망설이는 듯했지만, 그도 나름 한 조직을 장을 맡고 있을 정도의 분이니 만큼 금방 좋습니다, 하고 흔쾌히 수락했다.

"그렇다면 저도."

나도 입후보했다. 클레어 님이 가신다면 당연히 저도 따라가는 거죠. 사랑하니까요. 참고로 게임에서는 선택지 여부에 따라서 선발시험을 치지 않는 것도 가능했다. 내가 손을 들자, 클레어 님이 노골적으로 싫은 표정을 지었다.

"당신에게는 무리라고요."

"어라? 입학 직후에 친 테스트에서 예법을 제외하면 전부 저한테 패배하신 클레어 님이 그런 말씀을 하시는 건가요?"

"키이잇! 다음 시험에서는 지지 않을 테니까 두고 보라고요!"

클레어 님은 조금만 부채질해도 바로 타오른다. 응응. 오늘도 귀엽구나.

"미샤, 당신도 지원하도록 하세요. 만에 하나 이 평민이 붙어버린다면 고삐를 잡아줄 사람이 필요하잖아요?"

"저는 레이의 보호자가 아닙니다만……."

클레어 님의 주장으로 미샤도 손을 들었다. 그 외에도 몇 명인가의 학생이 더 손을 들었고, 로렉 님은 그 사람들의 이름을 메모하고선 시험 요강을 배포했다.

"시험은 내일. 일요일 아침에 실시한다. 시험 과목은 사무와 마법 두 가지다. 세세한 사항은 요강에 적혀있으니까 각자 읽어두도록. 그럼 이만 실례하도록 하지."

그렇게 말하고 나서 로렉 님은 교실을 떠났다.

"흥. 당신 같은 천한 작자한테 학교기사단 입단은 무리인 게 당연하잖아요."

턱을 치켜들고서 심술궂은 말을 던지러 오는 클레어 님. 그 말을 들은 나는 오늘도 컨디션이 좋으시구나, 라는 생각을 하면서 그 모습을 사랑스럽게 바라보았다.

"클레어에 레이, 미샤까지 지원하다니 이거 기대되는군."

"로드 님……."

"우리도 힘내야겠네. 세인 형."

"나는 아무래도 좋아."

세 왕자가 다가왔다. 여유가 넘치는 로드 님. 로드 님 정도는 아니지만 자신이 있어 보이는 유 님. 정말 진심으로 귀찮아 보이는 세인 님까지 가지각색이다.

"너도 참 어지간하네. 학교기사단에 대한 동경 같은 건 역시 없지?"

"응. 클레어 님과 함께 있고 싶으니까 지원했어."

"역시나."

이런, 이런. 하고 한숨을 내쉬는 미샤. 언제나 고생이 많다. 그녀 입장에선 자기한테까지 불똥이 튄 꼴이겠지. 그녀의 성격으로 보아 일단 지원하게 된 이상은 대충하지 않겠지만.

"시험이라는 건 구체적으로 어떤 걸 평가하는지 알고 계시는가요, 로드 님? 사무랑 마법을 시험한다고 밖에 듣지 못했는데요."

클레어 님이 로드 님에게 물었다. 아까 말했었지만 왕족이 대대로 학교기사단에 소속되어 있다는 건 익히 알려진 사실이기 때문에 노하우도 알고 있을 거라 생각한 거겠지.

"그건 말해줄 수 없어. 찬스는 공평해야지. 뭐, 내일이 되면 알게 될 거다. 사전에 준비하려고 해도 겨우 오늘내일 정도로는 별달리 할 수 있는 것도 없을 테고."

"그도 그렇네요."

그런 대화가 오가고 있는 중이지만, 게임을 끝까지 다 깬 나는 당연히 시험 내용을 알고 있다. 시험은 사무에 대한 필기시험과 전투에 대한 실기시험으로 나뉘어 있다. 필기시험은 학교 규칙과 사무작업에 대한 지식을 물어본다. 때문에 이건 단순히 머리가 좋으면 결과도 잘 나올 것이다. 학교 규칙이라고는 해도 단체 활동에 대한 일반적인 규칙을 알고 있다면 풀 수 있는 문제이기 때문에 이 과목에선 그다지 변별력이 없다. 사무작업에 대한 지식도 그렇게까지 어려운 문제는 없다. 문제는 실기시험 쪽이다.

실기시험은 옛날엔 검과 창 등의 무기를 다루는 솜씨를 시험했다고 들었다. 마법이 전쟁의 주류기술이 된 이후부터는 마법을 얼마나 잘 다루는지를 평가하는 쪽으로 바뀌었다. 이전에도 말했지만 마법의 재능은 선천적인 자질이 좌우하지, 가문의 높낮이에 좌우 받지 않는다. 시험방법이 바뀌고 나서부터는 학교 기사단에 속하는 귀족과 평민의 비율에서 평민 비율이 꽤나 올라갔다는 모양이다.

하지만 평민은 학교기사단에 입단하는 걸 그다지 커다란 명예라고 보지 않는다. 때문에 평민이 선발시험에 지원하는 일은 드문 경향이 있다. 평민에게 있어서 중요한 건 공무원 등용시험이라서 그걸 위해 공부할 시간을 학교기사단 활동에 뺏기는 걸 달갑지 않게 생각하는 사람이 많다. 뭐, 명예보다도 실리라는 거겠지.

그런 것들을 멍하니 생각하고 있자니 클레어 님이 내 쪽을 찌릿, 하고 노려보면서 이렇게 말했다.

"평민. 승부하는 거예요!"

나왔습니다. 클레어 님의 특기인 승부하는 거예요, 가. 최초의 시험에 이어서 이번이 두 번째 승부다.

"만약 학교기사단 시험에서 떨어진다면 당신은 학교를 떠나도록 하세요."

"네? 싫은데요?"

"그러니까 조금은 생각해보는 척이라도 하는 게 어때요?!"

그렇지만 요전의 승부 때도 그랬듯이 나한테는 아무런 메리트도 없는걸. 게임 속의 여주인공은 조건 하나 걸지 않고 있는 족족 잘도 어울려줬구나 싶다. 뭐, 클레어 님으로 놀 수 있는 건 즐겁긴 하지만.

"어쩔 수 없네요. 그럼 이번에도 전과 똑같은 조건으로 하죠."

"잠깐 기다리세요. 또 저를 속여먹을 생각이죠?"

쳇, 기억하고 있었나.

"자자, 그런 음흉한 짓 안 한다고요. 단순하게 시험에서 제가 떨어진다면 클레어 님의 패배. 제가 붙는다면 저의 승리라는 걸로 어떠세요?"

"그걸로 좋아요…… 가 아니라 좋지 않다고요?! 어느 쪽도 제가 지는 거잖아요?!"

쳇, 눈치챈 건가.

"어쩔 수 없네요. 시험에서 제가 떨어진다면 클레어 님의 승리. 제가 붙는다면 저의 승리라는 걸로 타협하도록 하죠."

"제가 붙는다면, 저의 승리로 하는 게 아니고요?"

"클레어 님은 당연히 붙으시겠죠. 겨우 그런 조건을 클레어 님의 승리로 하는 건 너무 불공평해요."

숨겨 무엇 하랴, 클레어 님은 반드시 붙는다. 나는 이미 그걸 알고 있기 때문에, 클레어 님이 붙는 걸 승부 조건으로 걸지 않았다.

"좋아요. 당신이 이긴다면?"

"이전과 똑같이 제가 말하는 걸 뭐든 한 가지 들어주세요."

"좋아요."

"네, 알겠습니다. 그럼 승부네요."

이전과 똑같이, 미샤를 증인으로 삼아서 신에게 맹세했다. 이렇게 해서 우리는 학교기사단 선발시험에 도전하게 된 것이다.

일요일이 밝았다. 선발시험이 치러지는 날이다. 수험생들은 강의실에 모여들었다.

"좋은 아침입니다, 클레어 님. 오늘도 함께 힘내보아요."

"시끄러워요, 평민. 애초에 제가 떨어질 리가 없잖아요."

"네? 그럼 저를 걱정해주시는 건가요? 정말 고맙습니다!"

"저는 아무 말도 안 했는데요?!"

클레어 님과 아침부터 매번 하던 만담을 주고받고 있자니, 로렉 기사단장이 들어왔다. 교탁에 시험용지라 짐작되는 종이뭉치를 탁, 하고 내려놓고는 입을 열었다.

"모두 잘 응모해주었다. 올해의 합격 인원은 5명 정도로 예정되어있다. 부디 열심히 해주길 바란다."

수험생들이 술렁거렸다. 생각하고 있던 것 이상으로 문이 좁기 때문이겠지. 나는 이미 알고 있는 사실이었기 때문에 놀라지 않았다.

"먼저, 필기시험을 실시한다. 이 시험에는 커트라인이 있기 때문에 주의하도록. 기준에 미치지 못한 자는 실기시험을 칠 필요도 없이 바로 탈락이다. 탈락한 자는 내년에 다시 수험자격이 주어지므로 재도전해주길 바란다."

단장의 구두 설명과 동시에 학교기사단 관계자로 보이는 황갈색 머리카락과 눈동자를 가진 한 남성이 시험용지를 차례로 배부했다. 강의실은 물을 끼얹은 것 마냥 조용해지더니 점차 분위기가 긴장으로 물들었다.

"시간제한은 한 시간으로 한다. 그럼 시작!"

필기시험은 학교 규칙에 대한 기본적인 이해를 물어보고 있었다.

예를 들어——.

문제 2.

아침 첫 시간에 지각했을 때, 페널티로 부과될 수 있는 벌을 3가지 열거하시오.

같은 간단한 것부터,

문제 13.

학교 규칙 제21조 〈마물토벌의 의무〉의 취지를 설명하시오.

같은 조금 어려운 문제도 있었다. 어렵다는 해도 몇 번째 조항 무슨 항목인지 꼬박꼬박 알려준다는 점에서 일본의 수험시험에 가끔씩 나오는 어디 구석에서 출제했는지 모를 악질적인 문항과는 몹시 다르다. 물론 아직 입학한 지 얼마 지나지 않은 우리들 신입생에겐 제법 허들이 높은 문제다. 중등부 이전부터 학교를 다니고 있었던 내부 진학생들은 대충이나마 이해하고 있겠지만 아직까지 학교 규칙을 살펴본 적도 없었던 외부 편입생들에겐 특히나 불리하다.

또한, 지식을 묻는 문제뿐만 아니라 실무를 맡게 되는 상황을 상정한 문제들도 있다.

예를 들어──.

문제 18.

당신은 전임자한테서 일을 인수인계 받았다.

다음 중에, 우선적으로 인계받아야 할 일은 무엇인지 말하시오.

1. 일의 구체적인 내용을 재확인.

2. 상사와의 업무 조정.

3. 학생에게서 오는 진정서의 처리.

4. 외부 사람과의 연락사항.

같은 문제들이 해당된다. 이런 타입의 문제들은 굳이 따지면 내부 진학생, 외부 편입생의 차이를 두지 않는 문제들이다. 오히려 잡무를 처리해 온 경험이 많은 외부 편입생 쪽이 유리할지도 모른다.

지금은 모든 문제가 서술형이지만 게임에서는 정답이 선택지로 되어있다. 나는 이 문제들도 전부 암기하고 있었던 덕분에 그다지 힘들지 않았다. 클레어 님보다 더 높은 점수를 받을 수 있을지 없을지는 모르겠지만 커트라인에 미달될 일은 일단 없을 거라 생각한다. 그저 내 부주의로 인한 미스가 더 무섭다. 다 풀고 나서 꼼꼼하게 다시 한번 점검해 본다. 아마 충분할 것이다.

"자, 거기까지. 답안지를 걷겠다."

단장의 목소리에 겨우 긴장된 분위기가 풀렸다. 여기저기서 어땠어, 어려웠어, 같은 대화가 들려왔다.

"채점이 끝나기 전까지 조금 기다려라. 필기시험 통과자는 정오 전에 명단이 게시판에 게시될 예정이므로 각자 확인할 것. 실기시험은 오후부터 실시한다. 이상, 해산."

수험생들이 삼삼오오 흩어졌다.

"클레어 님. 느낌이 어떠셨나요?"

"저를 누구라고 생각하는 건가요? 프랑소와 가의 이름에 맹세코, 커트라인도 못 넘거나 할 일은 없어요."

"역시나 대단하세요, 클레어 님. 하지만 이런 중요할 때 꼭 답을 한 칸씩 밀려 쓰거나 하더라고요."

"?! 괘, 괜찮을 거예요. 저에게 절대 그런 일은……."

동공이 지진을 일으키고 있었다. 걱정되기 시작한 모양이다.

"괜찮으세요, 클레어 님? 밥이 목으로 넘어가시겠어요?"

"쓸데없는 걱정이에요! 됐으니까 식당으로 가자고요!"

"클레어 님이 식사를 권유해주시다니! 데이트인가요? 첫 데이트는 학생식당 데이트인가요?"

"제가 뭐가 아쉬워서 메이드랑 데이트를 하지 않으면 안 되는 건데요?!"

응응. 불안한 표정을 짓고 있는 클레어 님도 좋지만 역시 클레어 님이라고 한다면 이래야지.

레네도 함께 합류해서 점심은 간단하게 때웠다. 오후는 실기 시험이니만큼 몸을 움직일 것을 생각해서 되도록 무거운 음식은 피했다. 클레어 님도 나도 필기에서 떨어질 거라는 생각은 조금도 하지 않았다.

정오까지 조금 남았을 무렵에 게시판 앞으로 가니 사람들이 모여 있었다. 아무래도 결과가 나온 모양이다.

"실례합니다아~ 프랑소와 가문입니다아~ 지나가게 해주세요오~"

"우리 집안의 이름을 그런 식으로 쓰지 말아 주실래요?!"

클레어 님이 불만을 토로했지만 프랑소와 가문의 이름 효과는 발군이라 게시판 앞의 인파가 양옆으로 갈라졌다. 마치 모세의 기적을 보는 것 같았다. 꾸벅꾸벅 감사의 인사를 하면서 게시판 앞에 다가가 결과를 확인했다.

• 필기시험 결과————————————————

1등‥로드 바우어

2등‥유 바우어

3등‥클레어 프랑소와

4등‥레이 테일러

5등‥미샤 유르

6등‥세인 바우어

.

.

.

이상, 상기 20명은 오후의 실기시험에 임하도록.

————————————————

흠, 4등인가. 그럭저럭이네.

"웃—호호호! 역시 평민 따위, 저의 적수가 되지는 못했던 모양이군요!"

클레어 님이 어때냐 하는 표정으로 소리 높여 웃었다. 단순하구나. 아주 좋구나.

"클레어랑 레이도 통과한 모양이구나."

"잘됐네."

"……."

세 명의 왕자님들도 결과를 보러 와있었다. 그들은 뭐, 당연히 여유로웠겠지. 하지만 여유라고 말은 해도 우리 중에서는 최하위인 게 세인 님이다. 역시 신경 쓰고 있는 건지 표정이 좋지 않았다.

"차라리 레이가 떨어져 줬다면 내 일도 줄어들었을 텐데 말이야……."

"아, 미샤도 통과한 모양이네."

"뭐, 이정도야."

그렇게 별거 아니라는 듯 말하지만, 치트를 쓰고 있는 나는 어쨌든 간에 미샤는 외부 편입생인데도 5등이니까 훌륭한 성적이라고 말할 수 있다. 뭐, 그녀의 경우에는 유치부까진 왕립학교에 다녔던 경험이 있긴 하지만. 유르 가문이 몰락한 건 그 후의 일이다.

"뭐, 이렇게 말하기는 뭐하지만 이런 시험에서 떨어지는 녀석한테 학교기사단은 무리겠지."

"그러네. 문제들도 전부 기본적인 사항들뿐이었으니까."

"……."

왕자들은 이런 대화를 나누고 있었지만 (한 명은 침묵하고 있다), 50명 이상 있었던 수험생 중에서 과반수이상이 탈락한 거니까, 절대 간단한 시험이 아니었다고 생각한다.

"필기시험 합격자는 실기시험을 실시한다. 운동장으로 모이도록!"

로렉 님이 합격자들에게 말했다. 시험을 권유할 때부터 지금까지 계속 로렉 기사단장 스스로가 나서서 모든 일을 하고 있지만 이건 일종의 전통 같은 거라고 한다. 당연히 평소에는 일도 각자가 분담해서 하고 있고 잡무 같은 건 하위 단원에게 맡기지만, 선발시험만큼은 단장 스스로가 솔선해서 하도록 되어있다.

"자 가볼까요, 클레어 님."

"저한테 지시하지 말아 주세요, 평민."

"후후, 기대되네요."

"?"

실기시험 내용을 알고 있는 나로서는 벌써부터 웃음이 흘러나오고 마는 걸 참기가 힘들었다.

자, 클레어 님을 만끽해보자.

"실기시험은 1:1 모의 전투로 실시하겠다."

로렉 단장이 그렇게 말하자, 모여 있던 필기시험 합격자들이 동요로 술렁였다.

합격자 중에는 요전에 있었던 슬라임 소동을 떠올리는 사람도 있겠지. 모의 전투라고는 해도 실제로 전투를 한다는 일에는 크건 적건 용기가 필요한 법이니까.

"승패 여부는 관계없다. 학교기사단에서 활동할 수 있을 정도의 실력을 확인할 수 있다면 합격이다. 거꾸로 말하면 모의전에서 이기더라도 결과만으로 합격할 수 없다는 뜻임을 명심해 주길 바란다."

나도 자세히는 모르지만 현대의 프로 복싱 자격시험도 이런 느낌인 모양이다. 실력이 있다고 인정받는다면 패자한테도 자격증을 발행해 주지만, 설령 일격으로 상대를 KO시켜도 단순한 우연이라 판단되면 실격시킨다.

"별도의 요청이 없다면 대전 상대는 입학 직후의 마법 시험 성적을 참고해서 우리 쪽에서 임의로 정하겠다만, 싸우고 싶은 상대가 있는가?"

서로의 눈치를 보는 수험생들. 보통 일부러 나서서 싸우고 싶은 상대가 있을 리 없겠지만——.

"네. 저는 레이 테일러와 대전할 수 있게 해주세요."

클레어 님이 클레어 님다운 이유는 저렇게 당당히 선언한다는 점이다.

"괜찮으십니까, 클레어 님. 상대는 마법 시험에서 학교 역사에 남을 정도의 성적을 기록한 상대입니다만?"

"상관없어요."

"알겠습니다. 레이, 이의 있는가?"

"없습니다."

있을 리가 없다. 오히려 이렇게 될 거라고 이미 알고 있었기 때문에, 아까부터 설레는 마음을 진정시키기 힘들 정도다.

"다른 사람들은?"

"그럼 나는 미샤랑 해보도록 할까. 사실은 레이랑 하고 싶었지만 클레어가 이미 점찍어 놓은 것 같으니까 말이지."

로드 님의 마법 시험 성적은 9등이었다. 2등인 미샤를 상대하

는 건 제법 허들이 높은 도전처럼 보일지도 모르겠지만 뭐, 그
건 나중의 시합을 기대해보는 걸로.

"그럼 나는 세인 형한테 부탁해볼까나. 어때?"

"······상관없다."

유 님은 로드 님과 똑같은 9등 세인 님은 8등이니까, 이건 또
꽤나 불꽃 튀는 싸움이 될 거 같다.

결국, 대전표가 어떻게 되었냐 하면――.

· 대진표

·

·

·

제 8시합 ··· 세인 바우어 vs 유 바우어

제 9시합 ··· 로드 바우어 vs 미샤 유르

제 10시합 ··· 클레어 프랑소와 vs 레이 테일러

이런 느낌이다. 참고로 마법을 쓰는 모의전을 아무런 조치 없
이 실시하는 건 너무 위험하기 때문에 운동장에는 특수한 결계
가 설치 되어있다. 이 결계는 마법으로 인한 데미지를 감소시키
는 비싼 마도구를 사용한 결계다. 주로 전쟁에서 아군의 진형을
방어하는 용도로 쓰이고 있다. 굉장히 희귀한 물건인데다, 이걸

다룰 수 있는 마법사도 매우 적다.

"그럼 제1시합을 시작한다. 대전자는 앞으로."

모의전은 순조롭게 진행됐다. 역시 평민 출신 참가자가 적기 때문인지, 모의전에는 마법 적성이 떨어지는 귀족 참가자가 많은 것 같았다. 귀족은 중등부 이전부터 마법 강의를 받았기 때문에 마법을 다루는 법에는 익숙하지만 역시나 선천적인 적성은 어쩔 수 없다. 아직까지 볼만한 가치가 있는 시합은 없었다.

참고로 이번 모의전에선 마도구는 마법 지팡이만 사용할 수 있다. 마도구를 무제한으로 허용하면 돈 많은 사람이 이기는 결과가 되고 만다.

그리고 드디어 세인 님과 유 님이 시합할 차례가 됐다.

"양쪽 다, 준비는 되셨습니까?"

"……그래."

"준비됐어."

"그렇다면, 준비하시고…… 시작!"

세인 님은 시작 선언이 내려지자마자 돌격했다. 간격을 좁히고서 바로 주먹을 내질렀다. 유 님은 얼음의 방패를 형성해서 그 공격을 막으려고 했다.

그러나──.

"?!"

얼음의 방패는 산산조각 났다. 언제나 우아함을 잃지 않던 유 님의 얼굴에 동요의 기색이 나타났다. 세인 님의 전투 스타일은 풍속성 보조 마법을 구사한 접근전—— 한마디로 마법 전사 스타일이다. 이번 시합에선 무기를 소지하고 있지 않지만, 맨손만으로도 이정도의 위력을 낼 수 있다. 세인 님의 마법 적성은 풍속성 높음 적성이다. 이전에도 설명했듯이 풍속성은 보조마법으로 사용하는 경우가 많다. 높음 적성 정도면 신체 능력을 엄청나게 향상할 수 있는 것이다.

그에 비해서 유 님의 전투 스타일은 수속성의 공격 마법을 구사한 원거리 전투—— 통칭 얼음의 왕자님이다. 적성만 보면 중간 적성이지만 얼음 마법 실력이 상당하기 때문에, 상대가 세인 님이 아니었다면 유 님의 얼음 방벽은 겨우 주먹에 부서지진 않았을 것이다. 게다가 수속성 적성이기 때문에 회복마법도 병행할 수 있다.

"……."

아무런 표정 없이 다시 한 걸음 더 간격을 좁히고서 이번엔 발차기를 날리는 세인 님. 접근전으로는 불리하다는 걸 깨달은 유 님은 거리를 벌리고 싶을 타이밍이지만, 마법으로 향상된 신체 능력을 가진 세인 님을 떨쳐내는 건 매우 어려운 일이다. 발차기를 피하는 건 무리라고 판단한 유 님은 재빠르게 이번엔 얼음이 아닌 물의 방벽을 세웠다.

"!"

얼음 방벽 같은 단단함은 없지만, 물의 방벽은 세인 님의 발차기를 부드럽게 흘려버렸다. 워터 슬라임의 신체와 같은 원리다.

공격에 실패한 세인 님의 자세가 흐트러지자 유 님이 뒤로 물러섰다. 거리가 벌어지자 바로 지면을 동결시켜서 세인 님이 접근하기 어렵게 만든다.

"후우……. 세인 형은 정말 성급하단 말이지. 자 그럼 슬슬 반격해 보도록 할까."

"……."

유 님이 손을 휘두르자, 여러 개의 얼음 화살이 공중에 나타났다.

"자, 간다."

그 말과 동시에 세인 님에게 쏟아지는 얼음 화살. 세인 님은 그걸 무시하고서 다시 한 번 무작정 거리를 좁혔다.

"세인 님!"

세인 님의 위기라고 생각한 건지 관전하고 있던 클레어 님이 자기도 모르게 외쳤다. 응응. 사랑에 빠진 소녀구나.

하지만——.

"?!"

얼음 화살은 표적을 우회하듯이 빗나가더니 세인 님의 뒤쪽으로 날아갔다. 세인 님은 바람의 방벽을 몸 주위에 두르고 있던 것이다.

"그렇지만 이런 지면에서는!"

클레어 님이 걱정하는 것도 이해가 간다. 하지만 세인 님은 공기를 고정해서 발판으로 삼아 얼어붙은 지면을 흐트러짐 없는 발걸음으로 달려나갔다. 다시 한번 두 사람의 거리가 좁혀졌다.

"큭!"

유 님의 표정에 뚜렷한 위기감이 나타났던…… 것은 아주 잠깐뿐.

"——이라는 건 연기."

유 님에게 도달하기까지 딱 한걸음 남았을 때, 세인 님의 발아래 있던 얼음이 날카로운 칼날로 변해서 수직으로 솟아올랐다. 공중을 떠다니며 움직이는 얼음 화살이라면 몰라도 지면에 뿌리를 박고 있는 칼날들은 바람의 방벽으로 막기엔 무리가 있다.

"……흥."

세인 님이 취한 대처법은 놀랍게도 발을 휘둘러 얼음 칼날을 그대로 부숴버리는 것이었다. 게다가 흩날리는 얼음 파편을 이용해 유 님의 시야를 빼앗았다.

"……?!"

시야를 가리고 있던 파편이 사라졌을 때, 유 님의 눈앞에 있던 세인 님의 모습도 보이지 않았다.

"……이쪽이다."

세인 님은 놀랍게도 유 님의 바로 위. 공중에 있었다. 공기를 디딤판으로 사용할 수 있는 데다 신체 능력을 끌어올린 세인 님이기 때문에 가능한 입체 기동이었다. 세인 님은 그대로 유 님의 등 뒤로 떨어지며 목에 수도를 겨눴다.

"졌습니다."

"거기까지! 승자, 세인 님!"

앞서 있던 여러 시합과는 차원이 다른 수준 높은 싸움에 관객들이 환호성을 질렀다. 이미 클레어 님은 뺨을 붉히고서 완전히 푹 빠져있었다.

"강하네, 세인 형."

"……너도 딱히 본 실력을 낸 건 아니잖아. 회복마법도 쓰지 않았고 말이지."

그런 대화를 주고받고 있는 왕자 두 사람은 역시나 공략대상 이라고 표현해야 하나, 정말로 멋있었다. 이 모의전은 세인 님 의 몇 안 되는 몹시도 귀중한 활약 장면이다. 그래서인지 이 모 의전을 보고 세인 님을 공략하기로 결심했다가, 나중에 후회했 다는 푸념이 굉장히 많았다. 아니, 물론 세인 님의 좋은 점은 엄 청 많다고.

이 시합 내용으로 짐작하건대 두 사람은 당연히 합격이겠지. 그렇게 확신할 수 있을 정도로 지금까지 있었던 시합과는 차원 이 달랐다. 뭐, 나는 처음부터 결과를 알고 있기 때문이지만.

하지만 역시 몸을 움직이면서 마법까지 사용하는 모습을 내 눈으로 직접 보는 건 한층 다른 특별한 느낌이네. 판타지 세계 만만세다.

"제 9시합, 로드 님과 미샤. 두 사람은 앞으로."

언제나처럼 당당한 발걸음인 로드 님과 쿨한 표정을 짓고 있 는 미샤가 운동장 중앙으로 걸어 나왔다.

"양쪽 다, 준비는 되셨습니까?"

"오우."

"언제라도."

"그럼 준비하시고…… 시작!"

시작 신호와 동시에 먼저 움직인 사람은 로드 님이었다. 로드 님은 뒤로 크게 물러난 다음 양손을 하늘 위로 넓게 펼쳤다.

"와라!"

로드 님의 외침이 울려 퍼지자마자 운동장의 온도가 몇 도쯤 상승했다. 사람 허리 높이 정도 되는 작은 화염 덩어리들이 차례차례 운동장에 나타난다. 자세히 보니 그 작은 화염은 병사의 모습을 하고 있었다. 숫자는 약 30명 정도.

이것이야말로 로드 님의 전투 스타일── 이름하여 화염의 군세다. 앞서 서술했듯이 로드 님의 마법 적성은 화속성 중간 적성이라 결코 높다고는 볼 수 없다. 하지만 로드 님에게는 남들에게는 없는 특별한 자질이 있다. 그것은 바로 초월 적성에 버금가는 마력용량이다. 로드 님은 그 풍부한 마력량을 활용해 작은 화염 병사를 만들어내서 싸우는 것이다.

"자, 가라!"

로드 님의 호령과 함께 화염의 병사들이 미샤에게 쇄도했다. 멀리서 봐도 굉장한 박력이 느껴진다.

"……"

분명 로드 님의 화염의 군세를 직접 보는 건 처음일 텐데도 미샤는 표정 하나 바뀌지 않았다. 미샤의 마법 적성은 풍속성 높음 적성—— 세인 님과 똑같다. 하지만 미샤가 마법 시험에서 세인 님을 크게 따돌리고 2등이라는 좋은 성적을 거둘 수 있었던 데에는 당연히 이유가 있다.

"——."

유리를 긁는 것 같은 고주파의 소리가 운동장에 울려 퍼졌다. 그리고 동시에 30명 정도 되던 화염 병사들이 전부 폭발하며 산산이 흩어졌다. 미샤는 조금도 움직이지 않았다.

"?!"

여유 만만하던 로드 님의 안색도 변할 수밖에 없었다. 하지만 안색이 변한 것도 잠깐이었을 뿐. 바로 다음 병사들을 불러냈다.

"가라!"

아까 보았던 장면을 재생하는 것처럼 똑같은 광경이 펼쳐졌다. 화염의 군세가 미샤를 압박하듯이 몰려든다.

"——."

다시 울려 퍼지는 이상한 소리. 소리가 멈췄을 때는 병사들의 모습들도 전부 사라진 뒤였다.

"이것이 너의 풍마법이라는 건가."

"네."

미샤의 풍마법은 세인 님 같은 보조 마법이 아니라, 풍마법으로서는 드물게도 공격 마법인 것이다. 그 본질은 소리에 있는데, 소리를 매개로 해서 마력을 때려 넣는 것이 그녀의 전투 스타일—— 사람들은 그녀를 세이렌이라고 부른다.

"이건 꽤나 귀찮게 됐군. 뭐, 내가 해야 할 일은 달라지지 않
지만."

세 번째로 군세를 만들어내는 로드 님.

"가라!"

병사들이 다시 돌격한다. 로드 님의 전법을 상대하기 까다로
운 점이 이거다. 마력 용량이 너무 엄청나서 병사들을 아무리
쓰러트려도 끝이 없다는 점이다. 거기다가 로드 님은 군세의 가
장 최후미에 버티고 있기 때문에, 어지간해서는 접근조차 할 수
없다. 어지간한 적성 차이는 물량으로 압도해 버리는 것이 로드
님의 싸움법이다.

"——."

그리고 그걸 상대하는 미샤도 엄청나기는 마찬가지다. 들이
닥쳐오는 서른 개도 넘는 화염 덩어리들을 순식간에 소멸시켜버
리는 마법 솜씨. 물론 이대로라면 그녀로선 공격할 수단이 없다
보니 계속해서 방어 일변도였다.

하지만 방어만 하는 데에는 이유가 있다. 나와 다르게 미샤에
게는 귀족 특유의 왕족을 향한 절대적인 경의가 있다. 그 탓에
자기 손으로 로드 님을 공격할 마음이 없기 때문이다. 왕족을
공격할 바에는 차라리 시험에서 떨어져도 상관없다고 생각하고
있겠지.

"……재미없군."

세 번째로 소환한 병사들이 소멸하자 로드 님이 코웃음을 쳤다.

"너 전력을 다하고 있지 않군? 상대가 나라고 사양하는 건가."

"왕족분들에게 향할 칼은 가지고 있지 않은지라."

"……나에 한해서는, 오히려 그런 태도가 불경이라는 것을 알도록."

"무슨 말씀을 하시든 이것만큼은 바꿀 수 없습니다."

"그렇다면 억지로라도 전력을 내도록 해주지."

또다시 병사들을 소환하는 로드 님. 하지만 이번에는 병사들의 움직임이 달랐다. 병사들은 미샤를 포위하려는 것처럼 일정한 거리를 둔 채 진형을 짰다.

"……."

"정말로 아무것도 안 하는구나. ……후회하도록."

로드 님이 손가락을 딱 하고 튕기자 병정들이 갑자기 폭발하면서 사방으로 불꽃이 튀었다. 한 개가 폭발하면 옆에 있는 다른 병사도 유폭해서 연쇄적인 폭발이 펼쳐지며 순식간에 미샤를 삼켜버렸다.

"어떠냐. 아직도 전력을 다할 생각이 들지 않는 건가."

로드 님은 오만불손하게 웃었지만──.

"멀쩡…… 하다고?"

돌풍이 일어나 폭연을 날려버리자 그곳에는 아무렇지도 않은 미샤의 모습이 보였다. 미샤 주변으로는 연기가 소용돌이치고 있었다.

"바람의 방벽…… 인가? 하지만 열기까지 막을 수는 없었을 텐데."

"진공 단층을 사용했습니다."

"!"

말하자면 마법으로 된 보온병과 같은 원리다. 미샤는 주변 공간에 진공 단층을 만들어내서 열을 차단한 것이다.

"……큭큭, 재미있군. 의외로 재미있구나, 너."

"감사합니다."

"하지만 아직이다. 이제부터 시작이지."

"부디 내키실 때까지."

이제 이걸로 다섯 번째 병사들을 소환했지만, 아직도 숫자가 줄어들 기미가 없다. 정말로 말도 안 되는 마력 용량이다.

"둘러싸라."

방금 전처럼 일정 거리를 둔 채 미샤 주변으로 진을 형성하는 병정들. 거기다가——.

"폭발해라."

로드 님이 손가락을 튕기는 것과 동시에 병정들이 연쇄 폭발을 일으켰다. 지켜보는 사람들 대부분이 방금 전과 똑같은 전개가 펼쳐질 거라 예상했다.

"와라, 폭발해라, 와라——."

로드 님은 자기 앞이 아니라 미샤 주변에 바로바로 병정을 소환한 다음 즉시 자폭시키는 작업을 쉴 틈 없이 계속 쏟아부었다. 관중석까지 그 열파가 전해져올 정도의 폭발이었다.

로드 님도 참, 어른스럽지 못하네. 하지만 여성을 상대로도 전혀 봐주거나 하지 않는 건 나 개인적으로는 호감 포인트다.

"……졌습니다."

"?! 거기까지!"

폭음 속에서 갑자기 조그맣게 항복의 목소리가 들려왔다. 로렉 님은 황급하게 시합을 스톱시켰다. 로드 님이 손가락을 튕기는 걸 멈추자 폭음이 진정된다.

"……무슨 일이 일어난 거죠? 미샤는 어째서 항복한 거예요?"

"아마도 산소결핍이네요."

관객들 전부를 대변하듯 곤혹스러운 표정을 띄우고 있는 클레어 님을 향해 내가 설명했다. 로드 님은 화염으로 파상공격을 퍼부어서 미샤 주변에 있는 산소를 빼앗은 것이다. 미샤의 방벽은 진공 단층을 형성해야 하는 점도 있어서 산소결핍도 더 심했겠지. 결국 로드 님의 물량이 미샤의 기술을 찍어 누른 모양새였다.

"뭐, 이정도인가."

"완패입니다."

"바보 같은 소리를. 이런 건 이겼다고 할 수 없다고. 너도 가만히 있지만 않아도 이런 식으로 되지 않았겠지."

"저는 전력을 다할 생각이었습니다만."

대화를 나누면서 관객들 쪽으로 걸어오는 두 사람. 사람들은 자연스럽게 길을 터주었다.

"오? 왜 그러는 거지?"

"다들 질려버린 거지. 둘 다 조금 지나쳤다고."

유 님이 말대로 어딜 어떻게 봐도 인외마경의 싸움이었다. 검과 갑옷의 시대가 끝나버리고 만 것도 당연한 거겠지. 이런 싸움이 펼쳐지는 전장에서 검 같은 건 그냥 쓸모없는 철 막대기에 지나지 않는다.

여기까지 보고 나서 의문을 가지는 사람도 있을 것이다. 세인 님이나 유 님은 어쨌든 간에 로드 님이나 미샤라면 간단하게 워터 슬라임을 쓰러트릴 수 있었던 거 아니야? 하고. 그 의문은 아주 틀린 말은 아니다. 물리 공격이 주력인 세인 님에겐 조금 힘들겠지만, 평범하게 상대한다고 가정하면 다른 3명은 누구나 슬라임을 쓰러트릴 수 있었을 것이다.

그때, 우리가 위기에 빠진 이유는 배후에 기습을 당한 데다가 헤이트 크라이를 맞았기 때문이다. 상대를 위축시키는 그 기술은 전황을 단번에 바꿔버리는 강력한 스킬이다. 나와 트레드 선생님이 그 기술에 저항할 수 있었던 건 그저 운이 좋았을 뿐이었다.

"지나쳤다고 할 정도는 아니잖아. 뭐, 다음이 진짜 메인이벤트니까 더더욱 재미있는 걸 볼 수 있을 거라고."

"잠깐만요 로드 님. 괜한 부담을 주지 말아 주세요."

가벼운 어조로 말하는 로드 님을 향해 클레어 님이 투덜거렸다.

"하지만 질 생각은 없잖아?"

"그야 당연한 말씀이에요."

"기대하고 있다고. 레이도 말이지."

나를 향해 사나이다운 웃음을 보이는 로드 님.

"늬예, 늬예."

"그러니까 그런 말투는 불경하다고 말했잖아. 레이."

미샤가 전혀 마음이 담기지 않은 대답을 하는 나를 나무랐다. 하지만 지금은 그냥 용서해주길 바란다. 왜냐하면 다음은———.

"제 10시합, 클레어 vs 레이."

클레어 님과 내 시합이니까.

"웃———호호호! 제가 직접 당신에게 마무리를 지어주도록 하겠어요."

큰 소리로 자신만만하게 웃는 클레어 님.

"그렇게 되지는 않겠지만, 같이 즐겁게 놀아보도록 하죠."

나는 싱글싱글 웃으면서 대답했다.

"놀이, 라고요? 평민 주제에 저를 간단히 쓰러트릴 수 있을 거라고 생각하는 건가요?"

"후후, 부디 열심히 해주세요."

그리고 도발에 간단히 걸려드는 클레어 님. 응, 귀엽네.

"두 분 다 준비는 되셨습니까?"

"됐어요."

"네."

"그럼, 최종시합…… 시작!"

시작 신호가 떨어졌지만 클레어 님도 나도 움직이지 않았다. 우리 둘 다 서로가 어떤 식으로 나올지를 살피고 있었다. 클레어 님의 평소 언동을 생각해 보면 당연히 선제공격에 나설 것 같지만, 클레어 님도 전투 상황일 땐 제법 냉정하다. 내가 선제공격을 하지 않는 이유는 그저 조금이라도 더 길게 클레어 님과 놀고 싶어서 그런 거지만.

"오지 않는 건가요?"

"클레어 님이야말로."

"저는 이게 바로 여유라는 거예요."

"그런가요."

이어지는 침묵.

"당신 정말로 가만히 있으실 건가요? 승부가 안 되잖아요."

"아니 뭐, 저는 클레어 님을 가만히 바라보고 있기만 해도 행복해서요."

"지금 절 희롱하는 건가요?!"

화가 치미는지, 키—잇 하고 지면에 발을 동동 구르는 클레어 님이었다.

"뭐, 하지만 이렇게 가만히만 있는 것도 좀 그러니까, 저부터."

어쩔 수 없지. 나는 클레어 님을 향해 한 손을 휘둘렀다.

"닫혀라."

내 말과 동시에 클레어 님의 모습이 갑자기 나타난 바위 속으로 사라졌다. 토속성 방벽을 응용해서 클레어 님을 가둬버린 것이다. 하지만 바위는 금방 안쪽에서부터 무너져 내리고 말았다.

"흥. 이런 것 따위."

클레어 님이 탁탁하고 흙먼지를 털어내면서 걸어 나왔다. 바위는 흐물흐물하게 용해되어있다. 클레어 님의 화속성 마법이다. 아무리 토속성이 화속성에 약하다고는 하지만 바위의 녹는점은 아무리 적어도 700도에서 800도 정도. 높은 경우는 1200도에 달한다. 불꽃의 온도가 보통 1400도를 넘는다고는 하지만 계속해서 가열하고 있었던 것도 아닌데 암석을 녹여버리는건 결코 쉬운 일이 아니다. 그런데도 그걸 간단히 해내다니, 클레어 님의 마법이 굉장히 높은 화력을 가지고 있다는 건 의심할여지가 없다.

"그럼 이런 건 어떨까요."

나는 마법으로 작은 돌화살을 여러 개 생성해서 클레어 님을향해 발사했다.

"소용없어요."

돌화살은 클레어 님이 전개한 화염의 방벽에 전부 막혀버리고 말았다. 본래 화염방벽은 단단한 실체를 가지고 있지 않으니방어력도 높다고 할 수 없다. 그런데도 돌을 순식간에 녹여버릴정도의 고온을 가진 화염방벽을 전개하다니 역시나 클레어 님이다.

클레어 님의 전투 스타일은 스탠더드한 마법사 타입── 홍련의 여왕이라 불린다. 그 이름은 화염을 지배하며 자유자재로 조종하는 모습에서 비롯되었다. 클레어 님의 전투 스타일은 공격도 수비도 전부 가능한 만능형이다.

"이번에는 제 쪽에서 가겠어요."

클레어 님은 한 손을 들었다. 워터 슬라임과 싸웠을 때도 본 적 있는 특대형 화염의 창이다. 중세의 기사들이 사용했었던 마상창과 비슷한 형태였다.

"자고로 귀족 된 자는, 마법도 예술적인 법이에요."

"역시나 클레어 님! 센스는 별로지만, 굉장한 수준의 제어능력이에요!"

"그 입 다무세요?!"

클레어 님은 크흠, 하고 헛기침을 한번 하고서,

"사라지세요!"

꽤나 흉험한 외침과 함께 화염의 창을 발사했다. 거기에 나는 토속성 마법의 방벽을 만드는 것으로 대응했다.

"바보로군요! 방금 전에 방벽을 녹여버린 화력을 잊은 건가요?!"

클레어 님은 승리를 선언하는 것처럼 웃었지만──

"?! 녹지 않다니?! 어째서……?!"

토속성 방벽은 화염의 창에 녹아내리지 않고 나를 지켜냈다. 이 세계에서 토속성 방벽을 사용할 경우 보통 바위로 된 방벽을 만들어내는 경우가 대부분이다. 하지만 내가 만들어낸 방벽은 텅스텐 카바이드로 만든 방벽이다. 텅스텐 카바이드── 탄화텅스텐이라고도 불리며, 강철의 약 두 배 정도의 강도를 자랑하면서 녹는점은 무려 2800도에 달한다. 아무리 클레어 님이라고 해도 역시 이걸 녹이는 건 무리였다.

이 세계는 그다지 과학이 발달하지 않았기 때문에, 텅스텐 카바이드는 아직 알려지지 않은 물질이다. 거기에 바위로 된 방벽만으로도 평범한 화속성 마법은 막아낼 수 있기 때문에, 그 이상의 성능을 추구하는 일은 거의 없다. 텅스텐 방벽은 과학이 발달했던 현대의 지식을 이용한 약간의 치트다.

"역시 썩어도 초월 적성이라는 거군요. 하지만 공격할 방법은 아직 얼마든지 있다고요?"

클레어 님은 또 다시 특대 화염창을 만들어낸 다음, 태양을 향해 쏘는 것처럼 공중으로 발사했다. 창은 내 쪽과는 전혀 상관없는 방향으로 통과했다.

"휘어지세요!"

화염창이 날카롭게 휘어지더니 내 배후로 육박했다. 화염창은 화속성 마법의 기본 마법인 화염 화살의 발전형이다. 하지만 발사하는 건 간단해도 이런 식으로 정밀하게 제어하는 건 제법 어려운 일이다. 나는 재빠르게 등 뒤로 텅스텐 카바이드 방벽을 전개했다.

"터지세요!"

창이 방벽과 격돌하기 직전에 클레어 님이 손가락을 튕겼다. 그러자 특대 화염창은 무수하게 많은 작은 화염탄으로 변해서 방벽을 우회해 쏟아졌다.

"잡았어요!"

또 다시, 흉험한 대사를 말하는 클레어 님. 그러나——.

"네. 아까워라."

나는 순식간에 전개한 텅스텐 카바이드 탄으로 전 방위로 덮

쳐오는 화염탄을 요격해서 격추시켰다.

"어이어이, 그 찰나의 시간에 대응하는 거냐고."

로드 님의 기가 막힌다는 목소리가 들렸다. 뭐, 이것도 사실 일종의 치트다. 나는 클레어 님이 어떤 식으로 싸우는지를 전부 숙지하고 있기 때문이다. 그래서 클레어 님은 기습을 가하려고 생각했었겠지만 이미 어떤 수를 쓸지 대충 예상이 된다.

"으으으…… 평민 주제에…….."

"어라? 어떻게 되신 겁니까? 벌써 끝입니까?"

"설마요."

클레어 님은 수많은 화염탄을 만들어냈다.

"로드 님, 부디 무례를 용서해주시길."

"응?"

화염탄이 내 주변으로 쇄도한다. 나는 방벽을 둘러서 그걸 막는다.

"아직이에요!"

화염탄은 끊임없이 생성되면서, 내가 두른 방벽에 계속 작렬했다.

"과연, 그런 거네."

유 님이 납득한 듯이 말했다. 그렇다. 이것은 로드 님의 화염의 군세를 흉내 낸 것이다. 클레어 님은 높음 적성이긴 하지만, 아무래도 로드 님 정도로 마력량이 많지는 않으니 완전히 똑같이 흉내 내는 건 무리다. 하지만 일시적으로 흉내 내는 정도라면 충분하다. 클레어 님의 노림수는 9시합에서 로드 님이 보여준 산소결핍 작전이겠지.

"그럼, 이렇게 하면 되려나."

내 주변 가까이에 둘러진 방벽을 바깥쪽으로 밀치면서 화염탄을 물리치고, 동시에 공간과 산소를 확보한다. 그리고 밀쳐낸 방벽을 더욱 크게 확대해서 클레어 님을 포위하듯이 집어삼키려고 했다.

"그렇게는 안 된다고요?"

처음에 바위에 가둬지는 공격을 경험한 덕분인지, 클레어 님은 이번엔 직접 이동해서 회피했다. 풍마법의 신체 능력 강화는 사용할 수 없어도, 클레어 님의 신체 능력은 여성치고는 꽤나 높다. 문무를 겸비한 아가씨다.

"우리들처럼 겉보기가 화려한 시합은 아니지만, 마법을 잘 아는 사람이 보기엔 볼거리가 있는 시합이 됐구나."

"그러네요."

로드 님과 미샤는 완전히 관객모드로 들어가서 대화를 나누고 있었다.

"이…… 건방진."

"그럼, 클레어 님. 다음은 뭘 보여주실 건가요?"

"너무 잘난 척하지 말아 주세요."

클레어 님은 그렇게 말하고서 양손을 양옆으로 천천히 뻗었다. 클레어 님의 주변으로 빛나는 문장 네 개가 만들어지면서 허공으로 떠올랐다.

클레어 님의 집안, 프랑소와 가문의 문장이었다.

"평민 상대로 이걸 쓰게 될 줄이야…… 빛이여."

그 말과 함께 각각의 문장에서 열선이 발사됐다. 나는 재빠르게 방벽을 전개하려고 했지만 도저히 반응할 수 없었다.

"지금 공격은 경고예요."

열선은 내 허리 옆을 스치며 지면을 태우는…… 것도 아니고 그대로 증발시켜버렸다. 이것이 클레어 님의 최후의 비기. 매직 레이다. 그 정체는 초 고출력 빔 포다. 현실 세계의 빔과는 다르게 순수하게 마법적으로 만들어졌지만, 동시에 위력도 현실의 빔과는 비교할 수 없을 정도의 강력하다. 순간적으로 날아오기 때문에 눈으로 보고서 피하는 건 거의 불가능하다.

"저로서도 그렇게 쉽게 쏠 수 있는 건 아니에요. 하지만 위력은 이해하시겠죠? 위력 저하 결계가 있다고는 해도, 직격한다면 그냥 끝나지 않는다고요? 항복하도록 하세요."

클레어 님이 항복을 권고해 왔다.

"으―음, 그러네요. 그래도 상관은 없지만……."

"없지만?"

"역시 지는 건 싫으니까 이기도록 하겠습니다."

나는 딱, 하고 손가락을 튕겼다. 클레어 님의 발아래 지면이 갑자기 사라져버렸다.

"꺅!"

귀여운 비명이 울려 퍼지면서 미끄러지는 것도 아닌, 그대로 수직 낙하하는 클레어 님. 클레어 님이 바닥에 떨어진 것을 확인한 다음, 나는 그대로 구멍을 20미터 정도 더 파냈다.

"잠깐! 이런 별것도 아닌 마법으로!"

"하지만 효과적이죠?"

세인 님처럼 공중을 이동할 수 없는 이상, 이 수직 낙하 구멍은 의외라는 생각이 들 정도로 대처할 방법이 없다. 화속성으로는 발판을 생성하는 건 무리인데다, 로켓의 원리로 수직 상승하는 추진력을 얻어서 탈출해 보려고 해도 만약 구멍 폭이 좁다면 무너져 내려서 압사당하고 만다. 수속성이라면 물을 채워 넣어서 위로 떠 오를 수 있겠지. 하지만 그것도 밑으로 파이는 스피드 보다 더 빠르게 물을 채우지 못한다면 난감할 수밖에 없는데다, 자칫하면 물에 빠지고 만다. 결론적으로 토속성이나 풍속성 마법을 사용할 수 없다면 여기에 대항할 방법이 없다는 뜻이다.

"인정할 수 없어요, 이런 결말은!"

"그럼, 탈출해 보세요."

"거기서 기다리고 있으세요! 이런 건 마법으로 구멍을 넓혀서 ──."

"……포기해라, 클레어."

지금까지 아무 말 없이 묵묵히 있었던 세인 님이 입을 열었다.

"무슨 말이세요, 세인 님. 저는 아직──."

"……눈치채지 못한 건가. 레이는 너의 화속성에 상성 상 유리한 수속성 마법을 아직까지 한 번도 쓰지 않고 있는데도?"

클레어 님이 숨을 삼키는 소리가 들렸다. 네. 사실 저는 농락 플레이를 하고 있었습니다.

화속성은 수속성에게 엄청 약하다. 그러므로 만약 수속성 마법을 썼다면 시작하자마자 클레어 님을 원천 봉쇄할 수도 있었다. 하지만 그래서야 재미가 없다. 내 목적은 클레어 님과 노는 거였으니까.

사실 게임 속 주인공은 이렇게 벌써부터 마법을 잘 쓸 수 없었긴 하지만.

"당신…… 저를 봐주고 있었던 건가요?"

"네!"

"으으으!! 바보 취급하다니……!"

"그래서 클레어 님. 아직도 계속하실 건가요?"

"당연하죠!"

여전히 전의를 불태우는 클레어 님. 클레어 님은 화속성 마법을 써서 열심히 주변의 흙을 소각하고 있는 모양이다. 구멍의 수직 벽을 경사로 만들어서 탈출해 볼 생각인 것 같았다.

"클레어 님 힘내라~."

"당신 정말로 성격 나쁘네요?!"

그걸 보며 나는 뭘 하고 있냐고 하면, 그냥 간단하게 클레어 님이 소각한 만큼의 흙을 추가로 생성하고 있었다.

"키―잇!"

"클레어 님, 정말 죄송하지만 여기선 레퍼리스톱으로 하겠습니다. 승자, 레이."

"수고하셨습니다."

뭐, 그렇게 클레어 님과 나의 모의전은 싱겁게 막을 내렸다. 클레어 님을 지상으로 올려드렸다.

"저는 이런 결과 인정 못 하니까요?!"

머리끝까지 화가 난 클레어 님은, 진흙투성이로 볼품없는 몰골이었다. 하지만 나는 그런 클레어 님도 굉장히 좋다. 나는 클레어 님 전문가로서 아름다운 클레어 님만 좋다고 생각하는 사람이 아니니까.

결국 학교기사단 시험에 합격한 사람은 로드 님, 세인 님, 유 님, 클레어 님, 미샤, 그리고 나까지 6명이었다. 학교기사단 소속임을 나타내는 문장을 받아들고서 그날의 선발시험은 끝났다.

하지만 나는 아직 할 일이 남았다.

"클―레―어―님!"

"알고 있어요. 뭐든 말해보도록 하세요."

승부는 내 승리로 끝났으니, 클레어 님은 내 부탁을 한 가지 들어줘야 한다. 뭘 부탁할지는 이미 결정해 놓았다.

"제 부탁은 이전과 똑같아요."

"네?"

"무슨 일이 있어도 포기하지 말아 주세요."

"잠깐 어떻게 된 건가요? 그건 이미 저번에 약속한 거잖아요."

분명히 그 말이 맞지만, 이걸로 좋다.

"괜찮아요, 똑같은 부탁으로. 한 번 더 약속해주세요."

"상관은 없지만…… 정말 그런 부탁으로 괜찮은 건가요?"

"네."

"알겠어요. 저, 클레어 프랑소와는 신에게 맹세코 절대 포기하지 않겠어요. 언제 어느 순간에도 희망을 버리지 않고 마지막까지 발버둥 치겠다고 맹세해요."

"좋습니다."

이걸로 정말정말 시험이 끝났다.

"클레어 님, 배가 고파졌어요. 같이 식당에 가죠."

"그런 비열한 방식으로 이겨 놓고는 뻔뻔스럽기 그지없네요."

"정말 고맙습니다! 저 노력했어요!"

"칭찬한 거 아니거든요?!"

언제나처럼 기운 넘치게 만담을 주고받는 우리들.

"언제나 지금 그대로의 클레어 님으로 있어 주세요."

"하아? 뭐예요 갑자기."

"아뇨 아무것도. 자 어서 가죠, 클레어 님."

"잠깐! 멋대로 저를 만지지 말아 주세요, 평민!"

지금은 아직 클레어 님은 몰라도 되는 일이다. 언젠가는 피할 수 없는 일이라고 해도.

오늘도 클레어 님을 만끽했다. 내일도 잔뜩 사랑하도록 하자.

학교기사단이라고 하면 뭔가 멋있어 보이지만, 실제로는 단순한 잡일처리도 도맡아 하고 있다. 이런 부분은 일본 학교에 학생회랑 닮은 구석이 있다. 학생들에게서 접수된 애로사항들을 하나하나 처리해야 한다.

"최근, 밤이 되면 유령이 나온다고 해요."

학생들을 통해 접수된 민원 중에서 나와 클레어 님이 담당하게 된 일은 이것이다. 아무래도 밤이 되면 학교 여자기숙사에서 유령…… 혹은 수상쩍은 사람 그림자가 목격된다는 모양이다.

클레어 님은 나랑 한 조가 됐다는 사실에 투덜투덜했지만, 내가 클레어 님의 메이드라는 점도 있어서 만장일치로 결정됐다. 클레어 님은 마지막까지 불만스러워 보였지만.

참고로 지금은 목격자들 한 명, 한 명의 이야기를 듣는 중이다. 이 사건은 게임 내에 일어난 적 없었던 사건이기 때문에 나로선 굉장히 흥미진진하다.

"그, 그런가요. 헤에―……, 흐응―……."

기분 탓인지 클레어 님이 몹시 동요하는 것처럼 보이지만 일단 내버려 뒀다. 목격자인 여학생한테 계속 이야기를 듣는다.

"목격 장소는 어디 부근이었나요?"

"친구는 2층과 3층 사이의 계단에서 봤다는 모양이지만, 제가 본 곳은 조리실이네요."

"위치가 제각각이네요. 유령의 특징은?"

나는 메모를 하면서 계속 물었다.

"그러니까……. 저, 처음에는 그게 유령이라고는 생각하지 않았기 때문에 수상한 사람인 줄 알고 가까이 다가갔더니 갑자기 물벼락을 맞았어요."

"무, 물이라고요?"

"네. 학교 내 하천에 빠져 죽은 여자아이의 유령일지도 몰라요."

"히익."

클레어 님이 숨을 삼켰다.

"무슨 일 있으세요, 클레어 님?"

"아, 아무것도 아니에요."

누가 봐도 명백하게 동요하고 있었지만, 굳이 더는 추궁하지 않았다.

"귀중한 이야기를 들려주셔서 감사합니다."

"꼭 좀 퇴치해줘요."

"……평안하시길."

목격자에게 감사 인사를 하고서 헤어졌다.

"다음은 현장으로 가볼까요."

"……당신 혼자 가도 괜찮지 않을까요?"

"무슨 소릴 하시는 건가요. 혼자서 단서를 찾는 것보다 둘이서 하는 쪽이 당연히 더 효율이 좋잖아요."

"그, 그러네요……."

나는 머뭇머뭇하는 클레어 님과 함께 조리실을 향해 걸어갔다.

아마 촉이 빠른 사람이라면 이미 눈치챘겠지만, 클레어 님은 귀신을 무서워한다.

여름에는 언데드 사냥이라는 학교 행사가 있는데, 귀신을 엄청나게 무서워하는 클레어 님이 무진장 귀엽다. 그렇게 생각하는 사람은 나밖에 없을지도 모르지만. 아무튼 그런 이유로 우연이라곤 해도 이런 오컬트적인 일거리를 떠안게 되어서 클레어 님은 전전긍긍, 나는 희희낙락 하고 있는 것이다.

"여기네요."

"자물쇠가 잠겨있는데요? 어쩔 수 없네요. 여기선 그냥 물러나는 걸로——."

"아, 열쇠 빌려왔어요."

"……그런가요."

구식인 실린더 자물쇠를 열었다. 조리실에는 다양하게 갖춰진 조리기구들이 깔끔하게 정리되어있었다. 희미하게 달콤한 향기가 났다. 과자 같은 걸 구운 걸지도 모른다.

학교 기숙사 조리실은 주로 학생들의 개인적인 취미, 혹은 잠깐 차를 한잔 마시고 싶을 때 사용된다. 삼시 세끼 식사는 식당을 이용하기 때문에 여길 사용할 경우는 예외적인 일이다. 귀족이라면 데리고 다니는 시종들에게 맡기고, 평민이라면 스스로가 조리한다. 뭐, 요리를 한다고는 해도 그래봤자 티타임용 과자나 가벼운 식사 정도지만.

"클레어 님은 입구 근처를 찾아봐 주세요. 저는 안쪽을 살펴보겠습니다."

"저한테 이래라저래라 지시하지 마세요!"

"그럼 클레어 님이 안쪽으로 가시겠어요?"

"……어쩔 수 없네요. 제가 양보하도록 하죠."

이런 상황에서도 한마디도 지지 않다니, 클레어 님의 츤츤거리는 태도도 참 어지간하다.

잠시 동안 서로 분담해서 수색을 하고 있자니——.

"히익?! 평민! 당신! 레이!"

클레어 님의 비명이 들려왔다.

"무슨 일이세요?"

"저……저거……! ……잠깐, 당신 어째서 웃고 있는 거예요?"

"아, 죄송합니다. 클레어 님이 너무 귀여워서 그만."

"이런 상황에서까지 장난치고 있지 말라고요. 그보다도 저거 좀 봐요, 저거!"

클레어 님이 손가락으로 가리킨 곳을 보자 뭔가 젤 형태를 한 무언가가 달라붙어 있었다.

"저건 뭘까요……. 그냥 얼룩 같지는 않은데."

나는 샘플을 채취하려고 손을 뻗었다.

"함부로 만지지 마세요! 무슨 일이라도 생기면 어쩌려고 그래요!"

"어라? 걱정해주시는 건가요?"

"같이 말려들고 싶지 않아서 그런 거예요!"

쳇, 데레는 아직 인가.

"어쩔 수 없네요. 분석과로 넘기죠."

학교는 교육 시설임과 동시에 최첨단 연구시설이기도 하다. 이런 부분은 현대 대학과도 닮았다. 분석과는 학교 안에 있는 부속시설 중 하나로 이름 그대로 대상을 분석하는 곳이다. 이전 에는 박물학적으로 분석하는 곳이었지만 마석이 발견된 이후로 는 마법적 분석이 위주로 바뀌었다고 한다. 분석과 내에는 마물 을 분석하는 연구원도 있다던가.

"그나저나 여기에는 더 이상 단서가 없는 것 같네요."

"어서 빨리 나가자고요."

"그러네요. 밤에 다시 오죠."

"……지금 뭐라고요?"

클레어 님은 도무지 믿을 수 없는 말을 들었다는 표정이었다.

"밤이 되면 진상을 알 수 있을지도 모르잖아요."

"하, 하지만 말이죠. 정말로 유령이 나오면 어떻게 할 건데요?"

"포획하거나 퇴치하거나 하면 되잖아요."

겁먹고 있는 클레어 님을 괴롭히면서 노는 중이다.

"그, 그런 일은 군에서 처리할 일 아닐까요?"

"진짜 언데드라면 또 모를까, 유령 정도는 학교기사단만으로도 충분하다고요. 거기다 애초에 유령 같은 게 정말로 있을 리가 없잖아요."

"그, 그 말도 맞지만, 방금 전의 젤 같은 것도 있었으니……."

"괜찮다니까요. 제가 지켜드릴게요."

"바보 취급하지 말아주시겠어요?! 제 몸은 제가 알아서 지켜요!"

아, 점점 기운을 차리는 모양이다.

"그럼 본격적인 작업은 밤이네요."

"하아……. 당신은 어째서 그렇게 즐거워하는 건데요……."

그리고 자정이 지났을 무렵, 클레어 님과 나는 다시 한번 조리실에 왔다.

자물쇠를 열고 안으로 들어간다.

"······아무것도 없죠?"

"그런 거 같네요."

"봐요, 역시 아무 일도 아니었어요. 분명 유령은 뭔가 잘못 봤던 거겠죠."

"만약을 위해서 오늘 하룻밤 동안 상황을 지켜보도록 하죠."

"여기에서 말이에요?!"

클레어 님은 거짓말이지, 라고 말하고 싶어 하는 표정이었다.

"괜찮아요. 레네한테 부탁해서 여기서 자고 갈 준비도 다 해 놨어요."

조리실 구석에 이불이 깔려있었다.

"처음부터 이럴 생각이었던 거네요?"

"네."

클레어 님과 유사 숙박데이트인 것이다.

"그럼 잠자리를 준비할게요."

"잠깐! 진짜로 여기서 밤을 새울 작정이에요?!"

"맞는데요?"

덜덜 떨고 있는 클레어 님을 슬쩍 바라보며 나는 이불을 정돈했다.

"자, 그럼 잘까요."

"이불이 한 장만 깔려 있잖아요! 두 장 있는 거 다 아니까 빨리 둘 다 깔도록 하세요."

"네? 하지만 그래서야 클레어 님과 한 이불에서 잘 수 없잖아요."

"따로 잘 거예요!"

"순 억지라니깐."

"저예요?! 제가 잘못한 건가요?!"

어쩔 수 없이 이불을 두 장 깔았다.

"클레어 님은 먼저 이불 속에 들어가서 기다려주세요."

"당신은 뭘 하려고요?"

"저는 잠깐 야식이라도 만들어 볼까 싶어서."

부엌 사용 허가는 받아 났다. 나는 재료를 꺼내서 계량을 시작했다.

"……당신, 요리도 할 줄 알았군요."

"평민이라면 당연한 일이에요."

"……그렇군요."

"하지만 최근에는 새로운 레시피에 도전해보기도 해요. 그게 꽤나 재미있어서 말이죠."

"그런가요. 평민다운 취미네요."

아무 일도 일어나지 않아서 평소 컨디션을 회복한 걸까, 클레어 님이 그런 심술궂은 말을 했다.

"……잠깐, 당신 언제나 제 옆에 있었잖아요. 언제 요리를 하고 있었던 건가요?"

"밤중에 몰래, 했었죠."

"아아, 그렇군……요……?"

클레어 님이 표정이 딱딱하게 굳었다.

"밤중에…… 조리실에서?"

"네."

"설마……. 조리실에 나온 유령이라는 건……?"

"네, 저라고 생각합니다!"

"돌아가겠어요!"

이불을 휙 제치고 일어나서 자기 방으로 돌아가려고 하는 클레어 님. 그런 클레어 님 앞을 새파란 무언가가 가로막았다.

"히익! 나, 나왔다—!"

"잘 보세요, 클레어 님. 레레어예요."

"네……?"

부드럽게 몸을 흔들며 자신의 존재를 어필하는 레레어. 요리를 하는 동안은 레레어를 돌볼 수 없으니, 가방에서 꺼내서 자유롭게 돌아다니게 하고 있었던 것이다.

"그렇다면 그 젤의 정체도?"

"네. 레레어라고 생각합니다."

"……정말로 사람을 놀라게 하는 재주가 있는 주인과 펫이네요."

클레어 님이 질렸다는 표정으로 말했다.

"입 다물고 있었던 건 죄송합니다. 사과의 뜻으로 이걸 드셔봐 주세요."

나는 완성된 요리를 내밀었다.

"이건?"

"신작 디저트예요. 클레어 님의 입맛에 맞으면 좋겠습니다만."

"말도 안 되는 소리 하지 마세요. 제 입에 맞는 요리 같은 건 그야말로 블루메 수준정도 되지 않고서야 도저히——."

그렇게 말하면서도 한 입 드셔주시는 클레어 님. 뭐, 직접 맛을 보고 깎아내릴 구석을 찾으려 한 걸지도 모르지만.

"?! 맛있잖아요?! 뭔가요 이거. 케이크 같으면서도 안에 부드러운 무언가가……."

"퐁당 오 쇼콜라 라고 하는 요리입니다. 초콜릿 케이크 속에 따뜻하고 부드러운 초콜릿을 넣은 거예요."

"초콜릿은 블루메에서도 최근에 막 개발한 최첨단 과자예요. 그걸 응용해서 요리를 만들다니…… 당신 정말로 뭐 하는 사람인가요?"

클레어 님은 어쩐지 수상쩍은 사람을 보는 시선으로 나를 쳐다봤다. 그 치켜 올라간 눈매가 매력적이네요.

"뭐 하는 사람이냐니, 클레어 님의 사랑의 노예인데요?"

"그러니까 그런 농담으로 얼버무리지 말란 말이에요!"

"자자. 식어버리면 맛이 없어지는 과자니까 어서 빨리 드셔주세요. 지금, 차도 끓여올게요."

"정말이지…… 하지만 이 디저트는 아주 멋져요. 칭찬해주겠어요."

"감사합니다."

나는 달콤한 향기 속에서 클레어 님과 티타임을 즐겼다. 그 후에는 이것저것 끊임없이 수다를 즐기다 보니 결국 조리실 안에서 잠들었다.

"해냈다. 숙박 데이트 대성공."

잠들어 있는 클레어 님을 보면서 나는 작게 승리 포즈를 취했다.

"……시끄럽다고요…… 음냐음냐."

클레어 님의 자는 얼굴은 정말이지 천사 같았다.

"창립 기념제…… 인가요?"

"그렇다."

내가 되묻듯이 말하자, 단장인 로렉 님이 고개를 끄덕였다. 나를 포함해 우리 모두는 학교기사단의 회의실에 모여 있었다. 회의실 넓이는 초등학교 교실정도의 크기다. 안에는 사무용 탁자와 의자가 놓여있고, 벽에 있는 선반에는 서류나 매뉴얼들이 쌓여 있었다.

로렉 님은 기사단장용 의자에 앉아있지만, 단장용 의자라고 해서 딱히 호화스러운 외형을 하고 있거나 가장 상석에 놓여있지는 않았다. 상석에는 로드 님을 비롯한 세 왕자님이 앉아있다. 이런 점은 귀족 자녀들이 다니는 학교답다고 말할 수 있는 부분이다. 누가 어디에 앉을지 이미 암묵적으로 정해져 있다. 참고로 나는 당연히 클레어 님 옆자리다. 물론 클레어 님은 질색했지만.

창립 기념제라는 단어를 들으니 나는 게임 내용을 떠올리며, 아 그러고 보니 그런 시기인가 싶었다. 왕립학교 창립기념일에 열리는 이 이벤트는 일본의 학교로 따지면 문화제와 비슷한 이벤트다. 각 교실마다 제각각 출품작을 만들어서 외부에서 찾아오는 손님들을 맞이하는 것이 기본적인 스타일이다. 묘한 부분에서 일본 학교랑 비슷한 건 역시 일본 게임 회사에서 만든 게임이라 그런 걸까.

"당분간은 출품작의 신청허가나 비품 대여 수속 등, 기념제 준비로 바빠질 거라고 생각한다. 각자에게 일을 분배할 테니 혹시 모르는 부분이 있으면 물어보도록."

그렇게 말하고 나서 로렉 님은 우리에게 일거리를 나눠줬다.

"저기, 단장. 우리 학교기사단도 뭔가 출품하는 거였지?"

각자 무슨 일을 할지 대충 정해지고 나서 로드 님이 그런 질문을 던졌다.

"네. 예년대로 한다면 카페입니다만."

"그냥 단순한 카페는 재미없을 거 아냐. 조금 독특한 걸 해보자고."

로드 님의 나쁜 버릇이 나왔다. 이 사람은 정말로 따분한 걸 싫어하는구나.

"그런 소리를 해도 말이지. 뭘 할 생각이야 로드 형?"

"……그냥 평범한 걸로 충분하다고 생각하는데."

그나마 조금 흥미를 보이는 유 님과, 귀찮아하는 세인 님.

"왕도에서는 남녀역전 카페라는 게 유행인 모양이다. 어때? 우리들도 그걸 해보지 않겠어?"

"남녀역전 카페라는 건 어떤 거지요?"

어쩐지 건전치 못한 어감에 미샤가 질문했다.

"간단한 거야. 남자는 여장을 하고, 여자는 남장을 한 채로 접객을 한다. 의상을 바꿔 입을 뿐인데도 평범하게 하는 것보다는 훨씬 재미있겠지?"

어때, 라고 말하며 눈을 빛내는 로드 님.

"어떠냐고 하셔도…… 로드 님도 여장을 하셔야 하는 건데요? 그…… 괜찮을까요? 왕족으로서."

너무 자유분방한 건 아니냐고 묻는 클레어 님.

"들키지만 않으면 괜찮은 거야. 들키지만 않으면."

로드 님은 그렇게 말하면서 조금도 신경 쓰는 기색 없이 웃어넘겼다.

"여성이 남장을 하는 건 어쨌든 간에 남성분의 여장은 보기에 좋지 않을 거라 생각하는……데……요……?"

클레어 님은 걱정스런 어조였지만——.

"……아니, 의외로 잘 어울릴지도 모르겠네요?"

왕자님들의 외모를 보고서는 생각이 달라진 모양이었다. 세왕자님은 성격은 그렇다 쳐도 얼굴은 다들 미남이다. 여장을 하더라도 그다지 위화감은 없겠지.

"저희들도 있습니다만…… 그치, 램버……트?"

로렉 단장이 찡그린 얼굴로 옆에 있는 남성에게 동의를 구했지만, 말하다 말고 복잡하기 그지없는 표정을 지었다. 램버트라고 불린 남성은 황갈색 머리카락과 눈동자를 가진 미청년이었기 때문이다. 학교기사단 입단 시험 때, 필기시험 테스트 용지를 배부해줬던 사람이다. 이 사람도 여장을 하더라도 위화감이 없을 것 같다.

램버트 오르소 님. 오르소 라는 성이 나타내듯, 램버트 님은 오르소 상회의 장남. 즉 레네의 오빠다. 레네는 메이드로서 클레어 님 아래에서 일하고 있지만, 램버트 님은 장학생으로 학교에 입학해서 다니고 있다. 본인의 마법 실력도 꽤 대단하지만, 마도구 발명과 조정에 아주 특출한 재능을 가지고 있다고 한다.

램버트 님은 마물을 제어하는 마도구를 연구하고 있기 때문에, 마물과 대적하고 있는 이 세계에서는 나름 유명한 사람이다. 거기다 명석한 두뇌를 가지고 있어서, 지금은 학교기사단의 부단장 직위를 맡고 있다. 그 공적들을 생각해 볼 때, 귀족 가문이었다면 단장까지 올라갔더라도 이상하지 않다.

"이게 대체 무슨……. 웃음거리가 되는 건 나 혼자 아닌가."

머리를 감싸 쥐는 로렉 님. 살아라, 너는 아름다워—…… 아니 이게 아니고.

아니 뭐, 분명 로렉 님도 틀림없는 미남이다. 하지만 미남에도 여러 타입이 있어서, 로렉 님은 다른 사람들과는 다르게 남성미가 물씬 풍기는 얼굴이다. 여장은 좀 힘들지도 모르겠다.

"그럼, 이의 없는 거지?"

로렉 님은 깨끗하게 무시한 채로 로드 님이 회의를 마무리 짓기 시작했다.

"나는 딱히 상관없어."

"……모두가 좋다면야 그렇게 하지."

유 님은 평범하게 찬성, 세인 님은 소극적인 찬성인 모양이다.

"저도 딱히 반대의견은 없어요."

미샤도 소극적 찬성.

"저도 별로 상관없——"

"클레어 님의 남장…… 최고야……."

"……역시 반대에 한 표 던질게요."

그저 솔직하게 내 마음을 표현했을 뿐인데 클레어 님이 반대표를 던졌다. 수수께끼다.

그 밖에 다른 멤버들도 이렇다 할 반대의견은 없는 모양이었다.

"아니…… 저는 반대입니다만……."

"포기하도록 하죠. 단장."

로렉 님의 사소한 반항은 램버트 님의 위로만 남기고 끝났다.

"그럼 결정이군. 올해 학교기사단은 남녀역전 카페 '카발리에'다."

"카발리에?"

"학교기사단의 정식 명칭이야. 카발리에는 기사를 의미하는 단어란다."

너무 거창한 이름이라 아무도 쓰지 않지만 말이지, 하고 램버트 님이 가르쳐줬다. 그러고 보면 학창시절에 교양 선생님이 나이트와는 어떻게 다른지 가르쳐 준 적 있는 것 같다. 분명——.

"품위는 있지만 지나치게 여유롭고 태평하다, 라는 뉘앙스가 있었죠?"

"틀린 말은 아니지만 되도록 여유를 가지고 느긋하면서도 품위가 있다. 라고 바꿔 말해줬으면 좋겠는데."

램버트 님이 쓴웃음을 지었다. 어순만 살짝 바꿔줘도 꽤나 인상이 달라지는 법이다.

뭐, 그건 아무래도 좋고.

"그렇다는 것은 클레어 님은 카발리에 아가씨. 즉, 카바레 아가씨네요!"

"대체 그게 무슨 소린지는 잘 모르겠지만 분명 좋은 말은 아닌 거죠?"

"엄청 좋은 말입니다! 저라면 매일같이 지명할 거예요!"

"그러니까 대체 무슨 소릴 하는 거예요?!"

이 세계에 당연히 카바레 같은 건 없다. 비슷한 무언가는 있겠지만.

"클레어 님. 업소 헤어 한번 해보죠!"

"뭔가요, 그 업소 헤어라는 건."

"카바레 아가씨만이 할 수 있는 특별한 헤어스타일이에요!"

"특별……? 흐, 흥! 뭐 좋아요. 특별히 해주도록 하죠."

역시나 쉽죠인이다.

오늘의 회의는 일단 이걸로 마무리됐기 때문에, 저녁을 먹고 나서 클레어 님의 방으로 향했다.

"뭐 하는 거야, 레이 짱?"

"클레어 님을 카바레 아가씨로 만들어 볼까 해서."

"?"

"자 그럼 클레어 님, 잠시 실례해도 될까요?"

클레어 님의 머리를 위로 틀어 올렸다. 금속 헤어핀을 마음껏 쓸 수 있다니, 역시나 귀족 아가씨다.

"헤에~ 이런 느낌이 되는구나?"

"응. 뒷머리 절반으로 토대를 만든 다음, 거기서 핀으로 하나하나 고정해 나가는 식이야."

레네는 업스타일 헤어에 흥미를 느꼈는지, 열심히 이런저런 질문을 던졌다. 나도 전문가는 아니라서 자세한 건 모르지만, 아는 만큼은 적극적으로 질문에 대답했다. 아마 핀을 꽂는 게 제일 어려울 것이다.

"클레어 님의 헤어스타일이 세로 드릴이라 다행이에요. 머리를 마는 데 제일 시간이 걸리거든요."

"그건 레네 덕분이에요."

"별말씀을요."

이래저래 해서 완성됐다.

"다 됐습니다."

"와―, 클레어 님. 멋지세요."

"헤에……. 이거 제법 나쁘지 않네요."

거울 앞에서 헤어스타일 양옆을 확인해 보던 클레어 님도 만족하셨다.

"굉장해요, 클레어 님! 어딜 어떻게 봐도 카바레 아가씨예요!"

"그, 그래요……?"

칭찬의 말이라고 생각하고 있는 클레어 님은 득의양양했다. 진짜 의미를 가르쳐준다면 분명히 화내겠지만.

"클레어 님. 당분간 이 헤어스타일로 해드릴까요?"

레네가 별 뜻 없이 물었다. 그러자 방금까지 기뻐하고 있던 클레어 님의 기분이 살짝 가라앉았다.

"……아뇨, 평소 헤어스타일로 괜찮아요. 레네, 부탁할게요."

"그렇습니까. 알겠습니다."

레네는 그런 모습을 눈치채지 못한 건지, 눈치채지 못한 척을 하는 건지, 언제나처럼 부드럽게 말했다.

클레어 님의 롤 헤어는 사실 돌아가신 어머님의 영향을 받은 것이다. 클레어 님의 어머니도 롤 헤어스타일이었기 때문에 지금도 그걸 똑같이 따라 하고 있다. 사실 클레어 님은 약간 마더 콤플렉스를 가지고 있다.

"그런 부분도 좋아합니다!"

"당신은 갑자기 또 무슨 소릴 하는 거예요……?"

"아뇨, 잠깐 흘러넘치는 사랑 때문에."

"……이제 됐으니까 당신은 방으로 돌아가세요."

클레어 님이 질렸다는 듯이 말하는 탓에 어쩔 수 없이 돌아가기로 했다.

"아, 클레어 님."

"뭔가요?"

이 말 만큼은 꼭 말해둬야 한다.

"남장, 기대하고 있을게요!"

"당장 돌아가세요!"

"……으—응……."

"무슨 일인가요, 레네?"

창립기념제를 향해서 우당탕탕 바쁘게 뛰어다니던 오후. 클레어 님, 미샤, 그리고 나까지 학교기사단 1학년 여자 3인방은 레네와 함께 여자 기숙사의 조리실에 있었다. 뭘 하고 있느냐고 하면, 남녀역전 카페에서 선보일 메뉴의 레시피를 고민하는 중이다. 여기에서 왜 남자 멤버들은 참여하지 않았냐고 묻는다면, 이건 딱히 남존여비 사상 때문에 그런 건 아니고 왕자님들은 요리 같은 걸 해본 적이 없어서 별 도움이 되지 않기 때문이다. 아니 사실은 그렇다곤 해도 얼굴 정도는 비추는 게 좋다고 생각하지만 말이지.

"……이 맛은, 어디선가 맛본 적 있는 것 같아서."

"그런가요? 뭐, 평민치고는 맛있는 걸 만들었다고 생각하지만요."

되도록 간단하게 만들 수 있는 것으로 하자는 의견이 있어서 일단 내가 먼저 시험 삼아 다양한 베리에이션을 줄 수 있는 메뉴인 샌드위치를 만들어 봤다. 첫 시작품이라는 점도 있으니 가장 평범한 메뉴인 달걀 샌드위치를 만들어 봤는데 레네는 그걸 시식하고 나서 감상 대신 고민에 잠긴 것이다.

"내가 레네한테 요리를 만들어준 적이 있었던가?"

"아니, 없을 거야. 하지만 이 샌드위치의 부드러운 소스는 굉장히 인상적이고, 분명 예전에 어딘가에서 먹은 기억이 있는데 말이지."

앗, 큰일이다.

"아아, 이건 분명 마요네즈라는 이름의 소스일 거예요."

"이 음식을 알고 계시나요, 클레어 님?"

미샤가 의기양양한 얼굴로 말하는 클레어 님에게 물었다.

"최근 블루메가 발표한 새로운 소스예요. 부드러운 식감과 적당한 신맛이 특징인 소스랍니다."

"그런 소스를 어떻게 레이 짱이?"

레네가 이상하다는 듯이 나에게 시선을 보냈다. 이건 내 불찰이었다. 전생의 버릇대로 달걀 샌드위치에는 당연히 마요네즈지, 하고 아무 생각 없이 써버렸다.

"아~ 그게 그러니까. 우연히 비슷하게 만들어졌을 뿐이야."

"그런 거야?"

"그럼, 그럼."

나는 필사적으로 얼버무렸다.

아마 이미 눈치챈 사람도 있을 거라 생각하지만 블루메에 초콜릿이나 마요네즈의 레시피를 제공한 사람은 나다. 샴푸, 린스를 만들어서 한몫 벌어보려던 계획은 좌절됐지만 어쨌든 중세 유럽풍의 세계로 전생한 것이다. 현대 지식을 활용하는 건 기본이다.

클레어 님의 메이드로서 받는 급료도 결코 적지는 않다. 하지만 풀코스 가격이 평민 연봉의 절반에 달하는 고급요리점에 레시피를 팔아서 버는 금액이 훨씬, 훨씬 많다.

어째서 돈을 모으고 있냐면 장래를 대비하기 위해서다. 게임 전개대로 미래가 진행된다면 클레어 님은 잘해봐야 몰락이고 여차하면 사형이라는 결말이 기다리고 있다. 그런 결말은 반드시 저지하고 싶다. 그걸 위해서는 돈이 필요한 것이다. 그리고 덧붙여서, 여러 사정이 있어서 내가 돈을 어디에 쓸지도 절대 들켜서는 안 된다. 이런 이유로 내가 블루메의 관계자라는 건 비밀이다.

"다음 요리네. 샌드위치의 또 다른 베리에이션으로 조금 든든한 음식을 만들어봤어"

화제를 얼버무릴 겸, 다음으로 만든 요리는 로스트비프 샌드위치다. 얇게 썬 야채에 바질 소스를 첨가해 보았다. 숨은 맛으로 겨자를 살짝 넣었다.

"이것도 맛있어. 방금 전의 달걀 샌드위치도 소박해서 좋았지만 이건 약간 호화스럽네."

"평민치고는 제법 솜씨가 훌륭해요."

"감사합니다."

미샤와 클레어 님은 호평이다.

그 외에도 햄 샌드위치나 야채 샌드위치 등등도 제안해 보았는데, 두 사람의 반응은 전부 호평 일색이었다. 그러나 레네는 아직 복잡한 표정이었다.

"왜 그래, 레네?"

"레이 짱, 잠깐 이쪽으로 와줘."

뭔가 조용히 이야기할게 있는지, 우리 둘이서만 조리실을 잠깐 나왔다.

"요 최근 블루메의 신작 레시피들은 레이 짱의 솜씨지?"

아, 이건 위기다.

"아냐아냐, 절대 아냐. 아까도 말했잖아. 마요네즈는 우연이었다니깐."

"마요네즈뿐만이 아니야. 전체적으로 요리의 느낌이 블루메의 신작과 굉장히 닮았어."

레네는 거듭 추궁해왔다. 나와는 달리 레네는 클레어 님을 통해 블루메의 요리를 먹어본 적이 있는 모양이다.

"기분 탓이라니깐."

"숨은 맛으로 살짝 매운 재료를 사용했었지? 그리고 그건 동방의 나라에서 사용되고 있는 겨자잖아? 전에 클레어 님이 말해줬어."

"나도 클레어 님한테서 들은 거야."

나는 끝까지 시치미를 뗄 작정이었다. 그러나 레네는 한층 더물고 늘어졌다.

"달걀 샌드위치랑 야채 샌드위치도 그래. 달걀을 부칠 때는 편집증적일 정도로 아주 신중하게 하면서 야채를 썰 때는 꽤나 대충대충."

"그게 어디가 이상한데?"

"요리의 어느 부분에서 수고를 들이는지가, 블루메의 레시피랑 똑같다고."

찔끔했다. 기존에 있던 레시피에 대해서도 이런저런 조언을 한 적은 있다. 하지만 그런 세세한 부분까지는 눈치 채지 못한다고 보통은. 뭐야 뭐야, 레네는 우미하라 유우잔 선생님이라도 되는 거야?

"그리고 그 로스트비프를 굽는 방법은 또 어떻고? 고기는 완전히 불로 익히는 게 지금까지의 상식으로는 당연한 건데 그 로스트비프는 레어였잖아?"

아, 그건 틀렸다.

"그건 레어가 아니야. 로제라고 하는데. 갓 구워졌을 땐 얇은 핑크색이지만 고기 안의 헤모글로빈이 시간의 경과에 따라 고기 색을 변화시켜서——."

"이거 봐봐. 역시나. 보통 사람들은 그런 지식 모른다고."

"앗."

나도 모르게 신이 나서 떠들었더니 보기 좋게 걸려들고 말았다. 이놈 레네. 제법이구나.

"어째서 숨겨야 하는 거야? 블루메에 레시피를 제공하고 있다는 건, 굉장한 일이라고 생각하는데."

꽤나 끈질기게 추궁했던 것 치고는 어디 가서 아무렇게나 공공연히 말하고 다닐 생각은 아닌 듯이 보여서 나는 안심했다.

레네라면 말해도 괜찮을까나. 앞으로 일어날 일도 있으니까.

"인정할게. 확실히 나는 블루메에 레시피를 제공하고 있어."

"역시 그랬구나."

"하지만 그 일은 다른 사람한테 비밀로 하고 싶어."

"어째서?"

순수하게 이상하게 여기는 것처럼, 레네는 귀엽게 고개를 갸우뚱했다.

"자세한 건 말할 수 없지만 클레어 님을 위해서야."

"클레어 님을 위해?"

"응. 부탁할게, 비밀로 해줄래?"

"해줄 수야 있지만."

왜 그걸 비밀로 해야 하는지 모르겠다는 얼굴이다.

"나한테도 비밀이란 게 있는 거야. 레네한테도 비밀이 있는 것처럼."

"?! 무, 무슨 말이야?"

"글쎄 무슨 말일까?"

나는 슬쩍 얼버무리면서 레네에게 견제구를 던졌다. 레네는 나를 경계하는 것처럼 살짝 표정이 굳었지만, 나 또한 그 비밀을 어디 가서 공개할 생각이 없다는 게 전해진 것일까,

"어쩔 수 없네. 비밀로 해줄게."

라고 말하면서 표정을 부드럽게 풀었다.

"고마워."

"그 대신에 나한테도 뭔가 레시피를 알려줘. 클레어 님한테 만들어 드리고 싶어."

"좋아. 어떤 요리가 좋은지 희망 사항이 있어?"

"음~ 간식거리가 될 만한 요리가 좋을까나."

간식거리가 되면서도 나름대로 참신한 요리인가.

"알겠어. 그럼 밤에 다시 조리실로 와줘. 레시피를 알려줄 테니까."

"고마워. 조리실 출입 허가를 받아둘게."

레네는 학교 학생이 아니라 클레어 님의 전속 메이드기 때문에, 클레어 님이 함께 하거나 미리 허가를 얻지 않으면 혼자서는 통금 시간에 기숙사로 들어올 수 없다.

"후후, 밤이 기대되네."

"잠깐, 당신들. 주인을 내버려 둔 채로 대체 무슨 얘기를 나누고 있는 건가요."

더는 기다릴 수 없었던 건지, 아니면 걱정이 된 건지, 클레어 님이 밖으로 나왔다.

"비밀 이야기예요. 그치 레네?"

"그렇게 됐어요."

"……왠지 마음에 들지 않네요."

자기도 껴달라고 솔직하게 말하지 못하는 게 클레어 님답다.

"그럼 레네. 밤에 봐."

"응."

"그래서, 어째서 클레어 님까지 함께 오게 된 거야?"

"무슨 일이 있어도 따라오겠다고 하시니 거절할 수가 없었어."

약속 시간이 되자 나타난 레네는 클레어 님을 대동하고 있었다.

"뭔가 만드는 거죠? 제가 직접 시식을 해주도록 하겠어요."

클레어 님은 실내복 차림으로 하품을 눌러 삼키면서 그렇게 말했다. 새 나라의 어린이인 클레어 님은 평소라면 이미 잠자리에 들었을 시간이다.

"잠깐 레네. 클레어 님한테는 비밀이라고 말했잖아."

"미안해. 잘 얼버무릴 수가 없었어."

클레어 님과 살짝 거리를 벌리고서, 우리 둘끼리 속닥속닥 대화를 나눴다. 뭐, 내가 블루메의 관계자라는 것만 들키지 않으면 되겠지.

"클레어 님 안 주무시고 깨어있을 수 있으시겠어요?"

"어린애가 아니라고요. 밤샘 정도는 할 수 있어요."

"그럼 클레어 님은 이쪽 의자에 앉아주세요."

클레어 님을 위해서 관람석을 준비했다. 그리고 윗옷을 벗어서 의자에 앉은 클레어 님에게 걸쳐드렸다.

"?"

"봄이라고는 하지만 밤은 아직 추우니까요."

"……흥."

클레어 님은 맘에 들지 않는다는 듯이 휙, 하고 고개를 돌렸지만 역시 춥긴 추운가 보다. 내가 드린 겉옷을 벗지는 않았다.

"그럼 시작할게, 레네."

"응."

"오늘 만들어 볼 요리는 크렘 브륄레라는 이름의 디저트야. 레네는 푸딩은 만들 줄 알지?"

"물론."

그렇다면 아마 크게 어려울 건 없겠구나.

"일단, 작은 냄비에 우유와 생크림을 넣어. 거기에 바닐라 빈즈를 넣고 불을 켜서 냄비를 가열해야 돼."

바닐라 빈즈는 통째로 넣어도 상관없지만 조금 썰어서 넣어도 된다.

"우유만 쓰는 게 아니라 생크림도 넣는 거네."

"응. 그 부분은 일반적인 커스터드 크림과는 조금 다르지."

금방 차이점을 깨닫는 걸 보면 역시 긴 메이드 경력에서 비롯된 연륜을 엿볼 수 있다.

"다른 그릇에 달걀노른자와 설탕을 넣고 거품기로 잘 휘저어. 아까 냄비에 있던 크림도 같이 넣어서 저어준 다음에 채로 걸러내서 다른 그릇으로 옮겨. 그 후 그릇 밑에 얼음물을 둬서 섞으면서 식혀줘."

여기까지는 알겠어? 하고 레네에게 물으니 문제없다는 대답이 돌아왔다. 레네는 메모장에 메모를 하느라 손을 바쁘게 움직

이고 있다. 여담이지만 이 세계에서 종이는 귀중품이다. 레네가 얼마나 이 레시피를 귀중히 생각하는지 알 수 있는 부분이겠지.

"냄비에 크림을 부어 넣고 100도로 예열시켜 놓은 오븐에 약 10분 정도 구워. 브륄레를 흔들어 봐서 중앙 부분이 젤리처럼 약하게 흔들리면 다 구워졌다고 볼 수 있으려나. 열을 식힐 때는 가능하면 냉장고에서 천천히 식혀줘."

여기까지 오면 브륄레는 거의 80프로 정도 완성됐다고 봐도 좋다.

"재료는 미묘하게 다르긴 하지만 이건 거의 푸딩이랑 똑같네?"

"레네. 여기부터가 중요한 거야. 잘 봐봐"

그다음은 크렘 브륄레의 핵심이 되는 캐러멜 층을 만들기만 하면 되지만, 이 시대에 토치같이 편리한 물건이 있을 리가 없다. 오븐을 써도 되겠지만 훨씬 좋은 방법이 있다. 나는 설탕과 양주를 꺼냈다.

"먹기 전에 먼저 표면에 설탕을 빈틈없이 골고루 뿌려주고 그 위에 술을 끼얹어 줘. 술은 되도록 도수가 높은 술일수록 좋아."

나는 성냥을 꺼내서 불을 붙인 다음, 성냥을 브륄레 표면에 가까이 가져다 대었다. 불길이 치솟는다.

"부, 불이 났어요?!"

"진정해주세요, 클레어 님. 이건 플람베라고 하는 요리 기법이에요."

당황하는 클레어 님을 다독였다. 화속성 마법사인 것 치고는 불에 민감하시네. 혹은, 불을 다루는만큼 더더욱 불의 위험성을 잘 알고 있기 때문일지도 모른다.

"다시 식혀주고 나서 같은 작업을 한 번 더 반복하면 더더욱 맛있게 완성돼. 마지막으로 식히고서 완성."

코코뜨를 클레어 님 앞에 놓아드렸다.

"그럼 클레어 님 시식 부탁드립니다. 레네도 한번 먹어봐."

"……자, 잘 먹겠어요."

"잘 먹겠습니다."

플람베를 본 후라서 그런지 클레어 님이 쭈뼛거리면서 브륄레로 스푼을 향했다. 그랬더니 스푼이 표면에 톡 하고 부딪혔다.

"표면이 딱딱하네요."

"캐러멜이 된 거예요. 스푼으로 깨서 크림과 함께 드셔주세요."

클레어 님이 조심스럽게 스푼으로 두드리자. 캐러멜 층은 간단히 부서졌다. 크림과 함께 한 스푼 떠서 입으로 옮긴다.

"! 이건——!"

"맛있어! 이거 정말로 맛있어 레이 쨩!"

"다행이야."

나도 한입 먹어본다. 응, 꽤 괜찮게 만들어졌다.

"평범한 푸딩보다 농후하면서도 촉촉하게 되어있군요. 표면의 바삭바삭한 부분도 맛있어요."

"이 바삭바삭함이 너무 좋네요. 이걸 만드는 방법…… 플람베라고 했나요? 그것도 사람의 눈길을 휘어잡는, 아주 재미있는 요리군요."

"화속성 마법을 쓸 수 있는 클레어 님이라면, 그냥 마법으로 해버려도 될 거 같지만요."

"제가 직접 만든다는 건 생각할 수 없어요. 요리는 레네랑 당신에게 맡길게요."

그런 점은 역시나 귀족 아가씨구나. 하지만 그렇게 심술궂게 말을 하면서도 열심히 먹고 있는 모습은 평범한 여자애구나. 아~ 너무 귀엽다고, 요 녀석.

"레네, 잘 모르겠는 부분은 없어?"

"응. 괜찮다고 생각해. 고마워 레이 짱."

"별말씀을 다. 그리고 이것도 받아둬."

"?"

나는 메모된 종이를 내밀었다. 종이에 적힌 내용을 보고 레네가 깜짝 놀란 표정을 지었다.

"이건, 마요네즈의!"

"쉿! 클레어 님이 눈치채지 못하도록."

"괜찮아?"

"응. 하지만 내가 허락하기 전까지는 만들지 말아줘."

"?"

레네는 이해할 수 없다는 얼굴이었다. 무리도 아니다. 나로서도 자신의 언동을 객관적으로 보면 대체 뭐 하자는 건가 싶다.

"이건 말이지, 보험이야."

"보험?"

"언젠가는 의미를 알게 될 거야."

"……잘은 모르겠지만 소중히 보관하고 있을게."

"되도록 암기한 다음 메모는 파기해줬으면 좋겠어."

"알겠어."

그렇게 대충 이야기가 마무리되었을 때쯤, 클레어 님이 브륄레를 다 드셨다.

"한 개 더 먹고 싶어요. 만들도록 하세요."

"클레어 님. 이런 한밤중에 단 음식을 너무 많이 드시면 살찐다고요?"

레네가 지당한 소리를 했다.

"하나 더 정도는 괜찮잖아요. 내일부터는 다시 절제할 테니까요."

"하지만……."

"됐으니까 만드세요. 명령이에요."

억지를 부리기 시작하는 클레어 님 상대로 레네는 눈꼬리가 늘어뜨린 채, 곤란해하고 있었다.

"뭐 어때 괜찮잖아, 레네."

"하지만 클레어 님의 몸매가 달라지기라도 한다면 당주님을 볼 면목이 없는걸."

"하루 정도는 괜찮아. 뭣하면 조금 있다가 밤의 운동을 할 테니까. 클레어 님 방에서."

"안 할 건데요?"

클레어 님이 쏘아내는 영하 이하의 싸늘한 시선이 기분 좋다.

"아아, 제 방에서 하는 게 좋으신 건가요?"

"그런 의미가 아니에요!"

밤의 운동이 무슨 의미인지 알고 계신 것 같다. 클레어 님도 참, 어디서 들은 건 많으셔서.

"자자, 레네. 연습한다고 생각하고 복습 삼아서 한 개 더 만들어봐."

"알겠어. 클레어 님, 내일 식사는 가볍게 하시는 거예요?"

"알겠으니까 빨리 만드세요."

이래저래 해서 크렘 브륄레를 한 개 더 만들었다.

레네가 만든 브륄레는 처음으로 만들었다고는 생각할 수 없을 정도의 완성도였다. 플람베를 할 때 살짝 손을 데긴 했지만.

"치료해 줄 테니까 손 내밀어봐."

"괜찮아 이 정도는. 약을 바르면 되니까."

"내가 치료해 주고 싶어서 그래."

그렇게 말하며, 나는 반쯤은 강제로 레네의 손을 잡고 화상을 치료했다.

"고마워."

"인사는 필요 없다니깐. 여자아이의 손가락에 화상 같은 게 있다는 걸 용납할 수 없는 것뿐이니까."

내 나름대로의 미학이라는 거다. 수속성 마법의 적성이 있어서 다행이다.

"……둘이서 사이가 좋네요."

클레어 님이 왠지 마음에 들지 않는다는 듯이 중얼거린 말을 나는 놓치지 않고 캐치했다.

"질투하시는 거네요, 클레어 님! 아이, 참, 이거 곤란하게 됐네."

"아니거든요! 우쭐대지 말란 말이에요 평민."

"어머머."

평소처럼 내가 장난을 치면, 클레어 님이 화내고, 레네가 지켜본다. 딱히 특별할 거 없는, 하지만 행복한 일상이다. 나는 이런 나날이 언제까지나 계속됐으면 좋겠다고 생각했다.

"자, 그렇게 돼서 레네를 서비스업 강사로 모셨습니다."

"레네라고 합니다. 잘 부탁드립니다."

내가 소개하자 레네가 부드럽게 웃으면서 고개를 숙였다. 기사단 전원이 조금 당황스러워하면서도 일단 박수를 보냈다.

약, 한 명을 제외하고.

"잠깐만요, 평민. 어딜 남의 시종을 멋대로 쓰고 있는 건가요."

클레어 님이 일어나서 따지고 들었다.

"아니, 이건 내가 부탁한 거다."

"로드 님……."

로드 님이 중재에 나서자 클레어 님의 기세도 한풀 꺾였다. 나는 로드 님에게서, 이번 남녀역전 카페를 준비하기 위해 접객과 조리에 능한 사람을 소개해 줬으면 한다는 부탁을 받았다. 그 말에 내가 적임자로 낙점한 사람이 레네다. 오랫동안 메이드로서 클레어 님이라는 고난이도의 인물을 계속 보필해왔던 그녀라면 강사로서의 자격은 충분하다고 생각한 것이다.

"그렇다면…… 어쩔 수 없지만요."

클레어 님은 마지못한 모습으로 다시 자리에 앉았다.

"그럼 잘 부탁해 레네."

"응."

레네는 방긋 웃으면서 모두를 둘러보았다.

"여러분에게 접객과 조리를 알려드리기 전에, 먼저 부탁드릴게 있습니다."

"응? 뭘까?"

유 님이 느긋하게 되물었다.

"여러분과는 다르게 저는 평민입니다. 이 중에선 평민 신분인 기사단 단원분도 계시는 듯하지만, 그분들도 역시나 선발시험을 통과한 빼어난 실력을 가진 분들뿐입니다. 저 같은 사람한테 가르침을 받는 입장이 되는 데에는 저항감을 느끼는 분들도 많지 않을까요."

그건 그럴지도 모른다. 귀족 멤버는 평민한테서 무언가를 배울 일이 거의 없었을 것이다. 또한 같은 평민이라고 해도 학교 기사단쯤 되면 나름대로 프라이드가 있을지도 모른다. 나는 손톱만큼도 없지만.

"……그게 어떻다는 거지?"

세인 님이 레네의 다음 말을 재촉했다.

"무례인 줄은 압니다만, 가르침 앞에서는 왕족, 귀족, 평민의 구별이 없었으면 합니다. 그런 신분에 집착해서야 접객 같은 건 불가능하니까요."

"흠, 괜찮겠지. 다들 상관없지?"

로드 님이 나서서 괜찮다고 말하는데 반대할 귀족은 없겠지. 평민은 더 말할 필요도 없고.

"정말로 감사합니다. 그렇다면 이제부터 기념제 당일까지 저를 선생님이라고 불러주세요."

레네의 말에 회의실이 일순간 술렁였다. 그렇게까지 할 필요가 있는 건가, 라는 반응이다.

"레네, 당신 너무 지나친 거 아닌——."

"레네 선생님. 입니다."

클레어 님의 항의를 잘라내는 레네의 온화한 한마디는, 분명 부드러웠지만 어딘가 반론을 용납하지 않는 울림을 담고 있었다.

"무, 무슨……."

"클레어 님. 선생님이라고 불러주세요. 자, 어서?"

"웃……."

"후하하! 이거 재미있군. 클레어, 말해봐라."

아무래도 마음에 쏙 든 모양인지, 로드 님은 완전히 즐기고 있었다.

"큭……. 레네…… 선생님."

"목소리가 작습니다."

"이익……!"

"후후……. 클레어, 그러면 안 되잖아?"

유 님의 말이 성난 기색인 클레어 님을 억눌렀다.

"……레네 선생님."

"잘했습니다. 클레어 님. 그 느낌으로 부탁드립니다."

"당신, 나중에 두고 보세요……."

이런저런 하고 싶은 말들을 어떻게든 눌러 삼키고 있는 클레어 님. 뭐, 분명 나중에 한마디 하긴 하겠지만, 레네도 이미 각오한 바겠지.

"그래서 레네 선생님. 뭐부터 배우면 되는 걸까?"

미샤가 질문했다. 적응력이 높다고 해야 할까, 애초에 신분에 집착하는 성격은 아니기도 하니까 레네를 선생님이라고 부르는데 딱히 저항이 없는 모양이다.

"먼저 마음가짐부터입니다. 메이드도(道)의 기본정신은 뭐라고 생각하시나요?"

"메, 메이드도……?"

뭔지 모를 레네의 말에 클레어 님이 저도 모르게 되물었다.

"그렇습니다. 제가 여러분에게 알려드릴 것은 메이드도입니다."

부드러운 미소를 유지하면서도, 확고하게 단언하는 레네는 어딘지 모르게 평소와 분위기가 다르다. 한마디로 말해서 뭔가 무섭다.

"아시겠습니까. 메이드도라고 하는 것은 굉장히 심오한 것입니다. 본래대로라면 일주일 남짓한 기간만으로 그 극의를 익힐 수 있을 만큼 쉬운 게 아닙니다."

"아니, 우리는 메이드도 같은 걸 익힐 생각은——."

"그러나!"

클레어 님의 말을 자르며 크게 소리치는 레네. 역시 무서워.

"여러분들과 같은 귀족이나 평민의 대표분들께도 헌신과 봉사의 훌륭함을 전해드리고 싶다. 그 일념으로 저는 여기에 있습니다."

레네의 뒤로 활활 타오르는 불길의 환상이 보였다. 큰일 났다. 레네, 지금 분명 이상한 스위치가 켜졌다.

"그렇습니다. 헌신과 봉사…… 이것이 메이드도의 본질입니다. 여러분들에게는 친숙하지 않은 단어라고 생각합니다만, 이것은 세계평화와도 직결되어있는 중요한 개념입니다."

말투에도 열기가 가득 담겨있다. 레네가 토하는 열변은 그대로 한 시간 가까이 계속되었다.

"──라는 것으로 슬슬 여러분들도 메이드도의 기초를 이해하셨다고 생각합니다."

"네, 레네 선생님."

"좋은 대답입니다. 클레어 님. 자 여기서 복습해보죠. 메이드도의 본질은 무엇입니까?"

"헌신과 봉사입니다. 레네 선생님."

"바로 그렇습니다. 잘하셨습니다."

"감사합니다. 레네 선생님."

몇 분 전부터 클레어 님의 상태가 어쩐지 이상하다. 마치 무언가에 홀린 것처럼 높낮이가 사라진 기계적인 어조로 변했다. 눈빛도 죽어있다.

거기다 이건 클레어 님만 그런 게 아니라——.

"그럼 로드 님. 메이드도의 기본은 뭐에서 시작하는 거죠?"

"인사입니다. 레네 선생님."

"아주 좋아요. 그럼 직접 말해보도록 하죠. 모두 다 같이."

"""""다녀오셨습니까, 주인님."""""

"목소리가 작다!"

"""""다녀오셨습니까, 주인님!!!"""""

"그겁니다. 모두 조금씩 이해하기 시작하셨군요. 선생님은 정말로 기쁩니다."

그렇게 말하고는 만족한 듯이 웃는 레네. 이상하다. 언제부터 이곳이 세뇌의 현장이 된 걸까. 마치 수상쩍은 종교단체나, 블랙 기업의 신입사원 연수 같다.

"저기, 레네?"

"레네 선생님. 입니다."

"레네 선생님. 뭔가 이상한 방향으로 나아가고 있지 않아?"

"그렇지 않습니다. 저는 순수하게 메이드도의 훌륭함을 알게 해드리려고 생각할 뿐입니다."

"그, 그래……."

"네. 레이 짱도 큰 소리로. 다녀오셨습니까, 주인님?"

"다…… 다녀오셨습니까. 주인님."

안 된다. 지금 이 장소는 완전히 레네의 지배하에 있다. 뭐, 여기서 나가게 되면 모두 정상으로 돌아오겠지…… 돌아오는 거

맞지?

"메이드도의 기본은?"

"""""헌신과 봉사!!!!"""""

"인사는 제대로?"

"""""다녀오셨습니까, 주인님!!!"""""

누가 좀 살려줘.

"······심한 꼴을 당했어요."

메이드도의 세뇌 연수가 끝나고 나서 자기 방으로 돌아온 클레어 님은 축 늘어졌다.

"정말 죄송합니다. 저도 모르게 열의가 타올라서."

레네는 아하하 하고 상냥한 웃음을 지었지만, 클레어 님은 미묘하게 거리를 벌리고 있었다. 레네를 두고서 나한테 가까이 다가오다니, 지금까지 없었던 일이다.

"화낼 기력도 없어요······. 레네, 당신한테 그런 일면이 있었을 줄이야."

"평소에는 보여드릴 기회가 없는 일면이니까요."

"되도록 영원히 보고 싶지 않았어요."

그렇게 말하고서 클레어 님은 침대에 쓰려졌다.

"안돼요, 클레어 님. 목욕을 하고 나서 옷도 갈아입으셔야죠."

"······지쳤다고요."

"안됩니다. 일어나주세요."

"으━······."

"일어나세요."

"넵! 레네 선생님! ……앗."

반사적으로 튀어나온 호칭에, 클레어 님은 부끄러움으로 몸부림쳤다.

"……생각지도 못한 부가효과네요."

"이건 후유증이라고 해야 하는 거 아니에요?!"

학교기사단은 학원제에서 남녀역전 카페를 하게 됐지만 당연히 카페 관련 준비 말고도 해야 할 일거리가 있다. 오히려 학원제와 관련 없는 일반적인 일들이 퍼센트로 따지면 더 많은 비율을 차지하고 있다.

"세인. 2학년 B반에서 와야 할 비품신청서류는 아직이야?"

"……어제 제출했을 텐데."

"안 와있어. 다시 한번 확인해줘."

"……알겠어."

"로드 형. 1학년 A반에서 출품작 허가가 아직이냐는 재촉이 왔는데."

"지금 막 인가한 참이다. 허가증을 전달해줘."

"응."

"미샤. 3학년 C반의——."

이런 느낌으로 지금은 한창 사무작업을 하는 중이다. 리더는 로드 님이고 다른 멤버들은 로드 님의 수족이 되서 일하고 있다. 덕분에 업무는 비교적 원활하게 진행되는 중이다. 로드 님은 정말 왕이 될 소질을 타고났구나 하는 생각이 든다. 나로선 여전히 대하기 껄끄럽지만.

"클레어. 제1창고의 비품 리스트에 미비한 부분이 있다. 창고에 직접 가서 다시 한번 리스트를 보완해 줘."

"알겠어요."

"혼자서는 힘들겠지……. 레이, 같이 가줄 수 있겠나?"

"네."

"저 혼자서도 괜찮아요."

"그런 소리 말고. 자 그럼 부탁하마, 둘 다."

로드 님은 그렇게 말을 끝맺고서 다음 지시를 내리기 시작했다.

"어쩔 수 없네요. 방해만 하지 말아 주시겠어요?"

"힘이 되어드리겠습니다."

램버트 님에게서 낡은 리스트를 받아들고, 메모장과 펜을 챙기고서 클레어 님과 함께 제1창고로 향했다. 제1창고는 학교 외곽에 있는 거대한 창고다. 예비용 책걸상부터, 도대체 어디에 쓰이는 건지 짐작조차 가지 않는 물건들까지 여러 비품이 복잡하게 모여 있는 곳이다. 우리는 직원실에서 열쇠를 빌린 후 제1창고 앞까지 왔다.

"그러고 보니 알고 계시는가요? 클레어 님."

"뭘 말인가요?"

열쇠로 자물쇠를 열면서 클레어 님이 되물었다.

"이 창고…… 나온다는 모양인데요?"

"……또 그런 식으로 사람을 놀리기나 하고. 귀신같은 건 없다고요."

"아뇨, 진짜라니까요. 그 해는 지독한 한파가 있어서 창고에 갇힌 채 동사한 여학생의 유령이──."

"듣, 듣고 싶지 않아요! 자, 빨리 가자고요!"

클레어 님은 내 말을 황급히 끊고서 재빨리 걸어갔다. 효과는 굉장했다.

"리스트 보완이라고 말은 해도, 이거 꽤나 엄청난 양인데요……?"

"그러네요……."

클레어 님은 혼자서도 괜찮다고 위세 등등하게 말했지만 이건 혼자서 하기엔 도저히 무리겠지. 둘이서 해도 꽤나 시간이 걸릴 게 틀림없다.

"하지만 할 수밖에 없겠네요. 저는 이쪽 끝에서부터 체크해 나갈 테니까, 당신은 저쪽에서부터 체크해주세요."

"혼자 있으셔도 괜찮으시겠어요? 아까 말한 유령이──."

"빨리하세요!"

"네에."

클레어 님을 놀려 먹는 걸 포기하고 성실하게 일하기로 했다. 둘이서 분담해서 입구에서 제일 멀리 있는 양 끝쪽부터 차례로 리스트를 갱신해 나갔다.

"책상은 꽤나 많이 줄어 들어있군요."

"암막은 오히려 늘어난 모양이에요."

그런 얘기를 주고받으면서 계속 리스트를 보완해간다. 작업은 거의 3시간 가까이 걸렸다.

"이걸로 끝이려나요?"

"그렇다고 생각합니다."

"의외로 꽤나 수고가 드는 작업이었네요. 바깥은 완전히 해가 저물었어요."

창문으로부터 석양이 비쳐 들어오고 있었다.

"돌아가도록 하죠."

"그러죠."

그렇게 되서 출구로 향했는데, 어째선지 문이 닫혀있다.

"? 이상하네요. 분명히 문은 열어둔 채 놔뒀을 텐데——."

"앗."

이건 그거다. 바로 그 이벤트가 아닌가.

"?! 아, 안 열리잖아요?!"

"아차~"

아무래도 순찰을 돌던 선생님이나 다른 누군가가 문이 열린 채 방치됐다고 생각해서 자물쇠로 잠가 버린 것 같다. 한마디로 여기에 갇히고 말았다는 뜻이다. 이 이벤트는 본래, 주인공이 공략대상과 함께 갇혀서 두근두근 알콩달콩한 시간을 보내게 되는 그런 이벤트인데 그 상대가 클레어 님이 된 모양이다. 땡잡았다.

"잠깐…… 누구, 누구 없어요?!"

쿵쿵 문을 두드리면서 힘껏 큰 목소리로 불러보는 클레어 님.

하지만 바깥쪽에서는 아무런 반응도 없었다.

"여기는 볼 일이 있지 않은 한 아무도 가까이 오지 않는 장소 니까요~"

"뭘 그리 태평하게…… 이대로라면 한밤중이 되고 말 거라고 요?"

"뭐, 그렇게 되기 전에 눈치채고 도와주러 오지 않을까요? 적 어도 기숙사 문이 닫힐 시간이 돼도 우리가 돌아오지 않으면 누 군가는 찾으러 와줄 테고요."

"그, 그건 그럴지도 모르지만……."

클레어 님이 안절부절못하고 있다.

"어라? 클레어 님, 왜 그러세요?"

"……딱히, 아무것도 아니에요."

"그런가요? 어쩐지 침착하지 못한 것처럼 보이는데요."

"기분 탓이에요! 누군가! 누군가 없나요?!"

클레어 님은 포기하지 않고 문을 쿵쿵 두드렸다. 마법 중에는 자물쇠를 여는 마법도 있긴 하지만 그건 풍속성 마법이다. 클레 어 님은 화속성, 나는 토속성과 수속성이라서 자물쇠를 여는 마 법은 쓸 수 없다. 강제로 벽을 부수고 나간다는 선택지도 불가 능한건 아니지만 학교 시설을 그렇게 함부로 부술 수도 없는 노 릇이다.

"~~~~~~!"

"클레어 님. 포기하고 얌전히 기다리죠."

"그러고 있을 수는 없어요!"

"어째서요?"

"어째서냐고 하면…… 그…….'"

"그……?"

클레어 님은 얼굴이 빨개져서는 우물쭈물하며 대답을 망설였다.

아하?

"혹시나, 꽃 따러 가시고 싶으신 건가요?"

"네 맞아요! 거 참 미안하게 됐네요!"

아~ 그런 거였나. 뭐 그건 확실히 느긋하게 있을 상황이 아니었네.

"으음~ 곤란하게 됐네요. 대충 저쪽 구석 그늘진 곳에서 볼일을 보실 수는——."

"그런 짓 할 수 있을 리가 없잖아요!"

"그렇겠죠~"

나로서도 꽤나 저항감이 드는데, 뿌리까지 귀족 아가씨인 클레어 님이 가능할 리가 없다.

"꽤나 급하신가요?"

"……급해요."

그런가——.

"그럼 이렇게 하는 건 어떨까요?"

"?"

나는 창고 구석으로 가서 지면에 양손을 댔다. 그리고 토속성 마법을 발동시킨다. 그러자 눈 깜짝할 사이에 어른 키 정도 높이의 칸막이가 완성되었다.

"이건……?"

"토속성 마법으로 만든 간이 화장실입니다. 안쪽도 한번 보실 래요?"

나는 문을 열고 안을 보여드렸다. 양변기가 한 개 설치되어 있었다.

"아주 잘했어요, 평민!"

"별말씀을요."

"그럼, 바로……."

말하자마자 재빨리 화장실로 들어가는 클레어 님. 문을 닫고, 찰칵하고 열쇠를 거는 소리가 들렸다.

그리고 정적.

"잠깐만요, 소리!"

"그렇게 말씀하셔도"

이 세계에 에티켓벨 같은 편리한 물건은 없다. 볼일 보는 소리는 분명 창피하긴 하겠지만 그 부분은 그냥 참아주길 바란다.

"물을 내리면서 하면 되잖아요."

"그, 그러네요."

물 내림용 물은 수속성 마법으로 넉넉하게 준비해 놓았다. 이윽고 물 내리는 소리가 들려왔다.

"……후우…… 우핫?!"

안도의 한숨 직후에 뭔가 매우 얼빠진 비명소리가 울려 퍼졌다.

"? 왜 그러세요?"

"왜 그러세요, 가 아니라고요! 뭔가요 이 화장실! 따따따, 따뜻한 물이—!"

"아아, 비데 말이네요."

서비스 정신을 발휘해서 수속성 마법으로 온수 세정 기능을 달아놓았는데, 아무래도 그것 때문에 깜짝 놀란 모양이다.

"지금 상황에서는 딱히 휴지가 없잖아요. 그래서 그걸로 충분히 씻고 말린 다음에 나와 주세요."

"……아, 알겠어요…… 우햣?!"

확실히 비데는 익숙하지 않으면 깜짝 놀라긴 하겠지. 어라? 어쩌면 이것도 한몫 벌 수 있는 아이디어가 되지 않을까나. 수속성 마법과 토속성 마법이 둘 다 필요하니까 양산은 힘들겠지만 귀족층만 대상으로 하면 어쩌면? 이런 상상을 하며 김칫국을 사발로 마시고 있었더니 이윽고 클레어 님이 간이 화장실에서 나왔다.

"정말이지……. 이상한 기능을 넣어두니까……."

"하지만 위생적이죠?"

"그건 그럴지도 모르겠지만요!"

뭐, 놀라겠지. 잠시 침묵이 흘렀다.

"잠깐만요, 갑자기 조용해지지 말라고요."

"아뇨, 부끄러워하는 클레어 님도 귀엽구나 하는 생각이 들어서."

"! 이 평민! 저를 누구라고 생각하는——."

"조금만 늦었어도 지릴 뻔한 상황을 평민한테 구원받은 프랑소와 가문의 아가씨잖아요?"

"……"

앗, 눈이 돌아갔다.

"후…… 후후후, 좋아요. 흑역사는 소각 처분하도록 하죠."

클레어 님은 웃음기라고는 전혀 없는 눈으로 화염의 창을 겨 눴다.

"클레어 님. 제가 사과드릴 테니까 그건 부디 참아주세요. 여 기는 창고라고요. 불에 타버릴 물건들이 한가득이에요."

"당신한테 약점을 잡힐 바엔, 전부 다 깡그리 태워서 재로 만 들어주겠어요."

"또 리스트 보완작업을 하는 건 힘들잖아요?"

"우리 가문에서 최신품으로 납품하겠어요. 리스트 보완은 업 자한테 맡기면 되겠죠?"

"싫다아~ 클레어 님. 아주 조금 메이드 조크를 던졌을 뿐이잖 아요."

"……죽어버리세요."

폭발하기 직전이었던 클레어 님은 우리를 찾아다니던 레네의 목소리에 이성을 찾으셨다. 클레어 님 놀리기도 도가 지나치면 이렇게 되는 것이다. 앞으로는 자중하도록 하자.

……살짝만.

창립 기념제까지 이제 며칠 남지 않았다. 여전히 학교기사단은 잡다한 일거리에 몹시도 바쁘지만, 우리들이 창립제에 출품할 남녀역전 카페의 준비도 착착 진행되고 있었다.

"자~ 여러분 잠깐 하던 일을 멈춰주세요~"

레네가 짝짝 손뼉을 치면서 말했다. 레네의 말에 학교기사단 사람들이 움직임을 멈추고 딱딱하게 굳었다. 메이드도 해병 캠프 후유증은 중증인 모양이다.

"뭐냐, 레네…… 선생님."

평소에는 편하게 말을 놓는 로드 님도 레네를 상대로는 선생님이라고 부르고 있다. 레네 굉장해.

"여러분이 기념제 때 입을 의상이 완성됐으니 한번 입어 봐주세요."

의상을 이쪽으로. 하고 레네가 말하자, 오르소 가문의 사람과 상인들로 보이는 사람들이 옷을 가지고 왔다.

"남성분들은 메이드 복, 여성분들은 집사 복입니다. 사이즈는 살짝 크게 만들었지만 너무 헐렁거리거나 하면 저희가 조정할게요."

그렇게 말하면서 레네는 사람들에게 의상을 나눠줬다.

"갈아입을 장소가 필요하겠군…… 남자들은 여기서 갈아입고, 여자들은 옆에 있는 빈 교실을 쓰는 게 좋겠어."

이쪽이 어질러져 있으니까 말이지. 로드 님이 웃으며 말했다. 그 말에 따라, 일단 남녀로 나뉘어서 옷을 갈아입었다.

"집사복은 어떻게 입는 건가요?"

"아. 입는 건 제가 도와드릴게요."

"……레네한테 부탁하겠어요."

클레어 님은 몸의 위기를 느낀 모양이다. 응. 올바른 선택이다. 하지만——.

"레네는 회의실에서 남성분들의 시착을 돕고 있어요."

"……어쩔 수 없네요."

"……꼴리는데."

"꼴리네요."

로드 님은 자기 모습을 보고서, 나는 클레어 님을 보고서. 우리 둘은 그렇게 말했다.

"……로드는 살짝 머리가 이상하구나."

"이 평민이 제정신이 아닌 건 하루 이틀 있는 일이 아니지만요."

세인 님은 한숨 섞인 말투로 말했고, 클레어 님을 어깨를 움츠렸다.

"스커트라는 건 어쩐지 진정되질 않네."

"집사복은 의외로 나쁘지 않네요."

유 님은 쓴웃음을 지었고, 미샤는 은근히 나쁘지 않다는 표정이다.

일단 다 갈아입고 나서 우리들끼리 서로 의상을 입은 모습을 공개했다.

메이드복은 빅토리아 시대 느낌의 클래식한 의상이었다. 스커트는 굉장히 길고, 앞치마도 장식을 최소화한 다음 실용성을 중

시했다. 색은 흰색과 검은색으로 통일되어있다. 흰 메이드 머리
띠는 언어도단이라는 듯이 실내모를 쓴 그 모습은 그야말로 전
통적 영국 메이드 아가씨였다. 이곳은 영국과는 요만큼도 관계
없는 이세계인데 말이지.

집사복도 기본적으로는 빅토리아 시대 느낌의 의상이었다. 검
은 재킷에 흰색 셔츠, 그레이 웨스트 코트에 붉은 타이. 이쪽도
19세기 영국을 떠올리게 하는 집사나 총관의 모습이었다. 다시
한번 말해두지만 여기는 영국과는 전혀 관계없는 이세계다.

"……왕자님 여러분들은 그냥 평범하게 잘 어울리시네요."

"하하, 그래?"

클레어 님의 놀란 목소리에 로드 님이 시원스레 웃었다. 목소
리는 누가 들어도 남자 목소리인데, 원판이 몹시도 잘생긴 로드
님은 화장의 효과까지 있어서 여장을 해도 자연스럽게 예쁘다.
표정이 너무 호방해서 조금만 더 얌전하게 있어 줬으면 싶은 심
정이었지만.

"……."

대조적으로 기분이 영 좋지 않아 보이는 세인 님. 차가운 미
모의 세인 님은 어딘지 모르게 미샤를 닮았다. 소위 말하는 차
가운 얼음 미녀다. 클레어 님이 복잡한 표정으로 바라보고 있었
다. 그것도 그렇겠지.

"저기 미샤, 나는 어때 이상하지 않아?"

"……몹시도 귀엽다고 생각합니다."

말은 그렇게 하면서도 유 님은 누가 봐도 즐거워하고 있었다.

부드러운 왕자님은 여장도 부드럽게 소화했다. 내 머릿속에 낭자애라는 단어가 떠올랐다. 유 님은 내 시선을 깨닫고, 나를 향해 찡긋하고 윙크했다. 귀엽긴 한데, 클레어 님 일편단심인 나한테는 전혀 효과 없다고요?

"남장이라는 소리를 들었을 땐 난감한 심정이었는데…… 의외로 나쁘지 않네."

미샤는 저거 저래도 되나 싶을 정도로 집사복이 잘 어울렸다. 원래부터 차가운 분위기를 가진 미샤는, 정말 엄청나게 유능해 보이는 집사의 모습을 갖추고 있었다. 뒤로 묶은 머리카락 사이로 보이는 목덜미가 몹시 요염하다.

그리고——.

"어째서 이 제가 남자 옷을…… 그것도 사용인용 옷 따위를……."

매우 심기가 불편하다는 듯 투덜거리는 클레어 님은, 뭐라고 표현해야 하나, 아쉬운 느낌이었다. 아니, 잘 어울리기는 한다. 잘 어울리기는 하는데, 숨길 수 없는 귀족 아가씨의 오오라가 전신에서 뿜어 나오는 클레어 님으로선 집사복은 어딜 어떻게 봐도 억지로 입었다는 느낌이 팍팍 났다. 한마디로 말해서——.

"벌칙 게임?"

"설령 그렇게 생각하더라도 입 밖으로는 말하면 안 되는 거잖아요! 그거는!"

캭, 하고 버럭 성을 내는 클레어 님. 죄송스럽지만 아무리 봐도 벌칙 게임으로 밖에 안 보인다. 클레어 님의 용모에 일절 불만은 없지만, 역시 클레어 님은 드레스 쪽이 어울린다.

"평민은 역시 평민인거군요. 사용인 모습이 딱 어울려요."

반격하듯이 클레어 님이 심술을 가득 담아서 웃었다.

"뭐, 맞는 말인 게, 저는 클레어 님의 사용인이니까?"

"……놀리는 보람이 없네요."

그렇게 말씀하셔도.

"음——…… 하지만 이건 예상외구나."

"뭐가 말인가요? 로드 님."

불만스럽다는 심정이 가득 담긴 어투로 말하는 로드 님에게 레네가 물었다.

"내가 들은 바로는 남녀역전 카페라는 건 뭔가 좀 더 예능적인 분위기라고 해야 하나, 안 어울리는 모습을 보고 웃는 그런 건데 말이야. 이래서는 손님들의 웃음을 끌어낼 수 없잖아."

아뇨, 딱히 웃게 할 필요는 없지 않나요? 내가 그렇게 태클을 걸려고 했을 때, 한발 먼저 말을 꺼낸 사람이 있었다.

"그 점에 대해서는 안심하시길."

램버트 님이었다. 그도 꽤 잘생긴 외모 덕분에 그다지 여장에 위화감은 없다. 어디에 안심할 요소가 있는 건가, 하고 생각했을 때——.

"푸하하핫!"

로드 님이 빵 터졌다.

"로드 님! 웃지 말아 주십시오!"

웃음의 원인은 단장인 로렉 님이었다. 뼛속까지 무인이라고 할 수 있는 외모를 가진 로렉 님의 여장은 로드 님이 기대했던 딱 그대로의, 웃을 수밖에 없는 모습으로 완성되었다. 메이크업을 담당한 레네도 엄청나게 노력은 해본 모양이지만, 그래도 역시 한계는 있었던 것 같다.

"……그러니까, 싫다고 했는데…….."

소리 없이 눈물을 흘리는 로렉 님. 눈물로 메이크업이 망가져서 한층 더 심각하게 변해간다.

"로렉…… 너는 합격이다. 아니 오히려 너야말로 주역이구나."

그 모습이 완전히 마음에 쏙 든 로드 님은 거리낌 없이 대폭소하고 있었다. 다른 사람은 웃기긴 한데 못 웃고 있는 표정이다.

"농담이 지나치십니다! 저는 절대 접객은 하지 않을 테니까요!"

부엌에서 안 나올 거라고 선언하는 로렉 님. 그야, 귀족 집안의 자제로서 웃음거리가 되는 건 참을 수 없겠지.

"어째서냐?"

그런 부분에선 둔감하기 그지없는 로드 님. 뭐, 로드 님의 성격이라면 설령 여장이 어울리지 않는 모습이었어도 기쁘게 웃음거리를 자처했을 거라고 생각한다.

"……로드, 그쯤 해둬. 로렉의 심정을 생각해라."

역으로 부정적인 심리에는 민감한 게 세인 님이다. 세인 님의 중재로 로렉 님은 주방 담당을 맡아도 좋다는 걸로 정해졌다.

"그런데 그렇게 해버리면 카발리에의 매력 포인트는 뭐지? 웃음 요소가 없는 남녀역전 카페 같은 게 재미있나?"

불만스러워 보이는 로드 님을 향해 레네가 손을 들었다.

"보통, 미남미녀가 접객하는 카페는 수요가 있을 거라고 생각합니다. 접객을 하는 게 왕족이나 상위 귀족분들이라면 더할 나위 없고요."

"그게 그렇게 되나?"

로드 님은 아직도 고개를 갸우뚱거리고 있었지만, 레네의 의견이 타당하겠지. 기념제에는 평민들도 방문한다. 그런 평민들이 왕족이나 귀족의 접객을 받아 볼 수 있다면 그게 옳다 그르다는 떠나서 이목을 끌 것은 분명하다.

"뭐, 됐나. 그럼 다들 기념제 당일까지 기합 넣고 가보자고."

로드 님이 대화를 마무리 지었다. 아무래도 좋지만, 여장한 모습으로 그런 말투는 좀 참아줬으면 좋겠다.

"……뭔가요?"

"아뇨, 잠깐 눈을 정화하고 싶어서요."

"?"

벌칙 게임 느낌이 나고 있어도, 클레어 님이 귀엽다는 사실은 요만큼도 흔들리지 않는다.

"3번 테이블 요리 나왔어."

"지금 오신 손님, 5번 테이블로 안내해 드렸어요."

"1번 테이블 손님, 돌아가십니다."

"1,480골드 되겠습니다."

담소를 나누는 손님들 사이를 누비며, 씩씩한 외침들이 울려 퍼졌다. 학교기사단이 대절한 커다란 교실 안에는 테이블이 놓여있었고, 그 테이블 전부가 손님으로 만석이었다. 밖에도 자기 차례가 되기를 기다리고 있는 길고 긴 줄이 생겨나 있어서 남녀 역전 카페는 꽤나 대성황이다.

오늘은 왕립학교 창립 기념제 당일이다. 올해는 딱 좋게 휴일과 창립일이 겹쳤다는 점도 있어서 학교를 찾는 손님은 예년보다 훨씬 많다고 한다. 그 말 그대로, 개회식이 끝나자마자 우리 카페에는 찾아오는 손님이 끊길 기미가 전혀 보이지 않고 오히려 점점 손님이 늘어만 가고 있었다.

"거기 언니…… 라고 불러도 되나, 예쁘네."

"핫핫하! 고맙습니다."

기분 좋게 웃으면서 접객하는 로드 님을 비롯해서——

"꺄~, 유 님! 귀여워!"

"아가씨들이 훨씬 귀여우십니다."

여유롭게 웃으면서 우아하게 대답하는 유 님.

"저 애, 어딘지 살짝 그늘이 느껴지는 게 좋네."

"하지만 너무 미인이라서 조금 무섭지 않아?"

"……."

복잡한 표정인 세인 님.

"저기, 저쪽 분은 누구실까?"

"차가운 미모의 귀공자라는 느낌이네!"

"주문은 결정되셨습니까?"

상큼한 얼굴로 열심히 일하고 있는 미샤.

"야 봤냐? 클레어 님이 접객을 하고 있다고."

"아아. 설마하니 그 제멋대로 아가씨 입에서 어서 오세요, 라는 소리를 들을 수 있는 날이 올 거라곤 생각도 못 했어."

"……."

약 1명, 가식적인 웃는 얼굴에 금이 간 채로 있는 사람도 있었지만 그건 뭐 어쩔 수 없지.

"손님들 엄청 오는구나. 아까부터 계속 프라이팬을 놓을 틈이 없어."

"성황인 건 좋은 일이지요. 다음 주문입니다, 로렉 님."

주방도 로렉 님과 램버트 님을 중심으로 풀가동하고 있다. 뭐, 이런 느낌으로 학교기사단의 카발리에는 대체로 순조롭게 영업을 이어가고 있었다.

"이정도면 인기투표 1위도 꿈이 아니겠는데."

"정말 그러네요."

로드 님의 말에 내가 고개를 끄덕이며 대답했다. 이 기념제에서는 내방객에게 어떤 출품작이 가장 좋았는지 물어보는 인기투표가 개최되고 있다. 멋지게 1위를 따낸 반이나 단체에게는 여름 바캉스 때 쓸 수 있는 피서지 여행권이 증정된다. 게임에서는 특수 이벤트 스틸컷인을 획득할 수 있는 가능성이 열린다는 뜻이다. 나로서는 굳이 여행을 가지 않아도 클레어 님과 함께라면 어디든 좋지만.

"로드 님, 쉬고 계실 틈이 없어요. 6번 테이블에서 지명이에요."

"엇차, 그런가. 다녀오마."

로드 님은 그렇게 말하고서 발걸음도 가볍게 깡충거리며 접객을 하러 갔다.

"무슨 얘기를 하고 있었나요?"

"인기투표에서 1위를 따낼 수 있을지도 모른다는 얘기요."

"그런 거였나요. 여행권 같은 건 필요 없어요. 학교기사단에 소속된 사람이라면 피서지 여행쯤은 자비로도 갈 수 있겠죠."

별거 아니라는 듯 태연하게 말하는 클레어 님. 그야 귀족 멤버들은 그럴지도 모르겠지만 평민 출신인 나로선 주머니 사정이 여유롭지 않다.

"자, 빠릿빠릿하게 일하세요. 레네…… 선생님이 보고 있다고요."

"앗, 이런."

그렇다. 레네는 감독 역으로서 기념제 당일인 오늘도 이 자리에서 눈을 번득이고 있다. 레네는 자기도 손님을 접객하고 싶었던 모양이지만, 그녀는 학교기사단 소속이 아니기 때문에 어디까지나 자문역이다.

"레이, 2번 테이블에서 지명이야."

미샤가 그릇을 주방에 내려놓으면서 나에게 말했다.

"어? 나?"

"응."

"잘 됐잖아요. 당신 같은 평민을 지명하고 싶다니, 어지간히도 별난 걸 좋아하는 사람이라는 생각이 들지만."

옷─호호호. 우위를 잡은 것처럼 웃는 클레어 님.

"기왕 위에 올라타실 거라면 침대 쪽이 좋은데요."

"대체 무슨 영문 모를 소리를 하는 건가요?"

"그냥 저의 순수한 욕망입니다. 다녀올게요."

트레이를 들고 2번 테이블로 향했다. 그리고 거기에 있는 손님의 얼굴을 보고서 나는 맥이 빠져버렸다.

"어뤼군. 가꽈이로."

반말로 그렇게 말하는 손님은 옅은 검은색 피부를 가진 외국인이었다. 몸에 걸치고 있는 옷이나 장식품을 보면 귀족임을 알 수 있다. 그중에서도 두툼한 터번을 둘러쓴 남성은 한눈에 봐도 왕족이라는 걸 알 수 있는 옷차림을 하고 있었다.

"영광우로 생곽해롸. 마르셀 로로 황태자 전하의 행촤이쉬다. 전하의 말씁을 받뜰어롸."

옆의 시종이 엄숙한 말투로 말했다. 로로 황국은 바우어 왕국에서 서쪽으로 조금 떨어진 곳에 있는 열대의 커다란 나라다. 교통의 요지이자 무역을 주요산업으로 삼고 있어서, 바우어 왕국도 향신료 등 여러 가지 상품을 거래하고 있는 상대다. 마르셀 님은 그 로로 황국의 황태자다. 내가 맥이 빠져버린 이유는 이게 게임에서 일어나는 이벤트 중 하나라는 게 떠올랐기 때문이다.

"빨리빨리 주문을 받토록 해롸."

"실례했습니다. 주문을 여쭤보겠습니다."

"음. 구롷다면, 도도새를 사용한 요리를 아무꺼나 과져와라. 전하눈 도도새를 굉장희 조아하신다."

"정말 죄송합니다. 도도새를 사용한 요리는 아쉽게도 내드릴 수 없습니다."

내가 그렇게 말하자 마르셀 전하는 미간을 찌푸렸다. 그걸 보고서 시종이 벌떡 일어났다.

"마르셀 님의 어전에서 무뤠하다! 전하가 원한다고 하쉬는거다. 어떻게둔 해롸."

"부디 용서해주시길. 도도새는 서방의 먼 나라에서밖에 손에 넣을 수 없는 귀한 재료입니다. 바우어 왕국에서는 쉽게 손에 넣을 수 없는 상품임을 양해해 주십시오."

나는 거듭거듭 될 수 있는 한 정중하게 설명했지만 마르셀 전하는 고개를 좌우로 흔들었다.

"전하가 원하쉬는 고다. 어떻게둔 해롸."

나는 한숨을 푹 쉬고 싶은걸 어떻게든 참았다. 높은 신분을 가진 이 진상손님이랑 얽히게 되는 게 이벤트 내용이기 때문이다. 게임 내에서는 제일 호감도가 높은 공략대상이 대화에 끼어들어서 여주인공을 도와준다.

그렇지만 나는 왕자님들 중 누구와도 딱히 특출나게 호감도가 높은 사람이 없다. 이걸 어떻게 해야 하나 하고 고민하며, 웃는 얼굴에 경련이 일어나려고 하는 걸 어떻게든 참고 있자니——

"대화중에 잠시 실례하겠습니다. 마르셀 전하."

"?!"

깜짝 놀랐다. 마르셀 전하와 나 사이에 끼어든 사람은 놀랍게
도 클레어 님이었다. 유창한 로로국 말을 구사하면서 마르셀 전
하 일행들과 얘기하고 있다.

"전하가 좋아하시는 도도새를 준비하는 것은 굉장히 어렵습니
다만, 전하쯤 되시는 분이면 좀 더 새로운 식재료에 도전해 보
시는 건 어떨까 싶습니다."

클레어 님은 한 번도 본 적 없는 붙임성 있는 얼굴로 마르셀
전하에게 미소 짓고 있었다. 마르셀 전하의 입꼬리가 품위 없게
헤실헤실거렸다. 마르셀 전하는 다시 한번 나서서 불평을 쏟아
내려는 시종을 손짓으로 제지하고서, 직접 클레어 님과 대화하
기 시작했다.

"으, 음. 그쪽 분은 유창한 로로어로군. 이름은?"

"클레어 프랑소와라고 합니다. 마르셀 로로 전하. 이렇게 뵙
게 되어 다시없는 기쁨으로 생각합니다."

말뿐만 아니라 표정까지 정말로 만나서 기쁜 것처럼 보이는
클레어 님. 그걸 보고서 마르셀 전하의 눈꼬리가 한층 더 부드
러워졌다.

"클레어라고 했는가, 내가 만족할 만한 것을 준비할 수 있다
고 말하는 건가?"

"네. 분명 마음에 드실 거라고 생각합니다."

클레어 님이 자신 있게 고개를 끄덕였다.

"좋다. 그대에게 맡기마."

"정말 감사드립니다."

공손한 태도로 받들며, 클레어 님은 내 손을 잡아끌고서는 주방으로 물러났다.

"하아…… 돼지를 상대하는 건 피곤해요."

마르셀 전하에게는 들리지 않을 만한 작은 목소리로 말하면서, 클레어 님은 땅이 꺼지라고 한숨을 쉬었다. 깜짝 놀랄 정도의 폭언이다.

"돼, 돼지라니……."

"저 황국의 뚱땡이 말이에요. 정말이지, 제대로 된 역사조차 없는 근본 없는 졸부나라는 이래서 안 된다니까……."

방금 전의 공손한 접객이 거짓말이었던 것처럼 독기를 토해낸 클레어 님은, 나를 보며 말했다.

"당신도 당신이에요. 저런 진상은 상대할수록 손해예요. 아첨하면서 추켜 세워주고, 기분 좋게 해주면 어떻게든 되는 법이에요."

"네, 네에……."

"뭐, 대등한 관계 속에서만 사람을 사귀어 봤을 평민에게는 불가능한 기술일지도 모르겠지만요."

살짝 득의양양하게 말하는 클레어 님. 클레어 님은 재무장관의 딸로서, 해외의 중진들을 상대해본 경험도 있겠지. 이런 일에는 익숙한 것 같았다.

"평민. 주방에 가서, 요전의 마요네즈를 사용한 요리를 만들도록 하세요."

"마요네즈, 인가요?"

"그래요. 그건 아직 로로 황국에는 없는 맛일 터. 그거라면 저 뚱땡이 씨도 만족하고 돌아가겠죠."

"과연."

확실히 그 말대로다. 그런 점은 유행이 퍼져있는 상황을 파악하고 있는 클레어 님이기 때문에 알 수 있는 것이다.

"자, 멍 때리고 있지 마세요!"

"네! ……저기, 클레어 님."

"뭔가요?"

"정말 감사합니다!"

내 말에 한순간 깜짝 놀란 후,

"따, 딱히 당신을 위해서 한 건 아니니까요! 이 일이 국제문제로 번지기라도 하면 아버님께 면목이——."

이렇게 알기 쉽게 츤츤거리는 클레어 님. 귀여워.

"츤데레, 정말 감사합니다."

"뭔 말인지 알 수 없는 소리 하지 말고 빨리 요리하세요."

"네에~"

그 후 내가 만든 새우 마요네즈는 마르셀님에게 제대로 적중했다. 절반쯤은 클레어 님의 마성의 웃음 덕분인 것 같은 느낌이 들지만.

그건 그렇고 클레어 님이 도와주러 오실 거라고는 생각도 하지 못했다. 게임에서는 절대로 있을 수 없는 일이다. 조금씩이나마, 게임의 운명을 바꾸는 것도 가능하다는 걸까.

"클레어 님이 몰락하거나 하는 건 절대로 싫으니까 말이지."

"지금 뭔가 말했나요?"

"아무것도 아니에요. 정말 좋아합니다!"

"바보 같은 소리 하지 말고 그릇이나 치우세요."

……바꿀 수…… 있으면 좋겠네.

"……지금 다녀왔다. 레이, 교대다."

"수고하셨습니다. 그럼 휴식하러 갈게요."

휴식을 마치고 온 세인 님과 교대해서 나는 2시간의 휴식 시간을 받았다. 남녀역전 카페는 여전히 성황이지만 처음과 비교하면 몰려드는 손님들의 발걸음도 조금은 진정됐다. 이정도면 남은 사람들끼리도 어떻게든 돌아갈 것이다.

"하지만 휴식이라곤 해도…… 2시간이나 뭘 해야 하나……?"

여기가 현대의 학교 문화제였다면 친한 친구들과 같이 다른 반 출품작을 돌아다니겠지만, 아쉽게도 지금 나는 그럴만한 허물없는 친구들이 없다. 굳이 말하자면 미샤나 레네겠지만, 두 사람은 지금 한창 일하는 중이다.

"타이밍이 나빴네."

나는 카발리에 옆에 있는 탈의실용 빈 교실에서 집사복을 벗으며 한숨을 쉬었다.

"……켁."

내가 교실에 들어오자마자 싫은 표정부터 짓는 사람은 나의 사랑스러운 클레어 님이다.

"수고하셨습니다. 클레어 님도 휴식인가요?"

"그래요. 정말이지, 어째서 내가 접객 같은 저속한 일을 해야 하는 건가요."

클레어 님은 투덜투덜하면서 재킷의 버튼을 풀었다. 버튼을 푸는 걸 도와드리겠다고 한 건 거절당했으므로, 나는 대신 옷 갈아입는 걸 도와드렸다.

"하지만 클레어 님, 접객 잘하시네요. 의외예요."

"겉모습을 꾸며내는 일에는 익숙하니까요. 제가 재무장관의 딸이라는 사실을 잊은 건 아니겠죠?"

아까전의 마르셀 전하 때도 살짝 말했지만 재무장관의 여식이라면 타국의 중진들과 회식을 했다거나, 그럴 일도 많았겠지. 개중에서는 불쾌한 마음이 들게 하는 손님도 있었겠지만, 설사 그렇다고 하더라도 그 심정을 표정에 드러낼 수는 없다. 겉과 속이 달라야 할 때도 있는 법이다.

"하지만 저는 평소의 솔직한 클레어 님이 좋아요."

"……저의 어디가 솔직하다는 건가요. 괜한 아부는 됐어요. 자신의 안 좋은 성격 정도는 파악하고 있으니까요."

이전에도 이런 대화를 나눈 적이 있지만, 클레어 님은 자기평가가 꽤나 박하다.

〈Revolution〉을 즐겨한 대부분의 플레이어가 의외라고 생각할 일이다. 클레어 님에 대한 전반적인 평가는, 제멋대로에 고압적이고 오만하기 그지없어서 좋아하려야 좋아할 수 없는 아가씨이기 때문이다. 이런 식으로 자조하는 클레어 님의 모습은 누구도 상상할 수 없었겠지.

"분명 클레어 님은 다루기 쉬운 성격은 아니라고 생각하지만, 많은지 적은지의 차이가 있을 뿐이지 누구나 단점은 있는 거잖아요?"

"……자기만 특별하다고 생각하지 말라고 말하고 싶은 건가요?"

"그런 게 아니에요. 그저, 자신을 비하하는 모습을 보는 게 슬픈 거예요."

"딱히 비하할 생각은……."

클레어 님은 말문이 막혔다. 방금 전 자신이 한 말이 비하로밖에는 들리지 않는다는 사실을 깨달은 거겠지.

"하아…… 분명 익숙하지 않은 일을 해서 지친 게 분명해요. 평민 따위한테 이런 걸 털어놓다니."

"저는 기쁜걸요. 클레어 님의 약한 모습을 볼 수 있었으니까요. 지금이 기회인가요?"

"바보 같은 소리를. 자, 기다리고 있을 테니까 빨리 갈아입어요."

"네?"

"무슨 새총 맞은 비둘기 같은 표정을 짓는 건가요. 제 기분 전환에 어울려 달라고 말하고 있는 거예요."

슬쩍 눈길을 피하면서 클레어 님이 그렇게 말했다. 나는 옷을 갈아입던 손을 멈췄다.

"클레어 님."

"뭐, 뭔가요?"

"제 지금 이 모습. 어떻게 생각하세요?"

"말했었잖아요. 평민답게 집사복이 익숙해 보이는군요. 라고."

"즉, 어울리긴 한다는 거네요."

"그래서 어떻다는 건데요!"

키—잇 하고 성을 내는 클레어 님을 달래는 것처럼, 나는 하얀 면장갑을 낀 손을 내밀었다.

"잠깐이지만, 에스코트해드리겠습니다."

나는 클레어 님의 눈을 바라보면서 최대한 신사적인 웃음을 지었다.

"어디로 가볼까요?"

"미리 말하지만 식당 계열은 싫으니까요? 어차피 어딜 가도 변변찮은 요리밖에 없을 테니까요."

"학교 축제라는 건 원래 그런 거 아닌가요?"

"전 제 입에 들어갈 건 엄선하는 주의라서요."

그런 대화를 나누며, 클레어 님의 손을 잡고 앞장서서 복도를 걸었다. 스쳐 지나가는 사람들은 다양해서 옷차림만 봐도 귀족임을 알 수 있는 사람도 있다면, 평민으로 밖에 보이지 않는 사람도 있었다. 평소에는 귀족 자제든 평민이든 단정한 옷차림을 한 사람들 밖에 없는 학교에서 이런 광경을 보는 건 조금 신선하다. 클레어 님은 평민을 싫어해서 때때로 표정을 찌푸리기도 했지만 그래도 불만을 말하지는 않았다.

"그럼 여기로 할까요."

"뭔가요 여긴?"

"귀신의 집이에요."

"절대로 사양하겠어요!"

클레어 님은 도망치려고 했지만, 손이 잡힌 채라서 간단히 포획할 수 있었다.

"어라 클레어 님도 참, 설마 귀신같은 걸 무서워하시는 건가요?"

"그, 그럴 리가 없잖아요! 그저 저는 귀신같은 어린애 장난질에 어울려주고 싶지 않을 뿐이고—!!"

"네네. 실례합니다~ 학생 두 명 들어갈게요~"

클레어 님이 쏟아내는 불평불만을 흘려 넘기면서, 재빨리 손을 잡아끌고 안으로 들어와 버렸다.

"클레어 님."

"뭐, 뭔가요……?"

"무서우시면 저를 끌어안아 주셔도 괜찮은데요?"

"바보 같은 소리 하지 말아…… 꺄악—?!"

고속으로 껴안아 오는 클레어 님. 땡잡았다.

"심한 꼴을 당했어요……."

"귀여운 클레어 님을 만끽할 수 있었습니다."

귀신의 집을 나온 나는, 비틀거리는 클레어 님을 부축하면서 중앙 정원에 있는 휴식처를 찾았다. 다양한 색깔의 봄꽃이 피어 있는 화단 옆에 설치된 휴식처에는, 걷다가 지친 사람들이 다리를 쉬고 있었다.

"한숨 돌리도록 하죠. 뭔가 마실 거를 사 오겠습니다."

"이상한 걸 사 오면 안 된다고요. 그냥 평범한 물로 좋으니까 말이죠?"

"선처하도록 하지요."

기진맥진한 와중에도 불평은 빼놓지 않는 클레어 님을 향해 싱글싱글 웃으면서 나는 물을 사러 잠시 자리를 떠났다. 가벼운 식사를 파는 간이점포로 가서 물을 두 개 산 다음 바로 클레어 님이 기다리는 곳으로 돌아갔다.

고, 하려고 했는데 지나가다 본 점포에서 재미있는 걸 발견했다. 2인분을 구입한다.

"늦었잖아요."

"죄송합니다. 여기 물 받으세요."

클레어 님은 아직 지쳐있었는지, 물을 입에 대자 그제야 한숨 돌린 것 같았다. 눈에 생기가 돌아온다.

"클레어 님 이것을. 별거 아닌 물건입니다만."

"이건……?"

내가 건넨 물건은 애뮬릿이었다. 은으로 세공된 애뮬릿 가운데에는 마법석이 박혀있었다. 단순한 장식품이 아닌, 이른바 부적이다. 부적의 효능이 무엇이냐면——.

"……연애 성취?"

"세인 님과 잘되셨으면 좋겠어요."

일본이었다면 이런 부적은 신사나 절에서 팔았겠지만, 이 세계에서는 신사나 절에 해당하는 곳으로 교회가 있다. 교회에 대해서 자세히 설명하는 건 다음 기회에 하도록 하고, 방금 전 애뮬릿을 산 점포는 교회의 학교지부에서 낸 점포였다.

"당신은 정말로 이상한 사람이네요."

"어째서요?"

"그저 놀리는 소리로 하는 말이라는 건 알고 있지만, 그래도 일단 당신은 저를 좋아한다고 공언하고 있잖아요?"

"놀리는 게 아니라 진심인데요."

"입 다무세요. 아무튼 그런데도 저랑 세인 님의 사랑을 응원한다니, 이상하잖아요."

애뮬릿을 손바닥 안에서 만지작거리며 그렇게 말하는 클레어 님은 어딘지 모르게 쓸쓸해 보였다. 왜 그런지는 알 수 없었다.

"저는 제 사랑이 이루어지는 것보다 클레어 님이 행복해지셨으면 해요."

"위선자 같은 발언이네요."

"뭐, 그렇게 생각하시는 것도 무리는 아니지만요. 하지만 한 치의 거짓 없는 진심이에요."

"……당신은 어째서 그렇게까지 저한테 일편단심인 거예요?"

클레어 님의 눈동자가 흔들리면서 나를 바라보았다.

"당신에게, 제 마음을 구원받았으니까요."

전생의 나는 까놓고 말해서, 꿈도 희망도 없는 하루하루를 보내고 있었다. 블랙 기업이라고 평가받는 직장에서 너덜너덜해질 때까지 일하고 집에 돌아오면 그저 잠만 잘뿐. 무엇을 위해서 사는 건지도 알 수 없는 나날 속에서 게임만이 내 마음을 지탱하고 있었다. 그리고 그런 게임 중에서도 〈Revolution〉만큼 푹 빠진 게임은 없었다. 수면시간을 줄여가면서까지 동인지를 만든 것은, 다른 게 아니라 클레어 님의 매력을 세상에 알리고 싶었기 때문이다. 클레어 님은 내 인생의 활력소라고 해도 과언이 아니다.

하지만──.

"또 장난치고 있네요. 제가 당신을 구원했다고요? 정말이지 바보 같아서."

당연히, 클레어 님에게는 말하지 않는다. 이전 세계, 전생 같은 걸 말해봤자 믿어줄 리가 없다. 역시나 놀리는 거라고 생각할게 불 보듯 뻔하다.

"그럼, 지금 바로 구원해주세요. 구체적으로는 포옹이라든가, 키스 같은 걸로."

그래서 나는 언제나처럼 얼버무리듯이 웃는다. 그거 말곤 할 수 있는 게 없다.

할 수가 없는 것이다.

"바보 같은 말 하지 마세요. 슬슬 휴식 시간도 끝이네요. 돌아가도록 하죠."

"네에."

나는 클레어 님에게 손을 내밀었다. 하지만 클레어 님이 그 손을 잡는 일은 없었다.

"신사 놀이는 이제 끝이에요. 저는 저. 당신은 당신. 귀족과 평민일 뿐, 그 이상도 그 이하도 아니니까 말이죠."

"유감이네요. 클레어 님의 손을 잡을 대의명분을 잃어버리고 말았습니다."

"당신은 정말이지……."

그렇게 평소대로 돌아온다. 하지만 그때 나는 깨닫지 못했다. 애뮬릿은 받아주셨다는 사실을.

클레어 님이 어딘지 아쉬워 보이는 표정을 하고 있었다는 사실을.

내 최애는
악역영애.

제 3 장

평민운동

"이 학교에는 차별이 만연하고 있다!"

창립 기념제가 끝나고 며칠 정도 시간이 지난 어느 날 아침, 나와 클레어 님이 함께 식당으로 향하고 있을 때 어디선가 저런 외침이 들려왔다. 뭔가 하고 보니, 대여섯 명 정도의 학생들이 모여서 플랜카드를 들고 있었다.

"귀족주의를 철폐하라—!"

"철폐하라—!"

다들 한 목소리로 그런 슬로건을 외치고 있었다.

"짜증 나네요. 평민 따위가 우쭐해져서는."

아침부터 유쾌하지 못한 광경을 본 클레어 님이 미간을 찌푸렸다.

"뭐예요 저건?"

"평민의 정신병이에요."

"평민운동이라는 건가 봐. 귀족과 평민의 평등을 외친다더라."

클레어 님의 단적인 한마디에, 레네가 옆에서 보충 설명을 해 줬다. 아아, 그게 시작되는 건가. 나는 게임 내용을 떠올렸다.

"평민 주제에 귀족과 동등한 취급을 바라다니, 언어도단이에요. 국왕폐하의 은총을 받았다고 해서 너무 날뛰는군요."

"허어……."

"성의 없는 대답이네요. ……아니면 혹시 당신도 저자들의 주장에 찬동하는 건가요?"

클레어 님의 목소리 톤이 한층 낮아졌다.

"아뇨. 저는 그다지 흥미 없습니다. 클레어 님과 함께 있을 수 있다면 그걸로 만족해요."

국민 평등이라는 건 훌륭한 사상이라고 생각하지만 솔직히 말해서 나는 아무래도 좋다. 그야, 평등해져서 나쁠 건 없다고 생각은 해도 정치에는 그다지 고개를 들이밀고 싶지 않기 때문이다. 흔히들 말하잖아? 다른 사람과 얘기할 때, 정치와 종교는 화제로 삼지 않는 게 좋다고. 무사안일주의라는 말을 들어도 어쩔 수 없는 태도긴 하지만 이건 나의 거짓 없는 진심이다.

그렇기는 한데――.

"거기 너! 레이 테일러 아닌가!"

단체의 리더로 보이는 사람이 내 이름을 부르면서 달려왔다. 그 뒤를 따라 소속 단원들도 따라온다.

게엑.

"일반 시민의 대표라고 할 수 있는 네가 이런 곳에서 뭘 하는 건가?"

이런 곳이라는 건 귀족세력의 선두인 프랑소와 가문의 아가씨랑 함께 있는 걸 말하는 거겠지.

"뭘 하다니요, 저는 클레어 님의 메이드니까요."

"뭣이라고?!"

내 말에 사람들이 술렁였다. 클레어 님은 얽히고 싶지 않은 건지 쌩하고 무시하고 있었다. 나도 그럴 수만 있다면 그냥 무시하고 싶다.

"자네! 우리 장학생은 일반 시민의 희망이 되는 존재다. 그중에서도 발군의 우수한 성적을 자랑하는 자네가 귀족주의에 물들어서야 어쩌자는 건가!"

"아뇨, 저는 딱히 귀족주의에 물들 생각은——."

"메이드라고 하는 직업은 그야말로 귀족주의의 노예가 아닌가! 개탄스럽군!"

아, 이 사람. 사람의 얘기를 안 듣는군.

"저기, 이제 그만 가 봐도 될까요? 저 정치 같은 거에는 흥미가 없어서."

"뭘 모르는군! 정치에 무관심한 채로 있어도, 무관계하게 있을 수는 없는 거라고?!"

"허어……."

뭔가 꽤 멋진 말을 했다는 듯이 우쭐한 표정을 짓고 있다. 정치와 무관계하게 있을 수는 없다니, 그런 건 그냥 당연한 소리에 불과한데.

"잠깐 당신들."

나도 슬슬 난감함을 느낄 때쯤, 클레어 님이 정말로 귀찮기 그지없다는 듯이 말했다.

"주의 주장을 내세우는 건 좋지만 서도 다른 사람한테 그걸 강요하는 건 그만두도록 하세요."

"무슨 소릴 하는 거냐! 너희들 귀족이야말로 자신들의 귀족주의를 일반 시민들에게 강요하고 있지 않은가!"

"뭣이라고요?"

이건 좋지 않다. 클레어 님은 끓는점이 낮다. 게다가 태생부터 귀족이다. 귀족이라는 점을 비난받기 시작하면 그냥 입 다물고 있지는 않겠지.

"자네들 거기까지다."

바로 그때 시원스러운 목소리가 울려 퍼졌다.

"램버트 님……."

끼어들어 온 사람은 램버트 님이었다. 레네는 깜짝 놀란 표정이었다. 잊어버린 사람들도 있을 거 같아서 다시 한번 말해두자면 램버트 님은 레네의 오빠다. 학교기사단에서는 단장인 로렉 님의 보좌관 비슷한 직책인 사람이다.

"너희들의 주의 주장에 일정 부분은 공감하지만 여기는 학교다. 귀족도 평민도 차별 없이 교육을 받을 수 있는 배움의 장에서 괜한 분쟁을 일으키는 건 칭찬받을 만한 일이 아니다."

"당신이 그런 소리를 하는 겁니까, 램버트 님. 오르소 상회야말로 귀족주의를 때려 부술 선봉에 서야 할만한 곳인데도."

오르소 상회는 평민 중에서도 특출 난 힘을 가졌다. 거의 하급 귀족과도 맞먹을 수 있는 가문이다. 평민운동가들로서는 그런 오르소 상회의 적자인 램버트 님이 귀족의 편을 드는 게 마음에 들지 않겠지.

"평등이 멋진 사상이라는 건 이해하고 있다. 하지만 왕국에서는 아직 이르다."

"그러나——."

"클레어 님. 갑자기 끼어들어서 정말 죄송합니다. 이제 지나가셔도 됩니다."

"램버트, 교육은 똑바로 시키도록 하세요. 이 평민조차도 할 줄 아는 일이니까 말이죠."

심술을 가득 담아서 말해주는 클레어 님. 그 말은 그건가요. 레레어를 말하는 건가요.

"명심하도록 하겠습니다."

"좋아요."

클레어 님은 자 가도록 하죠, 라고 말하며 앞장서서 걸어 나갔다. 레네와 나도 그 뒤를 따랐다.

"정말이지……, 당신도 당신이에요. 저런 자들과는 상관할 필요도 없어요. 무시하면 되는 거예요."

"허어……."

"하지만 클레어 님. 그들한테도 피치 못할 사정이 있습니다. 평민의 생활은 정말로 힘들어서——."

"그 입 다무세요. 레네."

클레어 님이 날카롭게 말했다.

"……. 죄송합니다."

"알았으면 됐어요."

클레어 님은 아무 일도 없었다는 듯이 그대로 걸어간다. 이런 장면만 보면 클레어 님이 굉장히 못돼 보이겠지만, 이 시대 귀족의 사고방식은——어지간한 평민조차도——누구나 비슷할 것이다.

"……."

레네는 복잡해 보이는 표정을 짓고 있었다. 뭐, 무리도 아닌가. 레네는 거상의 딸이라고는 해도 어디까지나 평민이다. 어린 시절부터 완벽한 일류귀족인 클레어 님의 밑에서 일 해왔기 때문에 평민과 귀족의 생활 수준의 차이를 더 확실하게 잘 알고 있다. 불합리함을 느끼지 않는 쪽이 더 이상하다.

"레네."

"왜 레이 짱?"

"바보 같은 생각은 하지 않도록, 알았지?"

"? 응."

레네의 귀에는 분명, 내가 귀족주의 타파나 평등의 실현을 바보 같은 소리라고 말하고 있는 것처럼 들렸을 것이다. 하지만 내 말의 진짜 의미는 다른 곳에 있었다. 그건 머지않아 얘기할 날이 오겠지.

뭐, 그래도 이 분위기는 어떻게든 해야겠네.

"클레어 님."

"뭔가요?"

"배가 고파졌습니다."

분위기를 파악 못 하는 내 발언에 클레어 님은 어처구니없는 듯, 독기가 빠진 표정이었다.

"······당신이란 사람은 정말이지. 하아······. 식당까지 조금만 더 가면 되니까 참도록 하세요."

그리고선 드물게도 쓴웃음을 지으면서 그렇게 말했다.

"네에~ 레네, 오늘은 뭐 먹을래?"

"그러게. 오야코동으로 할까나."

"좋네. 나는 이번에도 규동일까."

"당신들, 좀 더 품위 있는 음식을 먹도록 하세요."

평소의 우리들로 돌아왔다. 역시 정치적인 이런저런 것들은 그다지 좋아하지 않는다.

하지만——.

'정치에 무관심한 채로 있어도, 무관계하게 있을 수는 없는 거라고?!'

그가 말한 의도와는 다른 의미로 나도 결국 무관계하게 있을 수는 없다. 앞으로 있을 일을 생각하면 머리가 아프다.

"클레어 님. 조금 두통이 생겼으니 아침밥은 아앙~ 하고 먹여 주시면 안 될까요?"

"뭘 은근슬쩍 영문을 알 수 없는 소릴 하는 건가요?!"

"네? 입으로 직접이요? 그건 좀…….."

"그런 말 안했다고요?!"

클레어 님으로 스트레스를 발산한다. 언제나 이런 식으로 클레어 님과 놀면서 지낼 수 있으면 좋을 텐데 말이야.

"순 억지라니깐. 그럼 제가 먹여드리도록 할게요."

"필요 없다고요! 아니 그보다 두통은 관계없지 않아요?!"

"네?"

"그러니까, 무슨 소릴 하는 거야, 라는 표정 짓지 말란 말이에요!"

클레어 님을 사랑하는 것. 내 행동 기준은 변하지 않는다.

"그럼 램버트군. 회의를 계속 진행해주게."

"네. 그럼 나눠드린 자료를 봐주십시오."

학교기사단에 입단한 후 몇 번째 회의인지 기억은 안 나지만, 오늘 그 안건이 회의에 올라왔다.

"최근 학교 내에서 귀족과 평민의 알력싸움이 확대되고 있는 모양입니다."

램버트 님이 그렇게 서두를 시작했다.

"그중에서도 일부 장학생들이 귀족과 평민의 완전한 평등을 주창하는 운동을 일으키고 있는 것이 귀족 학생들의 신경을 건드리고 있는 모양입니다. 학교기사단으로도 몇 건인가 불만이 들어와 있습니다."

"저도 본 적 있답니다. 이 무슨 통탄할 일인지."

클레어 님이 한숨을 가득 내쉬었다. 요전의 그 단체인가.

"금지할 수는 없는 건가요?"

"학교 밖에서는 어떨지 몰라도, 학교 내에서는 사상의 자유가 보장되어 있습니다. 정치적인 운동이라 하더라도 금지는 불가능합니다."

"눈에 거슬리네요."

지긋지긋해요. 클레어 님은 쓰디쓴 벌레라도 삼킨 것 같은 표정을 지었다.

"그래서? 그 운동에 찬동하는 녀석들은 얼마나 있는 거지?"

로드 님은 다소 흥미가 있는지, 질문했다.

"지금 현재로서 겉으로 드러내고 찬성하는 자는 적은 듯합니다. 잠재적인 찬동자를 포함하면 스무 명 정도 되지 않을까 추측합니다."

"그 정도라면 그냥 하고 싶은 대로 놔둬도 되는 거 아니야?"

유 님이 태평스럽게 말했다.

"그렇게 생각하고 있었습니다만 일부 과격한 운동가들이 교내 각지에서 귀족들과 작은 다툼을 일으키고 있는 모양이라."

"……작은 다툼?"

세인 님이 미간을 찌푸렸다.

"네. 누가 먼저 길을 양보하느냐 마느냐 라든가, 식당에서 내가 먼저 자리를 맡았다 아니다 같은 그런 사소한 일들로 귀족과 싸우는 모양이더군요."

"조금 곤란하네요."

미샤가 한숨 섞인 어조로 말했다.

다들 운동가들이 그런 짓을 하는 이유를 이해할 수 없는 모양이었다. 이 장소에 있는 사람은 나를 제외하면 거의 다 귀족이거나, 설사 평민이라고 하더라도 꽤나 유복한 집안의 사람들뿐이다. 그들로선 평민운동가의 의중을 그렇게 쉬이 짐작해낼 수는 없겠지. 가치관이 달라도 너무 다른 것이다.

"단순하게 생각하면 된다고 생각합니다. 귀족과 동등하게 되고 싶은 거겠죠."

"귀족과 동등하게? 있을 수 없는 일이에요."

내 발언에 클레어 님이 코웃음을 쳤다.

"귀족과 평민은 태생이나 자라나는 환경뿐만 아니라, 그 집안이 쌓아 올린 역사부터가 근본부터 달라요."

클레어 님은 새삼스러운 소리를 말하게 하지 말라는 의도를 한가득 담아서 말했다.

여기서 이 국가의 성립 과정에 대해서 설명해 두도록 하겠다. 이 바우어 왕국의 귀족들의 뿌리는 왕국성립 이전부터 존재하던 지역 호족들이다. 농업의 발전에 따른 잉여생산물의 차이에 의해 자연스럽게 발생한 계급은, 그걸 기반으로 무력을 형성하고 각지에서 세력을 뻗어 나갔다. 그런 와중에 훗날 왕족이 되는 바우어 가문이 대두되게 되고 각지의 호족들을 차례로 흡수해 나갔다. 그 과정에서 바우어 가문의 아래에 있던 유력 호족들이 나중에 왕국 귀족이 되었다.

"거기다 평민이 이 국가에 무슨 공헌을 했다고 할 수 있나요."

왕국 귀족은 국가로부터 징세권을 보장받는 대가로 여러 가지 의무를 등에 지고 있다. 영지의 안정적인 통치, 지역 산업의 진흥, 병사의 육성과 파견 등이다. 클레어 님 같은 귀족들의 입장에서 보면 나라를 위해 여러 가지 공헌을 바치고 있는 자신들이 정치를 할 권리를 가지는 것은 당연한 일 아닌가. 그렇기에 일반 평민은 정치에 참여할 자격조차 없다고 생각하고 있는 모양이다.

"……그건 아니다 클레어. 납세 또한 국가에 대한 훌륭한 공헌이다. 국민이 세금을 납부하지 않는다면 이 나라는 성립될 수 없지."

세인 님으로선 드물게도 길게 말했다. 역시나 제왕학을 공부하고 있는 만큼, 정치 분야에 대한 식견이 귀족들보다 넓다.

그렇다곤 해도──.

"그렇다면 세인 님은 그들의 주장에 찬성하신다는?"

"……그렇게 말하지는 않았다. 현실적인 문제로서 귀족과 평민 사이에는 짊어진 의무나 지적 수준, 그 외에 부분까지 차이가 너무 많아. 평민의 정치 참가는 현실적이지 못하다고 생각해."

"역시 그렇지요."

능력주의를 표방하고 있는 현 왕족인데도 기껏해야 이정도의 인식이다. 일정 연령이 되면 성별이나 재산의 차별 없이 정치에 참여할 수 있는 현대의 완전 보통선거제도 수준에 다다르는 일은 동화 속에나 나오는 이야기라고 해도 좋을 정도로 몽상이나 다름없이 취급된다.

"그렇다면 이야기는 간단한 거 아닌가? 유의 말처럼 좋을 대로 하도록 내버려 두면 된다."

로드 님은 그럼 이 이야기는 이걸로 끝이겠지, 라고 말했다.

하지만──.

"그렇지만 문제가 한 가지."

"앙?"

"그들의 평민운동을 교회가 지원하고 있다는 소문이 있습니다."

"교회가?"

로드 님을 포함한 왕자들의 안색이 변했다.

"교회는 이전부터 신 앞에서는 인간 모두가 평등하다고 가르쳐왔습니다. 그 교리는 운동가들의 주장과도 합치하고 있습니다."

교회라는 건 왕국 국민들이 대부분이 신앙으로 삼고 있는 정령교를 말한다. 레레어랑 처음 만났을 때도 살짝 언급한 적 있지만, 이 세계에는 정령을 신앙하는 교회가 존재하고 있다. 지수화풍의 정령과 정령들을 태어나게 한 부모인 정령신을 숭배하고, 세상 모든 일이 정령신의 은혜나 시련이라고 여기는 종교다. 정령교의 주장으로는 최근에 발달하기 시작한 마법은 정령의 힘에서 비롯된 힘이라 주장한다.

정령교의 기원은 농민들 사이에 있었던 소박한 자연신앙이다. 때때로 대재해를 일으키는 자연에 대한 경외심으로 시작된 게 어느샌가 일대 종교로 성장했다. 교회는 평민들에게 학문을 가르쳐주거나, 질병이나 부상을 치료해 주는 활동도 하고 있다. 그렇기 때문에 교회는 왕족이라도 무시할 수 없을 정도로 민중들에게 강한 영향력을 가지고 있다.

"……교회 측은 뭐라도 발언한 게 있는가?"

세인 님이 물었다.

"현시점에선 아무 말도요. 교회는 정치에 관해선 입을 열지 않겠다는 지금까지의 입장을 무너뜨리지 않을 모양입니다."

"지금 시점에서 할 수 있는 일은 거의 없는 것 같네요."

미샤의 말은 이 자리에 있는 모든 사람의 감상을 대변하고 있었다.

"학교기사단으로서는 귀족 학생들에게서 들어오는 불만들을 그냥 방치할 수는 없다. 일단 소소한 분쟁들을 발견했을 시에는 중재에 들어가도록. 평민 측을 일방적으로 나무라는 일이 없도록 조심할 것."

로렉 단장이 그렇게 마무리 지었다.

"그렇다면 다음 안건입니다만──."

그 후 두세 가지 정도의 안건에 대해서 이야기를 나누고서 오늘의 회의는 막을 내렸다.

"그나저나 클레어 님. 여름 바캉스는 역시 북부 삼림지대인가요?"

"당신, 머릿속 사고의 전환이 너무 빠른 거 아니에요?"

기념제 때, 남녀역전 카페 카발리에는 당당하게 인기투표 1위를 획득했기 때문에 피서지 여행권을 따냈다. 클레어 님과 함께라면 어디든 좋다고는 해도 역시 여행이라는 단어에는 가슴이 설렌다.

"그렇지만 딱딱한 얘기만 하니까 지쳐버린걸요. 저를 치유해주세요."

"당신 말이죠……. 주인은 저인데 대체 무슨 요구를 하는 건가요. 오히려 당신이 저를 위로해줘야 하는 거잖아요."

"진짜 그래도 돼요?!"

"그 눈을 보면 뭔가 발칙한 상상을 하고 있다는 건 아주 잘 알겠는데요?!"

클레어 님이 질색하고 있다.

"어머나 싫다, 클레어 님도 참 뭘 상상하신 건가요. 엉큼하셔라."

"그럼 뭘 하려고 했었는데요?"

"그걸 제 입으로 말하라는 건가요? 크헤헤."

"역시 제가 상상한 게 맞잖아요?!"

정치가 어쩌고 종교가 어쩌고 하는 골치 아픈 얘기로 뻐근해진 머리를 클레어 님으로 풀어준다. 응. 효과 잘 듣네.

"참, 정말이지 당신은…… 어라? 레네는?"

"레네라면 램버트 님이랑 뭔가 얘기할 게 있다고 해서요. 봐요, 저쪽이요."

클레어 님의 물음에 내가 회의실 앞쪽을 손가락으로 가리켰다. 레네는 뭔가 진지한 표정으로 램버트 님과 얘기하고 있었다.

"평민이 모두 레네처럼 조신하면서 근면했으면 평화로울 텐데 말이죠."

"클레어 님, 저는요? 저는요?"

"평민이 모두 당신 같았다면 저는 국외로 도피하는 걸 진지하게 고려할 거예요."

"사랑의 도피라는 건가요. 그거 좋네요."

"데려가지 않을 거거든요?!"

그렇게 항상 하는 부부만담(일방통행)을 하고 있자니 레네가 돌아왔다.

"어서와 레네. 무슨 얘기였어?"

"으응, 딱히 대단한 건 아니야. 그저⋯⋯."

"그저?"

"나, 목격한 거 같아."

"뭘 말이에요?"

레네는 거기서 잠깐 입을 다물었지만 클레어 님의 재촉에 말을 이었다.

"평민운동가와 유 님이 만나고 있는 모습을요."

제3왕자인 유 님은, 다른 두 왕자님과는 이복형제 사이다. 로드 님과 세인 님의 모친은 옆 나라인 아파라치아의 공주였는데, 세인 님을 낳고서 얼마 지나지 않아 세상을 떠났다. 이런 사정도 세인 님의 배배꼬인 성격을 가속시킨 요인 중 하나지만 지금은 깊이 파고들지 않도록 하자.

유 님의 모친인 현 왕비 리세님은 원래는 정령교회의 추기경이었다. 지구의 가톨릭교와는 다르게 정령교회에서는 여성도 높은 자리에 오를 수 있다. 오히려 여성에게는 영적, 신비적 힘이 강하게 깃든다고 해서, 남성보다 강한 힘을 갖는 경우도 흔하다. 지금 당대 교황은 여성이지만 이 사실도 지금으로선 중요한 게 아니니 넘어가자.

지금 중요한 사실은 유 님이 교회세력과 혈연관계라는 점이다. 애초에 국왕이 리세님을 왕비로 맞이한 것에는 세력을 확장하고 있던 교회의 힘을 흡수하겠다는 노림수가 있었다. 하지만 그건 동시에 교회세력이 왕가와 밀접한 연관을 갖게 되는 일이기도 했고, 결과적으로 교회는 이전보다도 더 큰 힘을 가지게 되었다. 유 님은 그런 교회세력의 권위의 결정체라고도 할 수 있다.

"유 님만큼은 그런 경솔한 행동을 할 리가 없어요."

레네의 이야기를 들은 클레어 님은 믿을 수 없다는 반응이었다. 유 님은 얼핏 보기엔 세상 물정 모르는 왕자님으로 보이지만, 그 속은 엄청난 너구리다. 그러니만큼 자신의 미묘한 입장을 잘 알고 있을 테고, 평민운동가와 경솔하게 접촉할 수 없다는 점도 잘 알고 있겠지.

그랬는데──.

"아니, 만났었어."

"?! 유 님?!"

갑자기 이야기에 끼어든 사람은 당사자인 유 님이었다.

"어떻게든 교회의 힘을 빌리고 싶다는 말을 해서 말이지. 거절했지만."

유 님은 방긋방긋 웃는 얼굴인 채로 그렇게 말했다.

"유 님치고는 경솔하셨군요. 평민 측으로서는 유 님과 이야기를 나눠 봤다는 사실만으로도 가치가 있었을 텐데."

"그럴까나? 결국은 거절당했으니 괜한 일로 번지지는 않을 거라고 생각해. 그리고 교회로선 누구에게나 문을 열어두고 있으니까, 애초에 만나지 않는다는 선택지는 고를 수 없었어."

클레어 님의 반론에 유 님은 부드럽게 답변했다.

"유 님은 왕족이시지, 교회 소속은 아닌 거 아니었나요?"

나는 생각하고 있는 바를 솔직하게 말했다.

"뭐, 명목상으로는 그렇지. 하지만 우리 어머니는 추기경이었고 교회세력의 필두라는 건 부정할 수 없는 사실이니까."

어디까지나 아무런 문제도 없다고 말하는 유 님. 그러나 클레어 님은 납득이 가지 않는다는 얼굴이다.

"하지만 설령 명목상이라고 하더라도 왕족임을 이유로 만남을 피할 수도 있지 않았나요?"

"그건 그렇지. 하지만 사실 나는 평민운동이라는 활동에 그다지 큰 거부감이 없거든."

그야말로 깜짝 놀랄만한 발언이다.

"제정신이세요?"

"저기, 평등이라는 이상이 그렇게까지 나쁜 것일까?"

클레어 님의 질문에 질문으로 답하는 유 님.

"선악의 문제 이전에 비현실적이라고 생각해요. 귀족이 없어지게 되면 누가 나라를 운영해 나간다는 거죠?"

"그거야 당연히 평민이지."

"고등교육을 받은 귀족이라면 몰라도 읽고 쓰는 법조차 제대로 못하는 평민이 올바른 정치를 할 수 있을 거라곤 도저히 생각할 수 없어요."

"역으로 말하면, 평민에게도 교육을 실시한다면 문제없다는 의미 아닐까?"

"그건……."

말문이 막혀버린 클레어 님. 유 님의 사고방식은 어느 정도는 현대의 민주주의에 가깝다.

"나는 말이지, 귀족제도는 언젠가 사라져버릴 운명이라고 생각하고 있어."

"?! 대체 무슨 말씀을!"

"선입견을 버리고 냉정하게 생각해 보지 않을래? 처음부터 귀족과 평민은 숫자에서 압도적으로 차이가 나. 평민들이 진심으로 무장봉기하겠다고 마음을 먹으면 귀족들이 막을 수 있을 거라 생각해?"

"군대가 있어요."

클레어 님 입장에선 귀족제가 붕괴한다든가 하는 사태는 절대로 인정할 수 없는 일이겠지. 어디까지나 냉정한 유 님에 비해서, 클레어 님은 반쯤 감정적으로 격앙된 모습처럼 보였다.

"군은 분명 강하지. 하지만 이제는 마법이 있어. 평민이라도 군인에 필적하는 무력을 가진 개개인이 앞으로 얼마든지 나타날 거야. 그렇게 되면 역시 최후에 승부를 결정짓게 되는 요소는 머릿수겠지."

"하지만……!"

"애초에, 귀족은 주민한테 세금을 걷어서 살아가고 있는 존재다. 주민들이 지배를 거부하는 상황이 왔을 때 지배를 정당화할 수 있는 논리가 있니?"

"……."

클레어 님은 침묵에 잠기고 말았다. 지금까지 숨 쉬듯 당연하다고 믿어오던 귀족제도의 정당성을 흔드는 말에 눈에 띄게 동요하고 있었다.

"클레어 님."

"······뭔가요."

"어려운 얘기만 계속 듣고 있었더니 배가 고파졌습니다."

클레어 님이 비틀거렸다.

"당신은 또······ 제발 분위기를 좀 파악하세요. 분위기 좀."

"아하하, 확실히 괜스레 어려운 얘기를 해버렸네. 미안해 클레어."

"······아니요."

"자, 식당으로 가자. 조금 늦어져 버렸으니 붐빌지도 모르겠네."

유 님은 정치형태에 대한 얘기를 할 때와 전혀 다르지 않은 말투로 점심 식사는 어떤 걸로 할까, 같은 소리를 하면서 회의실을 나갔다. 정말이지 허투루 볼 수 없는 사람이다.

"잠깐만요 당신."

유 님의 뒤를 따라서 회의실을 나가려고 했을 때, 클레어 님이 갑자기 나를 불러 세웠다.

"왜 그러세요, 클레어 님."

"방금 전에 유 님이 한 이야기. 어떻게 생각하나요?"

"어려웠어요."

"이해할 수 없었을 정도로?"

"이해는 했지만······."

나한테 의견을 구하다니, 오늘따라 무슨 바람이 분 걸까.

"당신도 귀족제가 언젠가는 무너지게 될 거라고 생각해요?"

"잘 모르겠어요."

"……그래요."

"잘 모르겠지만 설령 클레어 님이 귀족이 아니게 되더라도 저는 클레어 님을 모실 거니까요."

그렇게 말하자, 클레어 님은 깜짝 놀란 표정이었다.

"어째서인가요? 귀족제가 없어져서 운동가들이 주장하는 세상이 실현된다면 저를 섬길 이유 같은 건 없잖아요?"

"아니요. 몇 번이고 말씀드리지 않았나요? 제가 클레어 님을 모시는 것은 사랑을 기반으로 하고 있다고."

클레어 님이 표정을 찌푸렸다.

"또 그 농담인가요."

"농담 따위가 아니에요. 정말로 진지합니다."

"네네. 당신에게 물어본 제가 바보였어요."

그렇게 말하고서 클레어 님은 식당을 향해 걸음을 내디뎠다. 나도 그 뒤를 따른다.

"클레어 님. 저 진짜 진심인데요?"

"아 그래요. 그래서 오늘은 뭐 먹을 건가요?"

"규동 정식이요."

"……또 그건가요. 당신 그거 엄청 좋아하네요?"

"클레어 님이 제 음식 취향을 기억해 주셨어!"

"도대체 뭐에 감동하는 건가요, 그건. 그 정도로 몇 번씩이나 눈앞에서 먹고 있는 모습을 보면 어지간한 바보가 아니고서야 기억하는 게 당연하죠."

언짢은 듯이 흥, 하고 콧방귀를 뀌는 클레어 님.

"클레어 님도 어떠세요? 규동 정식."

"됐어요. 가뜩이나 마음에 들지 않는 식사인데 괜히 더 맛없어진다고요."

"그럼 한 입만 드릴게요."

"필요 없다니까요."

"네? 아앙~ 하고 먹여주는 게 아니면 싫다고요?"

"그런 소리 안 했거든요?!"

점점 평소의 기세를 회복하는 모양이다.

"클레어 님."

"뭔가요?"

"세상이 어떻게 바뀌더라도 클레어 님은 반드시 제가 지켜드릴게요."

"그러니까! 저는 당신 따위가 지켜주지 않아도——."

거기까지 말했을 때, 클레어 님은 내 진지한 표정을 보고 말문이 막혔다.

"반드시. 무슨 일이 있더라도."

"……뭐냐고요, 정말이지."

드물게도 내가 진지한 분위기였던 탓인지, 클레어 님이 곤혹스러워했다.

"지금 당장으로선 일단 저거부터네요."

나는 식당 입구를 손가락으로 가리켰다. 엄청나게 붐비고 있다.

"……."

"자아, 클레어 님. 가보자구요!"

나는 핼쑥해진 얼굴의 클레어 님을 잡아끌었다.

"어째서 제가 이런 일을……."

불만스러운 심정을 표출하면서 투덜거리는 이분은, 우리의 친애하는 클레어 님이다.

"일이잖아요. 일."

"그건 저도 알고 있어요. 하지만 이런 누가해도 상관없는 일을 어째서 군이 제가——."

"설사 클레어 님이라고 하셔도 학교기사단에서는 신입이자 말단이에요. 잡무를 담당하는 건 당연하잖아요."

우리들은 학교기사단의 심부름으로 시장에 장을 보러 왔다. 지금 걷고 있는 장소는 주로 신선식품을 취급하고 있는 모양이라 맛있어 보이는 과일이나 신선한 채소가 점포 앞에 진열되어 있다. 활기찬 목소리가 여기저기서 울리고 주변은 사람들이 가득 붐비고 있었다.

"이렇게나 사람이 많아서야 미아가 될지도 모르겠네요. 손이라도 잡을까요?"

"싫어요."

"반어법이니까 좋다는 뜻이군요. 그럼 잡을게요."

"안·한·다·구·요!"

클레어 님이 캬릉, 하고 위협했다.

"에이~"

"사이가 좋네……."

"정말이네요."

장보기 멤버는 클레어 님, 나, 그리고 미샤와 레네였다. 같은 신입이라고는 해도 아무래도 역시 왕자님들한테 장 좀 보러 다녀오라고 할 수는 없는 노릇이다. 이 4명이 담당하게 되는 건 필연적이다. 사실은 클레어 님도 그냥 학교에 남을 것 같았지만, 사야 할 물건이 많았던 탓에 동참하게 되었다. 물론 클레어 님이 짐을 드는 게 아니라 자연스럽게 동행하게 되는 레네가 짐을 드는 거지만.

"그래서, 뭘 사는 건가요?"

"어디 보자. 양피지 10장. 파피루스가 12장. 잉크가 2병. 그림 도구가 1세트. 가죽끈이 한 묶음. 못 한 묶음. 그리고 차랑, 차를 마실 때 먹을 디저트 몇 개 정도네요."

"대체로 사무용품인 거군요."

"학교기사단에서 제일 많이 하는 일이 사무업무니까요~."

이전에도 말했듯이 학교기사단이라고는 해도 하는 일들은 수수한 것들이 많다. 가장 많이 하는 것은 여러 가지 학교 행사에 관한 사무업무다. 예산에 대한 결제나 교사가 사용한 학교 비품의 숫자들 등, 이래저래 기록을 해둬야 할 일들이 잔뜩 있다.

"쇼핑을 즐길 수 있을 만한 품목은 디저트 정도뿐이군요."

"그러네요."

"블루메의 신작 디저트로 하죠."

"무리예요, 클레어 님."

클레어 님의 제안을 딱 잘라서 기각하는 미샤.

"어째서인가요?"

"블루메의 과자는 너무 비싸요. 굳이 사려고 하신다면 클레어 님의 사비로 부탁드립니다."

"오늘 소지금은 얼마나 들고 나왔죠, 레네?"

"사적인 쇼핑은 예정에 없었기 때문에 10만 골드 정도입니다."

"그거 가지고는 못 사겠네요……."

지금까지 자세하게 설명한 적은 없지만 왕국의 통화는 골드다. 화폐가치는 대충 1엔 = 1골드 정도라고 생각하면 편하다. 10만 골드라는 건 평민 입장에서 보면 꽤나 거금이지만 상류 귀족의 소지금치고는 적다. 블루메의 디저트를 사려고 하면 살 수야 있지만 많은 양을 사기엔 힘든 액수다.

"오늘의 업무에 집중하도록 하죠. 디저트는 다음 기회에 사는 걸로."

"어쩔 수 없네요."

한숨을 쉬며 어깨가 축 처진 클레어 님이 문득 길가 쪽을 쳐다보더니 미간을 찌푸렸다.

"정말 싫네요……."

내뱉듯이 말한 클레어 님의 시선을 따라가 보니, 거기에는 누더기를 입은 아이 두 명이 구걸을 하고 있었다. 한 명은 다리를 다친 건지 붕대를 감고 있었다.

"나 제국과의 분쟁이 일어난 이후로 저렇게 구걸하는 사람이 늘어났네요."

"물가가 계속해서 오르고 있으니까요……."

긍정도 부정도 하지 않고 사실만을 담담하게 읊는 미샤와, 구걸하는 모습을 동정의 시선으로 바라보는 레네. 이게 원래 귀족이었던 사람과 평민의 차이인걸까.

참고로 나 제국이라는 건 바우어 왕국 동쪽에 위치하고 있는 인접국으로, 지금까지 몇 번이나 계속해서 분쟁을 일으키고 있는 왕국의 골칫거리이다.

"분명 물가가 오르고 있기는 하지만 임금도 같이 오르고 있을 텐데요?"

"임금이 물가상승을 따라가질 못하고 있어요. 임금은 한번 올리면 내리기 힘드니까 고용주는 설령 임금을 올리더라도 소폭상승으로 끝내버리는 경향이 있거든요."

레네가 예의 바르게 설명했다. 그녀가 말한 내용은 임금의 하방 경직성이라고 한다.

"그럼 책임 소재는 고용주한테 있는 거 아닌가요."

"고용주도 평민이니까요. 생활이 편치만은 않죠."

"……."

무언가 생각해 볼 부분이 있었던 건지 클레어 님은 잠시 생각에 잠긴 듯이 보였다.

"클레어 님."

어디선가 많이 들어본 목소리가 생각에 빠진 클레어 님을 불러 세웠다.

"어라 메이드장. 우연이군요."

목소리의 주인은 프랑소와 가문의 메이드장이었다. 메이드장과는 메이드 면접 때 한 번 만난 적이 있다.

"주인님의 쇼핑 도중입니다만, 주인님이 클레어 님을 발견하시고는 잠깐 데려오라고 하셔서."

"아버님이?"

클레어 님의 아버지와도 메이드 면접 때 만난 적이 있다. 재무장관인 도르 님이다.

"지금은 일하는 중이에요."

"저도 그렇게 생각했지만, 주인님이 꼭, 이라고 하셔서."

"어쩔 수 없네요……. 당신들도 잠깐 괜찮나요?"

이 나라 유수의 귀족 중에서도 톱이다. 우리가 거절할 수 있을 리가 없다. 우리는 메이드장을 따라서 큰길로 나왔다. 길가에 한대, 척 봐도 외견부터가 한층 더 호화스러운 마차가 세워져 있었다.

"어서 오너라, 클레어. 그리고 친구 제군들도 안녕하신가. 마차에 앉은 채로 실례하겠네."

클레어 님과 쏙 닮은 금발의 미중년이 정장 코트 차림으로 마차 문을 열었다.

"평안하신가요, 아버님. 어쩐 일이세요? 저 지금부터 학교기사단 일로 장을 보러 가야 해요."

"응? 딱히 대단한 용건이 있는 건 아니지만, 딸을 발견했는데 잠깐 부르면 안 되는 이유가 있는 걸까?"

도르 님은 태연스레 말했다.

"아버님…… 저 이래 봬도 바쁘다고요."

"나보다도 우선해야 할 게 있다고는 생각할 수 없다만."

몹시도 당연하다는 태도로 말하며 고개를 갸웃하는 도르 님. 도르 님은 좋은 의미로도, 나쁜 의미로도 귀족 그 자체인거겠지.

"장을 보러 가는 거라면 타도록 해라. 평민 제군들도 특별히 동승하는 걸 허락하겠네."

"저희는 귀족 거리로 가는 게 아닌데요?"

"가끔은 괜찮겠지. 평민의 삶을 봐 두는 것도 귀족의 의무다. 내키지는 않지만."

그렇게 돼서, 도르 님과 함께 가게 되었다. 삼두마차는 5명이 타더라도 불편함을 느낄 수 없을 정도로 커다랬다. 서스펜션 같은 게 달린 건지 탑승감도 깜짝 놀랄 정도로 쾌적하다. 하지만 아무도 말이 없었다. 미샤도 레네도 불쌍할 정도로 긴장하고 있다.

"요즘 학교는 어떠냐, 클레어."

먼저 입을 연 사람은 도르 님이었다. 기숙사 생활로 떨어져 살고 있는 딸과 오랜만에 대화를 나누는 게 기쁜지 생글생글 웃는 모습이 꽤나 기분 좋아 보였다.

"그냥 평범해요. 평민운동인가 뭔가 하는 게 조금 성가실 뿐이에요."

클레어 님이 쌀쌀맞게 대답했다. 사춘기의 딸은 어려운 법이지.

"평민운동인가……. 폐하의 능력주의 정책을 자기들 입맛대로 재단하는 어리석은 자들의 소행이구나. 이러니까 그 정책에 반대했던 건데……."

정말이지, 하고 도르 님이 구레나룻을 긁적였다. 도르 님은 능력주의에 반대하는 귀족세력의 최선봉이라고 말할 수 있다. 능력주의의 산물이라고도 할 수 있는 평민운동에 좋은 인상을 가지고 있진 않은 모양이다.

"자네는 어떻게 생각하는가, 레이 테일러?"

그런 도르 님이 갑자기 내 쪽으로 화살을 돌렸다. 클레어 님이 눈을 크게 떴다.

"아버님. 대체 무슨 바람이 부신 건가요? 평민의 이름을 기억하고 계시는 것도 그렇지만, 거기에 말까지 거시다니요."

이 중에서 도르 님을 누구보다도 잘 알고 있는 클레어 님이 보기에도 도르 님의 행동은 몹시도 의외였던 모양이다.

"별거 아니다. 잠깐의 변덕이란다. 그녀는 올해 편입생 중에서도 발군의 성적을 거뒀다고 들었다. 그런 자가 어떤 생각을 가지고 있는 걸까 해서 말이지."

특별히 깊은 의미가 있는 질문은 아니다. 라고 도르 님은 강조했다.

"그렇군요……. 클레어 님께도 비슷한 질문을 받았습니다만, 저로서는 딱히 어떻게도 생각하고 있지 않습니다. 저로서는 클레어 님과 함께 지내는 일상이 있다면 다른 건 아무래도 좋습니다."

"흠. 메이드로서는 올바른 사고방식이다. 하지만 자네도 평민인 건 사실이지. 귀족과도 같은 생활에 동경은 없는 건가?"

예를 들어, 내 딸이 한 비싼 장신구를 걸친다거나. 도르 님이 거듭 질문했다.

"저는 스스로가 사치를 부리는 것보다도 클레어 님이 행복한 모습으로 계시는 걸 보는 쪽이 좋습니다. 귀족적인 생활에 딱히 특별한 동경을 갖고 있지는 않네요. 매일 매일을 배곯는 일 없이 생활할 수 있는 걸로 충분합니다."

"진심인가?"

"진심입니다."

도르 님의 눈이 나를 뚫어지라 바라보고 있었다. 이 세계에서는 눈을 마주 보는 게 예의 없는 짓이 아니기 때문에 나도 별생각 없이 멍하니 시선을 되돌려주었다.

"흠. 요즘 시대의 평민치고는 분수를 잘 알고 있군. 자네 같은 자들이 좀 더 늘어났으면 한다."

"별말씀을요."

만족스럽게 미소 짓는 도르 님을 향해 나는 가볍게 예를 표했다.

말해두겠지만 나는 결코 평민운동이 쓸데없는 운동이라고 생각하진 않는다. 그 사상은 존중받을 만한 것이라고 이해하고 있고, 빈부 격차도 줄어든다면 좋을 거라고 생각한다. 하지만 평민운동에 참여하는 것보다도 클레어 님의 메이드로서 일하는 쪽을 더 좋아할 뿐이다. 한마디로 말해서 우선순위의 문제다.

"꽤 기분이 좋군. 디저트라도 사주도록 하지. 메이드장, 블루메로 가주게."

"알겠습니다."

마차가 방향을 바꿨다. 참고로 마부는 메이드장이다. 마부역도 수행할 수 있다니 이 무슨 유능함.

"잠깐만요 아버님, 멋대로 결정하지 말아 주세요. 방금도 말씀드렸던 대로 저희들은 업무차 온 거라고요?"

"조금쯤 옆길로 새는 정도는 괜찮겠지? 무슨 소리를 듣는다면 내 이름을 팔면 된다."

"그런 문제가 아니라고요."

"그럼 어떠한 문제인건가?"

도르 님은 자유분방하기 그지없다.

"블루메의 디저트를 먹어본 적이 있는가? 평민은 초콜릿 같은 건 입에 대본 적도 없겠지."

"없습니다."

질문에 대답한 것은 미샤였다. 나는 전생 때 먹어본 적도 있고 애초에 이쪽 세계에서 초콜릿을 개발한 것도 나다. 하지만 괜히 튀고 싶지 않아서 가만히 있었다.

"그렇겠지. 그건 참신한 디저트다. 블루메는 정말로 우수한 개발진을 두고 있어서——.”

그 후에는 기분 좋게 떠드는 도르 님과 함께 블루메로 가서 진짜로 디저트를 선물 받아 돌아왔다. 학교기사단의 장보기 업무도 도르 님이 마차로 이동할 수 있게 해주셨던 덕분에 옆길로 샜었는데도 오히려 예정보다도 빠르게 학교로 돌아올 수 있었다.

차량 같이 먹을 다과로써 초콜릿이라는 전리품을 가지고 돌아온 우리가 학교기사단 멤버 전원에게 성대한 환영을 받게 된 일은 여담이다.

“큰일입니다! 단장!”

“무슨 일이냐 소란스럽게.”

어느 날 학교기사단의 회합 도중에 급보가 날아들었다. 소식을 들고 온 남성 단원의 얼굴은 이미 창백하게 변해있었다.

“귀족 학생 중 한 명이 평민 학생에게 폭력을 행사하였다는 모양입니다!”

“뭐라고?!”

그 말 한마디에 실내에 동요가 퍼져나갔다.

“자세하게 말해봐라.”

“네. 오늘 점심 무렵, 교내 중앙 정원에서 귀족 디드 마레 님과 평민 남학생이 말다툼을 하게 된 모양입니다.”

"디드가?!"

유 님의 얼굴에서 혈색이 사라졌다. 기억이 나지 않는 사람도 있을 것 같아서 설명하자면, 디드 님은 유 님을 옆에서 보좌하는 사람이다. 유 님과 트럼프 승부를 했을 때, 속임수를 썼던 딜러 남성이 디드 님이었다. 왕족을 바로 옆에서 보좌하는 사람쯤 되면 시종이라도 귀족 신분을 가지고 있다.

"그래서 아까부터 모습이 보이지 않았던 건가……."

"……유, 지금은 보고를 듣도록 하자."

세인 님이 뒷말을 재촉했다.

"……계속하도록."

"네. 처음은 단순한 말다툼이었던 모양입니다만, 점차 주변에 사람들이 몰려들기 시작해서 소동이 일어났다고 합니다."

아무래도 귀족 대 평민의 구도가 되어버린 모양이다.

"그래서…… 말씀드리기 송구스럽지만 평민 중 한명이 유 님을 모욕하는 발언을 한 모양이라 그 말에 화가 치밀어 오른 디드 님이 상대를 마법으로 공격했다고 하는."

"그런 말도 안 되는……. 디드가 그런 짓을 할 리가 없어."

유 님은 디드 님을 몹시 신뢰하고 있는지 사태에 대한 사정을 들어도 믿을 수 없는 모양이다.

"혼란스러운 상황이라 제대로 정보가 들어오질 않고 있어서 진실은 또 다를지도 모르겠습니다. 하지만 평민 남학생이 중상을 입고 교회 치료소로 이송되었다는 것과, 디드 님 스스로가 군에 출두했다는 것은 사실인 것 같습니다."

유 님은 다시 한번 도저히 믿을 수가 없다는 표정으로 아연실색하고 있었다. 언제나 왕자님처럼 보이는(물론 실제로도 왕자님이지만) 우아한 분위기를 찾아볼 수 없었다.

"유, 너는 군을 방문해서 디드에게 자세한 이야기를 들어봐라. 괜찮겠지 단장?"

로드 님이 가장 먼저 행동을 개시했다.

"네. 그렇게 해주시는 게 좋겠습니다. 군에게 사정 청취를 받고 있다면 지금 당장 면회하는 건 어렵겠지만, 청취가 끝나고 나서라도 구속 중에 면회 허가를 받을 수 있는 건 직계가족이나 유 님 정도뿐일 테니까요."

단장도 동의한다.

"상황이 상황이니만큼 호위로 램버트를 붙여드리겠습니다."

"알겠다. 다녀오겠어."

유 님과 램버트 님은 빠른 발걸음으로 회의실을 나갔다.

"평민 측의 정보도 있었으면 좋겠는데."

"제가 가볼까요? 저라면 같은 평민이라는 점에서 쉽게 이야기를 들을 수 있을지도 몰라요."

발언한 사람은 미샤였다.

겉으론 평소 같은 냉정함을 유지하고 있었지만 내심으론 도저히 가만히 있을 수가 없겠지. 다른 사람도 아닌 유 님 근처에서 이런 다툼이 일어났으니까. 유 님을 위해서 뭐라도 하고 싶다는 마음이 엿보였다.

"미샤만으로는 면회 허가가 나오지 않겠지. 클레어, 너도 가도록."

"알겠어요."

"그럼 저도."

클레어 님이 있는 곳이 곧 내가 있을 곳이다.

"부탁하마. 우리는 학교 안의 상황을 살피면서 만약 필요하다면 대응에 나선다. 사태가 더 심각해지기 전에 수습하는 거다."

학교기사단의 단장은 로렉 님이지만 이런 비상시에 적확한 판단을 내리는 리더십을 가지고 있는 사람은 역시나 로드 님이다. 단장도 그 사실을 알고 있기 때문에 별다른 첨언 없이 가만히 있었다.

"그럼 모두 움직이도록!"

치료소는 정령교회가 운용하고 있는 의료시설이다. 병에 걸리거나 다친 사람이 치료를 받기 위해 찾아오는 곳인데, 비용 청구방식이 독특하다. 재산이 많을수록 치료비가 비싸지고, 가난한 사람일수록 치료비를 값싸게 청구하는 식이다. 이런 사업 덕분에 교회는 평민들에게서 절대적인 지지를 얻고 있다. 교회가 지지를 얻고 있는 건 단순히 종교상의 이유만은 아니다.

치료소는 여기저기 다양한 곳에 있고 이곳 왕립학교에도 지부가 있다. 이번에 부상을 입은 남학생이 이송된 곳도 이 치료소다. 마법 연습을 하거나, 학교기사단이 마물 퇴치를 하거나 할 때 이용하는 학교 치료소는 꽤나 고도의 의료체계를 가지고 있다. 학생 대부분이 귀족이라는 점도, 신경 써서 고도의 의료체계를 유지하는 이유 중 하나일 거라 생각한다.

"그는 아직 치료 중입니다. 좀 더 기다려주십시오."

치료원에 가서 면회를 요청했더니, 아직 치료를 받는 중이었던 건지 면회 허가가 바로 나오지 않기에 대기실에서 기다리기로 했다.

"분명, 평민이 뭔가 말도 안 되는 폭언을 했던 거겠죠. 자업자득이에요."

기다리는 동안 클레어 님이 그렇게 말했다. 클레어 님이 하는 말만 들어봐도 알 수 있듯이 클레어 님은 순수 귀족이다. 평민을 향한 차별의식이 강하다.

"하지만 마법을 사용해서 공격했다는 건 명백한 과잉방어였던 거 아닌가요?"

미샤는 어디까지나 객관적으로 사실만을 말했다. 원래는 귀족이었다고는 하나 지금의 그녀는 평민이다. 양쪽의 입장을 다 경험해 봤기 때문에 어느 쪽으로든 편중된 시각으로 보는 일이 거의 없다.

"애초에 평민이 귀족을 향해 무례한 언사를 입에 담는 사태자체가 말도 안 되는 거예요. 반대라면 모를까……. 언제부터평민이 이렇게 자기 분수를 모르게 된 걸까요."

"반대 입장이라면 괜찮다는 건가요?"

클레어 님이 말한 말이 아무래도 좀 지나친지라 나도 살짝 반론해보았다.

"그건……. 귀족이라고 해도 함부로 더러운 말을 입에 담는 건 좋지 않겠지만⋯⋯."

"아, 하지만 저에게는 부디 마음껏 말해주세요. 오히려 매도
해주세요."

"자중하세요."

역시나 사태가 보통 일이 아니라고 여기는 건지, 클레어 님이
만담에 어울려주질 않았다. 슬프다.

"클레어 님. 치료가 끝났습니다. 들어오시죠."

그렇게 잠시 동안 기다리고 있었더니 부상을 입었다는 남학생
이 있는 곳으로 안내받았다. 우리는 그 학생의 모습을 보고 숨
을 삼킬 수밖에 없었다. 전신에 붕대를 감지 않은 부분이 더 드
물 정도로 커다란 부상이었기 때문이다.

"⋯⋯."

아까까지 자업자득이니 뭐니 같은 소리를 했던 클레어 님도
역시나 할 말을 잃고 있었다. 이 모습을 보고도 자업자득이라고
말하는 건 역시 아니라고 생각했겠지.

"나는 레이 테일러. 당신, 이름은?"

"⋯⋯매트. 매트 몬."

"매트라고 하는구나. 우리들은 학교기사단을 대표해서 이야기
를 들으러 왔어. 상처가 많이 아프겠지만 조금만 협력해 줄 수
없을까."

"거절하겠어."

매트는 조금의 망설임도 없이 거부했다.

"학교기사단이라고 해봤자 귀족의 편이잖아? 얘기해줄 건 아

무엇도 없어."

평민운동을 하고 있기도 하니, 매트는 귀족에 대해 좋은 이미지를 가지고 있지 않은 것 같았다.

"학교기사단은 귀족의 편이 아니야. 학생 전체의 편이야."

미샤가 침착한 목소리로 답했다.

하지만——.

"그런 그럴싸한 명분은 필요 없어. 돌아가 줘."

매트는 그렇게 말하고서 몸을 돌려버렸다. 어떻게 말을 붙여 볼 틈조차 없었다.

"저기 말이지, 매트. 이런 식으로 말하고 싶지는 않지만 얘기하는 편이 좋을 거라 생각해. 안 그래도 너나 나나 평민 신분인데, 귀족을 상대로 옥신각신 해봤자 네가 불리해질 뿐이야."

"! 역시 생각대로군! 이 나라에 정의 따위는 없어! 그래서 우리는 이 나라에 정의를—— 으윽!"

내 말은 매트의 신경을 거스른 것 같았다. 벌떡 일어나서 왈칵 화를 내는 그를 황급히 달랬다.

"진정해 매트. 우리는 그런 불공평한 일이 일어나지 않도록 하려고 여기에 온 거야. 그러니 무슨 일이 있었는지 가르쳐줄래?"

"……"

"부탁이야."

나는 최대한 진지한 자세로 매트와 마주 보았다. 매트는 잠시 침묵했지만, 이윽고 입을 열었다.

"처음에는…… 그냥 단순한 말다툼이었어."

그에 말에 의하면 이렇게 된 일이라고 한다. 매트는 바로 본인이 이전에 유 님이 만났다던 평민운동가였던 모양이다. 그는 운동단체를 대표해, 유 님한테서 교회세력의 협력을 얻어내려고 했었지만 그건 실패로 끝났다. 동료들은 어쩔 수 없는 일이라고 격려해 주었지만, 자신은 동료들의 힘이 되지 못했다는 사실에 꽤나 침울해졌다. 그랬을 때, 디드 님에게서 더 이상 유 님에게 접근하지 말라는 경고를 받았다고 한다.

"대체 뭐가 귀족이라는 거야. 부와 권력을 가지고 있음에도 그걸 내세우기만 할 뿐 우리 같은 평민에 대한 일은 생각조차 하지 않아. 우리는 청원을 넣는 일조차 허락되지 않는다는 건가?"

그런 생각에 디드 님에게 따졌다고 한다. 디드 님은 처음에는 태연하게 대응했었던 것 같지만 자신의 주인인 유 님을 폄하하는 말을 듣고는 울컥했다고 한다. 귀족 덕분에 보호받고 있으면서 어째서 그런 은혜도 모르는 소리를 하는 거냐고 매트한테 말했다고 한다.

"그렇게 여차저차 하고 있는 동안 주변에 사람들이 몰려들어서……."

귀족들과 평민들의 말다툼으로 번졌다고 한다. 토론이라고 할 수도 없는 그 토론 현장은 점점 열기를 더해갔다.

"너무나도 화가 치미는 바람에……. 그래서 나도 모르게 말해버리고 말았어."

——왕후귀족 따위는, 평민한테서 세금이나 빨아먹는 기생충이다, 라고.

"대체 그 무슨."

귀족 대표인 클레어 님이 그 발언에 눈빛이 달라졌다.

"클레어 님. 지금은 아무 말도 하지 말아 주세요. 심정은 이해합니다만, 그래봤자 의미가 없습니다."

"하지만!"

"그 괴로운 심정은 나중에 제가 다 받아드리겠습니다. 지금은 매트의 이야기를 듣는 게 우선입니다."

"······큭."

클레어 님이 치밀어 오르는 감정을 어떻게든 억누른 모양이다. 장하다. 나중에 쓰다듬어 주도록 하자. 하도록 내버려 두지 않겠지만.

"그래서? 그 말을 듣고 디드 님은?"

"그전에도 불쾌해 보이는 표정이긴 했지만, 그 말 한마디에 귀신같이 험악한 얼굴로 지팡이를 꺼내 들었어. 그리고 어느 순간 나는 온몸이 불길에 휩싸여 있었지."

그때를 다시 떠올린 걸까, 매트는 자신의 어깨를 감싸 쥐면서 전신을 부르르 떨었다.

"그다음 눈을 떠보니 이곳 침대 위였어. 그 자식한테 당한 거라는 걸 그 시점에서야 간신히 깨달았어."

매트는 분한 심정을 숨김없이 드러내며 그렇게 말했다.

"학교기사단이 정말로 모든 학생들의 편이라고 한다면 제발 부탁이야. 그 자식을 엄벌에 처해줬으면 해."

"처분을 결정하는 건 학교 측인데다, 디드 님의 이야기도 들어보지 않으면 안 되겠지만. 괜찮아. 당신이 억울함에 잠 못 드는 일이 없도록 꼭 노력할게."

"……부탁해."

매트는 그렇게 말하고서 다시금 이불속에 몸을 묻었다.

"그가 쉴 수 있도록 하죠. 이야기는 다 들었으니."

"그러네."

"……."

우리들은 매트의 병실을 뒤로했다. 클레어 님은 시종일관 복잡한 표정이었다.

"이거 꽤나 곤란하게 됐어……."

로드 님은 신음과 함께 그렇게 말했다.

"오늘도 정문 앞으로 시민들이 대거 몰려들고 있습니다. 이대로라면 학교가 제대로 운영될 수 없습니다."

램버트 님이 괴로운 듯이 그렇게 말했다.

어떻게 된 건지는 몰라도 중앙 정원의 사건 이야기가 학교 밖으로도 퍼져나가서 일반 시민들한테까지 알려지고 말았다. 사건을 들은 시민들은 분노를 표하며, 학교 앞에서 항의 데모를 이어가고 있다. 지금 현재로선 문을 억지로 부수고 들어오지는 않지만 이대로 방치해 두면 어떤 일이 벌어질지 알 수 없었다.

"……디드 쪽의 주장도 살짝 골치가 아프고 말이야."

세인 님이 한숨 쉬듯 말했다.

유 님과 램버트 님이 사정을 들으러 가자, 일단 디드 님은 자신의 행동을 해명했다고 한다. 그의 말로는 지팡이를 꺼낸 건 어디까지나 위협용 퍼포먼스였고, 마법을 쓸 생각은 없었던 데다가 그런 중상을 입힐 생각도 없었다. 하지만 일어난 사실로서 부상자가 발생했고, 더욱이 전신화상이라는 중상이다. 이래서야 자기는 그럴 생각이 없었다고 말해봤자 아무도 납득할리가 없다.

"시민들의 반응은 어떤가?"

"오만하기 그지없는 귀족이 불쌍한 평민에게 불합리한 폭력을 휘둘렀다, 라는 식으로 이야기가 퍼지고 있는 모양입니다."

"실제로 거의 그 말 그대로지만…… 어딘지 석연치 않은 구석이 있어."

로드 님이 턱을 쓸었다.

디드 님은 유 님의 호위도 겸하고 있는 만큼 마법 실력도 꽤나 뛰어나다. 호위와 동시에 왕족의 옆에서 시중을 드는 사람이니 경솔한 행동을 하지 않도록 매우 엄격한 훈련을 받고 있다. 단련된 자제력을 가지고 있고 마법 제어능력도 평균 이상이다. 그런 사람이 설사 주인을 모욕하는 말을 들었다고는 해도 그런 행동을 저지를 것인가.

"디드 만큼은 절대 그럴 리가 없어."

유 님이 단언했다.

"하지만 중요한 건 실제로 일어났다는 겁니다. 디드 님의 마법 지팡이도 조사해 보았지만 딱히 고장을 일으킨 흔적도 없고 사고일 가능성도 없습니다."

유 님과 동행했던 램버트 님이 그렇게 말했다. 이전에도 살짝 언급했지만, 그는 마도구 분야의 스페셜리스트다. 그런 만큼 그의 증언에는 설득력이 있다.

"……정말, 어째서 이런 일이…….."

유 님이 고개를 숙였다. 천연 왕자님 외모의 유 님이 저렇게 의기소침해져 있는 모습은 보는 사람으로서도 괴롭다.

"울고만 있어도 아무것도 해결되는 건 없어. 앞으로 어떻게 할지가 중요하다."

"그렇지요."

분위기를 바꿔보려는 듯이 나선 로드 님의 말에 클레어 님도 동의했다.

"솔직히 말해서 학교 밖에서 일어나는 일은 우리로선 손을 쓸 수 없다. 국가와…… 상황에 따라서는 군이 나서야 하겠지."

학교기사단은 어디까지나 학교 내의 사안을 담당하는 조직이다. 시민의 데모는 관할 밖이다.

애초에 열댓 명밖에 안 되는 미성년자들만으로 데모를 진정시키는 건 불가능하다.

"우리는 우리가 할 수 있는 걸 하자. 학교 내의 상황은 어떻게 됐는가?"

"거의 시민들과 마찬가지입니다. 귀족의 횡포에 분노하는 평민이라는 구도입니다. 강의 도중에 귀족에 대한 비판을 전개하는 평민이 있어서 강의가 제대로 이루어질 수 없는 상태입니다."

로드 님의 물음에 답하는 램버트 님. 중앙 정원 사건은 분명 불합리란 사건이라고 생각하지만 이건 또 이것대로 창끝을 돌릴 방향이 잘못됐다는 같은 느낌이 든다.

"어떻게 하면 수습될 거라고 생각하나?"

로드 님이 램버트 님에게 다시금 물었다.

"솔직히 감도 잡히지 않습니다. 디드 님에게 뭔가 처분을 내린다면 어떻게든 진정되는 방향으로 나아갈지도 모르겠지만……."

"처분은 어떻게 결정될 것 같나?"

"어렵군요. 하급귀족이라면 또 모를까, 디드 님은 신전세력과도 끈이 닿아 있는 중급 귀족입니다. 만약 너무 무거운 처분을 내리면 이번엔 귀족세력 쪽에서 반발이 일어날 게 분명합니다."

아무래도 이번에 매트가 입은 부상은 원래대로라면 죽었어도 이상하지 않을 정도의 중상이었다고 한다. 사태를 심각하게 생각한 신전 측이 고위 수속성 마법사와 귀중한 마도구를 최대한 활용해서 치료에 임한 결과, 매트는 간신히 목숨을 건질 수 있었다. 신전으로서는 잘잘못을 떠나서 어떻게 해서든 매트를 죽게 놔둘 순 없었던 거겠지.

"귀족 학생들의 반응은 어떤가?"

"지금 상황에 딱히 두드러진 움직임은 없습니다만, 일부에선 평민을 더 이상 멋대로 날뛰게 두지 말자는 과격한 주장을 하는 자도 나타나고 있는 모양입니다."

"……이제 슬슬 위험하군."

로드 님이 괴로운 듯이 말했다.

"클레어 님, 뭐가 위험한 건가요?"

로드 님이 느끼는 위기감의 이유를 알 수 없어서 클레어 님에게 물어봤다.

"당신 머리는 장식인가요? 알겠어요? 이대로 대립이 격화되어 버리면 적절하게 사태를 수습할 지점이 없어져 버린다고요."

"수습할 지점?"

"귀족 측도 평민 측도 쌍방이 납득할 수 있는 합의점을 말하는 거예요. 양쪽 다 불만이야 남겠지만 일단은 그걸로 납득해 주겠다, 싶은 지점을 말하는 거예요."

"애매모호한 결말이네요."

"흑백논리만으로는 정치가 불가능하다고요."

그렇다는 모양이다.

"일단 먼저 귀족 측을 설득하는 일은 나와, 세인, 유가 하겠다. 차기 국왕이 나서서 경솔한 발언을 하지 못하도록 경고한다면 과격한 언동도 수습이 되겠지."

로드 님이 팔짱을 끼면서 그렇게 말했다. 귀족에게 있어서 왕족의 말은 곧 신의 계시나 마찬가지다.

"평민 측의 설득은 미샤와 레이. 너희들에게 맡긴다. 어떻게든 잘 그들의 불만을 다독여 줘."

"해보겠습니다."

"에이~"

정치라든가 세력 다툼이라든가, 그런 골치 아픈 일은 사양인 데 말이야.

"에이~, 가 아니에요. 로드 님이 직접 명령을 내리시는 거니까 성심성의껏 임하도록 하세요."

"그럼 클레어 님. 열심히 하라고 말해주세요. 사랑을 담아서."

"바보 같은 소리 하지 마세요. 이런 비상시국에."

"엄청 진지해요. 그 말 안 해주면 일 안 할 겁니다."

"괜찮잖나. 말해주도록."

떼를 쓰는 나에게 로드 님도 한 손 거들어 주었다. 쓴웃음이 가득 섞인 채로, 이기는 했지만.

"자, 잠깐. 무슨 말씀을 하시는 건가요, 로드 님."

"자자, 빠—알—리, 빠—알—리!"

"크윽…… 우쭐해져서는……!"

"빠—알—리!"

끈질기게 보채는 나. 분위기를 타서 생떼를 쓰고 있습니다.

"……열심히 하세요. 레이."

클레어 님은 머뭇머뭇 입을 열면서 말했다.

"사랑이 부족하네요. 다시 한번."

"됐으니까 일해요!"

정말이지, 어쩔 수 없네.

그 후로 며칠 동안 우리는 각자가 할 수 있는 범위 내에서 학교 내의 대립을 진정시키기 위해 동분서주했다. 귀족 측은 로드 님을 필두로 한 왕자들이 설득에 나서자 점차 진정되는 움직임을 보였다. 역시나 왕족의 말은 효과가 직방인 모양이다.

하지만 한편으로, 평민 측의 움직임은 여전히 수그러들지 않았다. 학교 내에서 소수파였던 장학생들이 지금은 세간의 여론을 등에 업고 있다. 마치 매일같이 계속되는 교문 앞 데모에 호응하는 것처럼 빈번하게 항의운동을 일으키고 있었다.

결과적으로 귀족 측의 불만은 쌓여만 가고, 평민 측은 계속해서 기세를 키워나가는 악순환이 생겨나고 있었다.

디드 님의 처분이 발표되는 날이 드디어 찾아왔다. 사건 현장인 중앙 정원에는 귀족 평민을 가리지 않고 수많은 사람이 결과가 공포되기를 기다리면서 모여 있었다. 그리고 마침내 처분이 발표됐다.

"……이건…… 이래선 안 돼요."

클레어 님의 심각한 말투로 말했다.

──선고. 디드 마레는 일주일간 근신하도록 한다──

이건…… 아무리 그래도 너무 가벼운 처분이다. 내가 품은 그 감상은 평민 학생들의 심정과도 일치하고 있었는지, 주변에서 성난 외침이 가득 울려 퍼졌다.

"클레어 님, 이쪽으로. 이곳은 귀족분들에겐 위험합니다."

레네가 클레어 님의 소매를 잡아끌었다.

"하지만 이 소동을 진정시키지 않으면!"

"지금은 무리입니다. 모두 살기마저 품고 있어요. 대화로 해결될 상황이 아닙니다."

"……큭."

"클레어 님, 레네의 말이 맞습니다. 지금은 피난하도록 하죠."

계속해서 고집을 피우려는 클레어 님을 필사적으로 설득해서 우리는 그 자리를 떠났다.

"……이제부터 대체 무슨 일이 일어나게 될지……."

클레어 님의 한탄은 다른 모든 학생의 속내를 대변하는 말이 었을 지도 모른다.

학교는 이제 완전히 기능 정지 상태에 빠져가고 있었다. 교문 앞 데모는 날이 갈수록 점점 격렬해지고 시민들이 외치는 노성 은 천둥처럼 울렸다. 지금은 군에서 파견된 병사들이 문을 지키 고 있지만, 머릿수에서 너무나도 차이가 난다. 아슬아슬한 균형 이 지속되고 있었다.

"소동이 진정될 때까지는 당분간 휴교하게 될 것 같다."

학교기사단 멤버들은 다시 회의실로 모였다. 로드 님은 모두 의 앞에서 학교 고위층의 결정을 전달했다. 고위층에선 이대로 는 귀족 학생들의 안전이 보장될 수 없다고 판단했다고 한다.

"그런 소릴 할 거면 처음부터 처분을 그런 식으로 내리지 않 는 게 좋았을 거라고 생각해요."

치미는 울분을 숨기지 못하는 클레어 님.

순수 귀족으로서 평민에게 강한 편견을 가지고 있는 클레어 님이 봐도 그 처분 내용은 납득이 가지 않는 모양이다.

"……조금 이해가 안 가는군."

"뭐가 말이야? 세인 형."

"……클레어의 말대로 너무 지나치게 편파적이야."

확실히. 안 그래도 귀족과 평민의 사이가 심상치 않은 지금 같은 때에 그런 내용을 발표한다면 불에 기름을 들이붓는 결과가 나올 것은 뻔한 일이었다. 아무리 생각해도 어리석은 짓이다.

"거기에 대해서 말입니다만, 아무래도 일부 귀족들의 입김이 있었던 모양입니다."

램버트 님이 씁쓸하게 말했다.

"……그 말은 즉?"

"평민운동을 유쾌하게 생각하지 않는 귀족들이, 빠짐없이 디드 님의 처벌감형을 요구했다고 합니다."

그 말에 로드 님이 미간을 찌푸렸다.

"얌전히 있는 줄 알았더니 그런 짓을 했다는 건가."

"이건 우리들의 불찰이네."

"……그렇군."

왕자들의 말에 진정되는 것처럼 보였던 귀족들이었는데 끓어 넘치던 불만이 최악의 방향으로 향하게 된 모양이다.

"거기에다가 역시나 교회도 움직이고 있는 모양이라."

램버트 님에 말로는 교회도 디드 님의 처벌감형에 가담했다고 한다.

"어떻게 된 거죠? 교회는 평민운동을 지지하고 있었던 거 아니었나요?"

"그건 정치겠지, 정치."

미샤의 의문에 로드 님이 질색하며 말했다.

"이 나라의 최고 권력은 왕가다. 교회가 바라는 건 왕가를 밀어내고 그 자리를 차지하는 거야."

"교회는 겉으로는 평민운동을 지원하면서 뒤로는 귀족과도 협력하고 있어. 쌍방을 충돌시켜서 왕족과 귀족의 힘을 깎아내려는 속셈이겠지."

입에 담는 것조차 바보 같은 소리라고 말하는 로드 님의 설명에 유 님도 말을 보탰다.

"……권력투쟁…… 이군."

세인 님이 씁쓸하게 중얼거렸다.

이 세계에서 교회라는 곳은 어엿한 권력조직이다. 명목상으론 민중의 삶을 보조하는 자선단체를 표방하고 있지만, 그 실체는 빼도 박도 못 할 정치세력인 것이다. 보다 강력한 권력을 추구하기 위해 움직이고, 권력을 위해서는 더러운 일도 서슴지 않는다. 물론 모든 교회관계자들이 그렇다고는 할 수 없지만 교회에 그런 측면이 있다는 건 부정할 수 없다.

"이번 소동으로 가장 이득을 보는 건 명백하게 교회다. 유, 리세 님은 이번 소동과 관계없겠지?"

"관계없을 거라고 생각하긴 하지만…… 글쎄 어떨까. 어머니에 대해선 잘 모르겠어."

유 님이 애매모호하게 말을 끊었다. 이전에도 말했지만 현 왕비인 리세 님은 국왕의 후처로, 원래는 추기경이었다. 유 님의 왕위계승권은 3위지만 리세 님은 유 님이 국왕이 되기를 남몰래 바라고 있다. 정당한 수단으로 왕위에 오르는 게 어렵다면 다른 방법을 모색하고 있어도 이상하지 않다. 유 님으로선 자신의 어머니가 이런 사태의 뒤에서 암약하고 있다고는 생각하고 싶지 않겠지만 완전히 부정하는 건 불가능하다는 걸까.

"이야기는 나눠보았나?"

"아니. 면회를 신청했지만 거절당했어."

"……친어머니인데도?"

"모자지간이라 해도 왕비님이니까. 그렇게 간단히 만날 수는 없어, 세인 형."

살짝 분위기가 험악해지려고 했던 그 순간——.

"왕자님들의 사이를 이간질하는 것도 교회가 노리는 바일지도 몰라요."

"""!"""

클레어 님의 말에 세 왕자는 핫, 하고 깨달은 모양이었다.

"그렇군. 우리끼리 싸우고 있을 때가 아니야."

"그렇지."

"……아아."

왕자들은 냉정을 되찾은 것 같다.

"어쨌든 간에 이런 상황에서는 우리 학교기사단이 할 수 있는 일이 거의 없어. 그래봤자 군을 돕는 정도겠지."

"그냥 얌전히 앉아있을 수밖에 없겠네요."

로드 님의 말에 클레어 님을 비롯한 모두가 동의했다.

"클레어 님, 부탁이 있습니다."

회의를 마치고 노을빛으로 물든 길을 걸으며, 나는 클레어 님에게 말했다.

"뭔가요?"

"오늘 밤 방으로 돌아가신 후로는 그대로 다음 날 밤까지 밖으로 나오지 말아 주세요."

"갑자기 무슨 뜬금없는 소리인가요. 싫어요."

수상쩍다는 표정으로 바라보는 클레어 님. 뭐, 그야 그렇겠지.

"애당초 학교는 어쩌라는 건가요. 강의가 휴강이라도 학교기사단 활동이 있잖아요?"

"쉬어주세요."

"이런 비상시에 쉴 수 있을 리가 없잖아요. 이럴 때일수록 일해야 하는 게 학교기사단이라고요?"

클레어 님의 표정만 봐도 대체 무슨 말을 하는 건지 모르겠다는 심정이 엿보였다.

"레이 짱, 뭔가 이유가 있는 거야?"

레네가 물었지만 이유는 말할 수 없다. 말해봤자 더 귀찮아질 뿐이다.

"아무리 부탁해도 안 되는 건가요?"

"안돼요."

"그렇습니까……. 그럼 어쩔 수 없네요."

"?"

나는 손가락 끝으로 클레어 님의 이마를 꾹 눌렀다.

"뭐……를……."

말을 채 끝내지도 못하고 클레어 님은 쓰러졌다.

"클레어 님?! 레이 짱 무슨 짓을?!"

레네는 클레어 님에게 황급히 달려가서, 클레어 님을 나에게서 보호하려는 듯이 내 앞을 막아섰다. 램버트 님과 똑같은 황갈색 눈동자가 동요와 경계로 흔들리고 있었다.

"괜찮아. 잠들었을 뿐이야."

수속성 마법 중 하나인 수면 마법을 강하게 걸었다. 본래는 깊은 수면을 통해 체력을 회복시키는 용도의 마법이지만 강하게 걸면 이런 식으로 응용할 수도 있다.

"어째서 이런 일을!"

"오늘 밤, 시민들의 폭동이 일어날 거야."

"?!"

"클레어 님과 함께 기숙사에 숨어있도록 해. 부디 모쪼록 어리석은 짓은 하지 말도록."

"무슨 말이야?"

"레네."

레네의 물음엔 답하지 않고서, 나는 거꾸로 레네에게 물었다.

"클레어 님을 좋아해?"

"뭐야 갑자기……."

"됐으니까 대답해줘."

"좋아하는 게 당연하잖아. 너보다도 훨씬 예전부터 모셔왔는걸."

"그렇지."

그렇다면——.

"그렇다면, 믿을게. 믿고 있으니까 말이야."

나는 발길을 돌려서 학교 건물 쪽으로 다시 돌아가려고 했다.

"기다려!"

그런데 레네의 강한 외침이 나를 멈춰 세웠다.

"너는…… **나와 마찬가지**인거야?"

몹시도 에두른 질문이었다. 무슨 말인지 아는 사람만 알아들을 수 있는, 그런 방식이었다.

"달라."

"……그래."

미묘한 침묵이 흘렀다. 부정했다는 말은, 레네가 뭘 말하고 싶은 건지 알아들었다는 뜻이다.

"클레어 님을 부디 잘 부탁해."

"……알겠어."

이번엔 멈추는 일 없이 학교로 향했다. 해야 할 일은 산더미같이 있었다.

"……미안해, 레이 쨩…… 클레어 님……."

힘없이 중얼거리는 레네의 목소리를 나는 못 들은 척 했다.

그리고 그날 밤. 교문이 무너졌다.

"무슨 일이냐?!"

"정문이 무너졌습니다! 다수의 시민들이 학교 안으로 밀려들어 오고 있습니다!"

"귀족 자제들이 위험하다! 학교 기숙사를 중점적으로 지켜!"

"교직원들도 피난시켜라!"

"원군이 올 때까지 어떻게든 버텨!"

병사들이 지르는 노성이 들려왔다. 시간은 밤 11시를 넘겼을 무렵이다. 나는 어떤 방 안에서 조용히 잠복하고 있었다.

이윽고, 어떤 발소리가 점점 가까워지더니 내가 있는 방 앞에서 멈췄다. 찰칵하고 방문이 열린다. 한 인영이 그대로 방 안쪽으로 나아가려고 했다.

"이 소란을 틈타 움직이려는 속셈이셨나요, 램버트 님."

조명이 켜지고 갑자기 날아든 내 목소리에 발걸음을 멈춘 사람은 다름 아닌 램버트 님이었다.

"레이 테일러······."

이 방은 교내에 위치한 분석과라고 불리는 연구실이다. 나는 자물쇠를 따고 들어와서 실내에 잠복하고 있었던 것이다.

"마물을 조종하는 방울······ 램버트 님이 발명하신 거였죠."

램버트 님은 마도구의 스페셜리스트다. 마물을 제어하는 연구를 하고 있다는 사실은 이미 말한 적 있지만, 그 연구의 결정체가 바로 이 방울이다.

"어째서 이곳에 있는 거지?"

"당신을 막기 위해서."

"무슨 말인지 모르겠군."

명료하게 단언하는 나와 달리, 램버트 님은 어디까지나 시치미를 뗄 생각인 것 같았다.

"나는 소란이 일어났다는 소식을 듣고 귀중한 마도구를 지키고자——."

"중앙 정원 사건이 있었을 때. 디드 님의 마법 지팡이에 조작을 가하셨죠?"

램버트 님의 눈이 살짝 날카로워졌다.

로드 님이 말했듯, 디드 님은 그런 경솔한 짓을 할 사람이 아니다. 성격적으로도 그렇지만 무엇보다도 그가 마법 제어를 실패하는 일은 있을 수 없다. 모든 것은 계획된 함정이었던 것이다.

"당신은 마도구의 스페셜리스트로서 마도구의 조정을 담당하고 있습니다. 그 입장을 이용해서 디드 님의 지팡이가 폭발하도록 일부러 잘못 조정했죠."

"얼토당토않은 생트집이다. 지팡이엔 아무 이상도 없었어."

"아무 이상도 없었다고 증언한 사람도 램버트 님 당신입니다. 중앙 정원 사건이 일어난 직후에 로렉 단장이 지명하지 않아도 스스로 나서서 유 님과 동행할 생각이셨죠?"

"……."

램버트 님은 침묵했다.

"애초에 최근의 학교는 어딘지 이상했습니다. 귀족과 평민의 대립도 당신이 뒤에서 조장하고 있으셨죠?"

"무슨 근거가 있어서 그런 소리를."

"근거는 없습니다. 하지만 저는 전부 알고 있어요."

게임을 통해서 알고 있는 지식이므로 램버트 님에게 들이밀 증거는 없다. 하지만 나는 알고 있다. 램버트 님은 방울을 기동시켜서 학교에 강력한 마물을 불러내려고 하고 있다는 사실을. 게임의 흐름대로라면 대혼란에 빠진 학교를 여주인공과 공략대상이 구해내지만, 그런 위험한 일은 처음부터 일어나지 않게 하는 쪽이 당연히 더 좋다. 그런 이유로 내가 먼저 앞서서 선수를 쳤다.

"······전부, 말이지."

"당신에게 있어서 평민운동은 아무래도 좋다는 사실도 알고 있습니다."

램버트 님의 집안, 오르소 상회는 왕국 제일의 거상이다. 분명 귀족은 아니지만 평범한 평민보다는 훨씬 나은 삶을 살고 있다. 더군다나 오르소 상회의 주력사업은 마법석의 발굴과 유통이다. 그 사업을 위탁한 주체가 국가인데 그런 국가를 구성하고 있는 왕족이나 귀족을 타도하는 일은 본말전도다.

"그럼 내가 무엇을 위해서 그런 짓을 했다고 말할 참이지?"

"레네의 목숨이 걸려있으니까."

램버트 님은 어떤 세력에게 레네를 인질로 잡혀있기 때문이다. 말하는 대로 따르지 않으면 레네를 죽이겠다고 그 녀석들에게 협박당하고 있다. 그 때문에 어쩔 수 없이 이번 소동 뒤에서 암약할 수밖에 없었던 것이다.

"레네는 분명 소중한 여동생이다. 하지만 내가 상회를 위험에 빠트리면서까지 그런 짓을 할 거라고 생각하는 건가?"

"그냥 단순히 여동생일 뿐이라면 말이죠."

이번에야말로 램버트 님의 눈빛이 확실하게 달라졌다. 거기까지 알고 있을 거라고는 상상조차 못 한 거겠지.

"너, 대체 어디까지……."

"전부. 라고 했습니다."

램버트 님은 레네를 사랑하고 있다. 하지만 여동생으로서가 아닌 한 명의 여성으로서. 희곡의 소재로 쓰이는 금지된 사랑은 동성애만 있는 게 아니다. 램버트 님은 사랑하는 레네를 지키기 위해서 가문을 위험에 빠트리는 한이 있더라도 행동을 일으킬 수밖에 없었다.

"램버트 님. 포기해주세요."

"……그럴 수는 없다."

"램버트 님!"

"그분은 두려운 분이다. 내가 실패한다면 용서 없이 레네를 살해하겠지."

그 표정에서는 그분이라고 부른 사람에 대한 깊은 공포가 엿보였다

"레네는 제가 어떻게든 해보겠습니다."

"어떻게?"

"교섭해서."

"그분 상대로 교섭 같은 게 가능할 것 같나."

내뱉듯이 말하는 램버트 님의 얼굴에는 스스로에 대한 자조가 있었다. 분명 스스로가 몇 번이고 탄원을 해봤던 거겠지.

"저를 믿어주세요."

"무리다."

"그렇다면 힘으로라도 막겠습니다."

나는 마법 지팡이를 꺼냈다.

"그렇게는 안 돼."

익숙한 목소리가 울렸다.

"……레네"

"미안해 레이 짱."

레네는 여러 명의 남자를 대동하고 있었다. 그들 중 한 명이 클레어 님을 붙잡고서 목에 나이프를 겨누고 있었다. 아직 눈을 뜨지는 못한 모양이지만 클레어 님이 작게 신음하는 소리가 들렸다.

"오빠를 그냥 가도록 보내줘."

"레네. 다시 생각해 봐"

"무리야. 나로서는 아무것도 할 수 없어."

"……."

나는 레네를 믿고 싶었다. 클레어 님을 좋아한다고 말한 그 마음이 거짓이 아니라고 생각하고 싶었다. 하지만 역시나 주인을 향한 사랑은 연인에게 향하는 사랑에는 이길 수 없었던 건가.

"레이. 거기서 비켜라."

"비켜도 상관은 없지만, 소용없어요."

"뭐라고?"

"방울은 만일을 대비해서 이미 파괴했습니다."

"?!"

램버트 님이 황급히 나를 제치고서 방 안쪽으로 달려갔다. 금고를 열고 안에서 방울을 꺼냈다.

"……이게 대체 무슨."

램버트 님의 아연실색한 목소리가 들렸다. 방울은 두 동강이 나 있었다. 나는 레네가 램버트 님 쪽에 붙을 가능성도 미리 염두에 두고 있었다. 이건 그때를 대비한 보험이었다.

"이제 됐잖아요. 포기해주세요, 램버트 님, 레네."

"……오빠."

"……."

레네가 램버트 님에게 달려갔다. 램버트 님은 힘없이 고개를 숙인 채로 있는 것 같았다.

"어이 어이 어이, 이래선 곤란한데 말이야~"

남자 중 한 명이 지금 분위기에 어울리지 않는 명랑한 목소리로 말했다. 검은 가면을 쓰고 있어서 얼굴이 보이지 않는다. 누굴까? 지금 이 장소에서 일어나는 일 자체가 게임에서는 없었던 전개다. 그래서 나는 이 남자가 누군지 모른다.

게임에서는 클레어 님의 지시로 레네가 방울을 사용하게 된다. 사건이 해결되고 나서 클레어 님은 죄를 문책당하지만, 도르 님이 그걸 묵살시킨다. 물론 클레어 님은 처음부터 누명을 썼던 거지만.

"……방울이 없으면 손 쓸 방법이 없어."

"잠깐 이리 줘봐."

남자는 고개를 숙이고 있는 램버트 님에게서 방울을 받아들었다.

"……돌아와."

"?!"

남자의 손바닥 위에서, 두 동강 났던 방울이 마치 시간을 되감는 것처럼 다시 원상태로 돌아오고 있다. 뭐야 저건…… 저것도 마법?

"이러면 됐겠지."

"……아아."

램버트 님의 눈도 의혹으로 가득 차 있었지만, 머뭇머뭇 방울을 받아들고서 방울을 기동시키려고 했다.

"그렇게는 안 돼요!"

"레이 짱, 움직이지 말아줘! 클레어 님을 다치게 하고 싶진 않아!"

레네가 날카롭게 소리쳤다. 그쪽을 보자, 클레어 님의 목덜미에 상처가 붉은 선처럼 그어져 있었다.

"!"

분노로 이성을 잃어버릴 것 같았지만 필사적으로 참아냈다. 모든 것은 내 책임이다. 게임 내용을 알고 있다고 해서 모두 다

통제할 수 있을 거라고 생각했던 내 책임.

지금 여기에 나를 도와줄 사람은 없다. 어떻게든 해야 해. 초조함에 사고가 헛돌고 있었을 때, 바로 그 목소리가 울려 퍼졌다.

"평민 따위가 혼자서 어떻게든 해보려고 하다니 잘난 체하는 것도 이만저만이 아니에요."

목소리와 동시에 남자들이 화염에 휩싸였다. 비명소리가 울렸다.

"비명조차도 천박하군요. 도적놈들에게는 딱 어울리지만요."

그 사람은 당연히━━.

"클레어 님!"

"무슨 상황인지 잘은 모르겠지만 일단은 오르소 가의 두 사람이 흑막이라는 걸로 이해해도 되겠지요?"

하품을 한번 눌러 참고서, 클레어 님은 여유 넘치는 태도로 웃었다. 아무래도 조금 전부터 깨어있었던 모양이다. 자는 척하면서 상황을 엿보고 있었던 것 같다.

"레네. 유감이에요."

"……."

클레어 님에게서 느껴지는 명확한 적의를 받자, 레네는 고개를 숙였다. 도저히 얼굴을 마주할 면목이 없겠지.

"오르소 남매. 해야 할 일은 변하지 않는다고."

또다시 이 상황과는 어울리지 않는 명랑한 목소리가 들려옴과 동시에, 갑자기 불길이 사그라졌다. 남자들은 대부분 쓰러졌지만 한 사람은 아무 일도 없었다는 듯이 태연히 서 있었다.

"일만 제대로 한다면 해외로 탈출시켜줄게. 그러고 나면 너희들은 호적도 바꾸고서 남매가 아닌 떳떳한 연인 사이다."

나는 마치 아담과 이브를 유혹하는 뱀과 같다고 생각했다.

"그런 소리에 귀를 기울여선 안 돼요. 투항하도록 하세요."

클레어 님은 의연하게 권고했다.

하지만——.

"정말로 죄송합니다, 클레어 님. 저희는 이제 더 이상 돌이킬 수 없습니다."

잔뜩 굳은 목소리로 그렇게 말하고서 램버트 님은 방울을 기동시켰다.

그 마물은 악취미적인 전위 예술가가 만든 작품과도 같았다. 사자의 머리에 산양의 몸체, 독사의 꼬리에 박쥐의 날개가 뒤죽박죽으로 섞여 있는 그 모습은, 이전에 조우했던 워터 슬라임보다도 훨씬 컸다.

"키마이라라고요?!"

한눈에 마물의 정체를 간파한 클레어 님이 비명 섞인 소리를 질렀다.

흔히들 키메라라고도 부르는 저 마물은 원래 그리스 신화에서 등장하는 괴물이다. 강인한 육체를 가지고 있고 입에서는 화염을 뿜어낸다. 그 화염은 종종 산과 숲을 불태웠다고 전해진다.

키마이라는 이 세계에서도 굉장히 위험한 마물이다. 이 세계에 있는 마물은 동물이 체내로 마법석을 섭취해서 생겨난다고들 하지만, 키마이라는 일반 마물과는 조금 다르다. 인공적으로 만들어진 군사용 종마인 것이다.

"클레어 님, 여기선 일단 후퇴를. 군에게 맡기도록 하죠."

나는 게임의 여주인공으로서 전생했지만, 게임 속에 나온 주인공의 행동을 그대로 따라할 생각은 요만큼도 없었다. 이런 위험한 괴물과 단 둘이서만 싸우라니 웃기는 소리다. 지금은 병사들도 이쪽으로 오고 있을 테니까 숫자로 밀어붙이면 된다. 괜한 모험을 할 필요는 없다.

그러나——.

"아니요. 여기서 막도록 하겠어요."

"클레어 님?!"

클레어 님은 완고하게 이곳에서 움직이려고 하지 않았다.

"군이 오기만을 기다려서는 그사이에 피해가 확대돼요. 그렇게 되면 레네 남매가 치르게 될 죗값도 더 무거워질 게 틀림없겠죠."

"클레어 님……."

클레어 님의 발언에 레네는 아무 말도 하지 못했다. 그렇다. 클레어 님은 배신당했는데도 여전히 레네의 안위를 걱정하고 있었다. 콧대 높고, 거만하고, 제멋대로인 클레어 님이지만 절대로 그뿐 만인 사람은 아니다.

"하아…… 정말 손해 보는 성격이시네요. 클레어 님"

"뭐가 말이에요."

"이런 상황에서도 자신을 배신한 사람을 걱정하시다니."

"아, 아니거든요."

클레어 님은 황급히 부정했다.

"레네는 제 소유물이에요. 그렇기 때문에 감독을 소홀히 한 책임이라는 게 있으니——"

"아—, 네, 네. 츤데레 수고용. 지금은 긴급사태니까 그런 건 넣어두세요."

"······엄청 열 받네요. 뭐, 좋아요. 당신은 병사들을 불러오도록 하세요."

쉿쉿하고 내쫓기게 될 처지가 된 나.

"무슨 말씀 하시는 건가요. 저도 돕겠습니다."

"쓸데없는 참견이에요······ 라고 말하고 싶긴 하지만. 이번엔 도움이 되겠군요."

"여하튼 저도 클레어 님의 소유물이고 말이죠?"

"저는 아직 당신을 인정한 게 아닌데요?"

"에이 또 그러신다."

"농담 따먹기는 거기까지야. 아가씨들."

시간을 벌어보려는 속셈이었던 나와 클레어 님의 부부만담을 검은 가면의 남자가 가로막았다.

"램버트. 너도 꾸물꾸물하지 말고 어서 키마이라를 움직여."

"······알겠다."

역시 같은 동포를 마물로 공격하는 일에는 주저함이 있었겠지. 그렇지만 결국 램버트 님은 방울을 울렸다.

"가라. 귀족을 전멸시켜라."

주인의 명령을 받은 키마이라가 도저히 필설로는 형용할 수 없는 포효를 내질렀다. 워터 슬라임도 사용했었던 스턴 공격. 헤이트 크라이였다.

"……읏! 클레어 님, 움직일 수 있겠습니까?"

"지금 누구한테 그런 소리를 하는 건가요. 같은 수법에 두 번은 당하지 않아요."

헤이트 크라이는 방심한 상태에서 당하게 되면 저항하기 굉장히 어렵지만, 임전 태세를 갖춘 상태에서 정신을 똑바로 차리면 저항할 수 있다. 물론 높은 마법 적성이 없다면 대비를 하고 있어도 저항하기 힘들지만.

"키마이라의 속성 분포는 아시나요?"

"물론이에요."

키마이라는 화, 토, 수의 세 종류의 속성을 가지고 있다. 사자 머리가 화, 산양 몸통이 토, 독사 꼬리가 수속성이다.

"저는 보조를 맡도록 하겠습니다. 클레어 님은 마음껏 공격을."

"좋아요."

말이 채 끝나기도 전에 클레어 님은 화속성의 창을 만들어냈다.

"재가 되어버리도록 하세요!"

클레어 님이 마법 지팡이를 한번 휘두르자 창은 키마이라를 향해서 일직선으로 날아갔다. 하지만 키마이라는 그 거대한 몸체로는 상상할 수 없을 정도의 민첩한 움직임으로 꼬리를 휘둘러서 클레어 님의 화염창을 쳐냈다.

"과연 정공법으로는 쉽지 않겠군요. 지능도 나쁘지 않은 것 같고."

"그럼 이렇게 해보면 어떨까요."

나는 돌화살을 생성해서 키마이라의 뒤쪽으로 발사했다. 화살이 노리는 곳은 마법 방울을 들고 있는 램버트 님이었다.

"오빠!"

"그렇겐 안 되지."

앞으로 한 발짝만 더 가면 램버트 님에게 닿을 수 있었던 돌화살은, 검은 가면의 남자가 일으킨 바람 장벽에 막혀버리고 말았다. 아무래도 그는 풍속성 마법 사용자인 모양이다.

"마물이 아닌 사용자를 노린다는 발상은 분명 옳은 생각이지만, 바로 방금 전까지 동료였던 자를 망설임 없이 쏴버리다니 말이지. 그쪽 아가씨는 꽤나 용서가 없는걸."

검은 가면의 남자가 말투에 조롱을 가득 담아서 말했다. 나는 클레어 님을 지키면서 전투를 끝내는 것을 최우선으로 삼고 있을 뿐이다. 분명히 나는 레네를 좋아하는데다, 램버트 님도 동정하고 있다. 하지만 그것과 클레어 님의 안전을 같이 저울 위로 올려본다면 내가 선택할 쪽은 당연하게도 클레어 님의 안전이다. 그걸 위해서라면 어떤 더러운 수단이라도 사용할 각오다. 게임의 지식으로 인한 자만에 빠져서 클레어 님을 위험에 처하게 하는 건, 한 번의 실수로 충분하다.

하지만 저 검은 가면의 남자가 있는 한, 램버트 님을 직접 노리는 건 어려울 것 같았다. 역시 키마이라를 쓰러트릴 수밖에 없다.

그렇게 생각했을 때, 키마이라가 입을 벌렸다.

"클레어 님!"

이제 무슨 일이 일어날지 예상하자마자 나는 재빠르게 클레어 님에게 달려가서 그 몸을 끌어안았다. 클레어 님은 무슨 짓이냐고 항의하려고 했지만, 바로 그 순간 작열하는 업화가 주변을 휩쓸었다.

"위험했다……."

"지금 건?"

"키마이라의 파이어 브레스입니다. 예상 이상의 위력이군요."

재빠르게 물의 장벽을 전력으로 전개해서 버텨냈지만, 분석실 안은 엄청난 참상이었다. 분석에 사용되는 마도구는 죄다 숯덩이로 변했고, 벽돌로 지어진 벽면도 일부가 융해되어있다. 연기로 가득 찬 실내에서는 일산화탄소 중독의 위험성도 있는데다, 이대로라면 건물이 무너져 내릴 가능성도 존재한다. 저런 브레스를 여러 발 견뎌낼 수 있는 건물이 아니다.

"밖으로 나가도록 하죠."

나는 램버트 님 쪽에는 들리지 않도록 작은 목소리로 클레어 님에게 제안했다.

"! 하지만 그래선 피해가 확대되어 버리——."

"뒤쪽 정원으로 유도하겠습니다. 군중은 아직 가장 넓은 제1 운동장에 있을 겁니다. 학생들이나 직원들은 기숙사에 있을 테고요."

"⋯⋯알겠어요."

클레어 님이 고개를 끄덕이면서 화염에 녹아내려 약해져 있는 벽면을 향해 화염 탄을 때려 박았다. 벽에 사람이 지나다닐 수 있을 정도의 구멍이 생겼다.

"도망치겠어요!"

이번에는 일부러 램버트 님 쪽에도 들리도록 클레어 님이 외쳤다. 동시에 둘이서 함께 밖으로 달려나갔다.

"쫓도록 해. 재무장관의 딸이다. 놓쳐서는 안 된다고?"

"⋯⋯."

램버트 님은 방울을 울리면서 키마이라에게 추격하도록 명령했다. 우리가 건물 밖으로 나온 것과 건물이 무너져 내린 것은 거의 동시였다. 등에 식은땀이 흘렀다.

"적들이 한꺼번에 무너진 건물에 깔렸기를 바라는 건――."

"무리겠지요."

대지를 요동치게 하는 커다란 굉음과 함께 키마이라가 건물의 잔해 속에서 튀어 나왔다.

"큭! 불꽃이여!"

클레어 님이 육박해 오는 키마이라를 향해 화염의 화살을 쏟아냈다. 화염의 창보다 크기는 작지만 숫자가 많은 데다, 빠르다. 화염 화살이 키마이라를 빈틈없이 둘러싸듯 포위하며 날아갔다.

하지만――.

"직격했는데?!"

키마이라는 그걸 무시하면서 돌격해왔다. 데미지를 전혀 입지 않은 건 아니겠지만 움직임을 막을 수 있을 정도는 아니라는 건가. 키마이라의 거대한 몸체가 눈앞까지 닥쳐오고, 흉악하기 그지없는 예리한 발톱을 휘둘렀다.

"얼어붙어라."

나는 키마이라를 특대 얼음 속에 가둬버렸다. 쿠웅, 하는 묵직한 소리와 함께 얼음이 지면으로 떨어졌고, 그제야 키마이라의 움직임이 멈췄다.

"……이건 또 무슨 상식 밖의 마법인가요."

"클레어 님의 위기 상황 앞에선 이정도 흉내는 가뿐하죠."

어처구니없어하는 클레어 님과 농담처럼 대답하는 나. 하지만 경계의 끈은 놓지 않고 있었다.

사자의 포효를 내지르며, 키마이라는 다시 브레스를 토해내서 얼음을 흔적도 없이 녹여버리고 말았다.

"겉뿐만 아니라 온몸을 내장까지 전부 얼려버리는 건 불가능한가요?"

"그다지 좋은 생각은 아니네요. 거기까지 순식간에 얼리는 건 무리인데다, 시간을 들여서 얼린다 해도 수속성인 꼬리는 건재할 거라고 생각합니다."

"……어떻게 해야 하는 걸까."

고민하고 있는 와중에도 키마이라는 공격을 멈추지 않는다. 피지컬로는 압도적으로 밀리다 보니 우리는 점점 더 열세에 몰려가고 있었다.

"클레어 님. 여기선 인생 최초의 공동 작업을 해보도록 하죠."

"뭘 하면 되는 건데요?"

클레어 님은 내 말에 태클을 걸 여유도 없어 보였다. 빠르게 뒷말을 재촉한다.

"이전에 세인 님이 했었던 속성 부여입니다. 수속성을 부여할 테니 머리를 노려주세요."

"하지만 다시 꼬리에 요격당하는 거 아닌가요?"

"학교기사단의 입단 시험 때 보여주셨던 클레어 님의 비장의 수단을 써주실 수 있습니까?"

"……과연 알겠어요. 하지만 그건 잠깐 준비할 시간이 필요해요."

"제가 시간을 벌겠습니다. 그 사이에."

내 말에 클레어 님이 씨익, 하고 대담하게 웃었다.

"당신을 믿어보라고요?"

"될 수 있으면."

"……흥, 뭐 좋아요."

해야 할 일은 정해졌다.

이제는 전력으로 클레어 님을 서포트할 뿐.

"불꽃이여!"

클레어 님은 무수히 많은 작은 화염탄을 생성해서 키마이라에게 쏘았다. 차례차례 산양 몸통에 박혀 든다. 하지만 역시나 키마이라는 공격을 무시하면서 돌진해온다. 아직은 충분히 거리가 있다고 생각하고 있었는데 키마이라는 브레스를 쏠 것처럼 커다랗게 입을 벌렸다.

"얼어붙어라."

아슬아슬한 타이밍으로 키마이라의 전신을 얼려서 움직임을 봉쇄했다.

"지금입니다! 클레어 님!"

클레어 님은 양손을 양옆으로 천천히 뻗었다. 클레어 님의 주변으로 프랑소와 가문의 문장 4개가 생성되며 떠오른 것과, 키마이라를 가둔 얼음이 파괴된 것은 거의 동시나 마찬가지였다.

"빛이여!"

네 줄기의 빛이 키마이라의 브레스를 가르면서 뿜어졌다. 클레어 님의 매직 레이는 브레스를 쏘기 위해 커다랗게 입을 벌리고 있던 키마이라의 입속에 틀어박히며, 전신을 꼬챙이 꿰듯 관통했다. 비명을 소리와 함께 키마이라의 거대한 몸체가 쓰러지고, 이번에야 말로 완전히 쓰러트렸다.

"해냈군요."

"수고하셨습니다. 역시 대단하세요, 클레어 님."

클레어 님도 나도, 한순간 긴장의 끈을 놓았다.

그게 방심을 낳았다.

"제법이긴 하지만, 역시 그래봤자 아가씨일 뿐이구만."

어느 틈에 이쪽으로 접근해온 검은 가면이 클레어 님을 향해 나이프를 휘둘렀다.

"클레어 님!"

　잠깐이지만, 이건 가망이 없다고 생각했다. 하지만 클레어 님을 죽이려 했던 칼날을 단련된 팔이 막아섰다.

　"세인 님!"

　"……아슬아슬 했군."

　검은 가면의 나이프는 세인 님의 팔에 박혀있었다. 선혈이 뚝뚝 흘러내렸다.

　"이것 참, 이것 참, 열등생 왕자님 아니십니까."

　"……역도인가."

　세인 님은 검은 가면의 말에 흔들리지 않고 마력을 가득 담은 주먹을 내질렀다. 검은 가면은 피하려고 했지만 권격이 가면을 살짝 스쳤다. 가면이 부서지고 남자의 맨얼굴이 살짝 드러났다. 남자는 황급히 얼굴을 가렸다.

　"어라라. 이거 완전히 글러 먹은 줄 알았더니, 제법 해주시는데."

　"……이제 곧 병사들이 온다. 체념하시지."

　군에도 우수한 마법사들이 있지만 세인 님의 신체 강화 마법은 매우 뛰어나다. 발이 빠른 만큼 병사들보다 먼저 도착한 거겠지. 그렇다고는 해도 왕자쯤 되는 신분을 가진 사람이, 호위도 없이 먼저 달려가 버리는 건 좋은 행동은 아니지만.

　"아, 그러십니까. 그럼 뭐, 도망칠 수 있는 만큼 도망쳐 보실까."

검은 가면은 여전히 변함없이 상황과 자리에 어울리지 않는 명랑한 목소리로 말했다.

"……도망칠 수 있을 거라고 생각하는 건가?"

"뭐, 어떻게든 되지 않을까? 거기다 목적은 이미 달성했으니."

"……?"

"귀족을 가능한 많이 죽이는 게, 뭐 당초의 목적이었던 건데…… 생각지도 못한 수확이었네."

검은 가면이 대체 무슨 소릴 하고 있는 건지 의아하게 생각했을 때――.

"……윽."

"세인 님?!"

세인 님이 갑자기 무릎을 꿇었다. 클레어 님이 당황하며 달려갔다.

"……독……인가…….."

"정답. 아직 해독법이 발견되지 않은 특별제품이지. 아주 자~알 맛봐달라고."

즐거운 듯이 말을 내뱉고서, 남자는 밤의 어둠 속으로 사라졌다. 뒤늦게 군의 병사들이 달려와서 가면남을 제외한 다른 남자들과 램버트 님, 레네를 체포했다.

"세인 님! 세인 님!"

클레어 님이 쓰러진 세인 님에게 매달려서 이름을 불렀다. 하지만 반응이 없다. 점차 호흡이 가빠지고 이마엔 송골송골 땀이 맺혀있다. 때때로 괴로운 듯 신음소리가 흘러나온다. 피부에는 검고 불길해 보이는 반점이 떠올라있었다.

이건——.

"의사를! 빨리 의사를 부르도록!"

"클레어 님, 잠깐 비켜주세요."

"하지만 세인 님이!"

"괜찮습니다. 해독할 수 있어요, 아마도."

사랑하는 사람이 사경을 헤매고 있는 상황이라 그런지, 완전히 이성을 잃고 혼란에 빠진 클레어 님을 어떻게든 억지로 떼어냈다. 이 독은 분명 그 독이다. 나는 수속성 해독 마법을 구성하기 시작했다. 분명 이 구성이 맞을 것이다.

"! 반점이!"

세인 님의 피부에 떠올라있던 반점이 점차 옅어지고, 아직 눈을 뜨지는 못했지만 세인 님의 호흡도 편안해졌다.

"역시…… 나 제국의 독이네요."

"뭐라고요?! 그럼 그자는 나 제국의 앞잡이인가요?!"

나는 고개를 끄덕였다. 이전에 잠깐 말했었지만 나 제국이라는 건, 왕국 동쪽에 위치한 강대국이다. 이 게임에서 일어나는 여러 가지 사건들의 뒤편에는 적대국인 나 제국이 얽혀있다. 그리고 게임 후반에 일어나는 어떠한 사건에서 사용됐던 게 이 독 —— 칸타렐라다. 지구에서도 실제로 사용된 기록이 있는 칸타렐라라고 하는 독은 일설에 의하면 비소로 된 독약이었던 것 같지만, 이쪽 세계의 칸타렐라는 제작방법이 알려지지 않았다. 하지만 마법을 이용한 해독 방법을 게임에서 여주인공이 밝혀내기 때문에, 그 방법을 이미 알고 있었던 내가 해독할 수 있었던 것이다.

"당신은 어떻게 그런 지식을……."

"그 부분에 대해선 노코멘트입니다."

"애초에 당신은 어째서 그런 장소에 혼자 있었던 거죠? 마치 레네 남매의 배신을 처음부터 알고 있었던 것처럼."

"램버트 님을 의심하고 있었으니까요. 레네에 대한 건 저도 놀랐습니다만."

사실과 거짓을 미묘하게 섞었다. 클레어 님은 단순하지만 두뇌 회전이 빠른 사람이라서 얼버무리는 일도 고생이다.

"당신…… 설마——."

"……으……음."

클레어 님이 뭔가 말하려고 했을 때, 세인 님이 눈을 떴다.

"세인 님!"

"……클레어…… 인가. 무사했었군. 다행이다."

"무슨 소릴 하시는 거예요! 위험한 일을 겪으시고…… 만약 몸에 무슨 일이라도 있었다면 어쩌려고 하셨던 거예요!"

클레어 님은 세인 님의 가슴에 매달려서 울었다. 세인 님은 곤란한 기색이었지만, 결국엔 마주 안고선 머리를 쓰다듬어 주었다.

"……걱정을 끼친 모양이군."

"정말로…… 세인 님이 돌아가시기라도 했다면, 저는…… 저는……."

"……미안하다."

"저기~ 한창 좋은 와중에 죄송합니다."

여주인공은 내버려 두고서 아주 뜨겁기 그지없는 두 사람을 향해, 나는 극도로 분위기 파악을 못 하는 발언을 했다.

"일단은 이동하지 않으실래요. 여기 추운데요."

"당 신 말 이 죠……!"

귀신도 놀라서 도망갈 만한 얼굴로 클레어 님이 째려보았지만, 봄이라곤 해도 밤공기는 정말로 쌀쌀했다. 절대로 세인 님이 부러웠다거나, 그런 게 아니다. 암튼 아니라면 아닌 거다.

"아무래도 일단은 마무리된 거 같군."

로드 님과 학교기사단의 다른 멤버들이 다가왔다.

"이야기를 들려줄 수 있겠나."

"——그렇게 된 일이다."

우리들은 학교기사단의 회의실에 모여, 지금까지 일어난 소동의 사후처리에 대해서 로드 님에게 설명을 들었다.

사건은 빠르게 수습되었다. 학교로 밀려 들어온 시민들은 사건의 진상이 밝혀지자, 평민운동가 중에서 범죄자가 나왔다는 점도 있어서 대의명분을 잃고 해산했다. 중앙 정원사건 이후로 급격하게 고조됐었던 평민운동은 점차 수그러들고 있는 모양이다. 평민의 귀족에 대한 불만은 여전히 뿌리가 깊지만, 그렇다곤 해도 이런 사건이 일어난 직후다.

모두 자중하려는 것처럼 보였다. 학교 일부분에는 여기저기 부서진 상흔이 남았지만, 그 이외엔 지금까지 있었던 일이 거짓 말이었던 것처럼 학교는 평온함을 되찾았다. 지금은 수리를 담당한 건축 길드의 직원들이 목재나 벽돌을 나르고 있는 광경을 볼 수 있지만, 그 광경도 얼마 지나지 않아 잠잠해지겠지.

"……."

클레어 님은 우울한 표정을 짓고 있었다. 로드 님의 이야기를 들으면서도, 때때로 안절부절못하면서 자신의 왼쪽을 곁눈질하고 있었다. 그곳은 언제나 레네가 대기하고 있던 장소다.

레네와 램버트 님은 국가 반역죄로 체포되었다. 두 사람 또한 협박당했다고는 해도 적국의 인물을 국내로 들였고, 왕족과 귀족에 대한 살인미수를 저질렀다는 건 사실이다. 신분이 귀족이라면 몰라도 그들은 평민이다. 정상참작을 한다고 하더라도 잘해야 사형이고, 운 나쁘면 일족 전부가 몰살이다. 오르소 상회도 하룻밤 사이에 세력을 모두 잃어버렸다. 마법석의 채굴, 유통 권한은 국가로 회수되고, 지금은 나라에서 내려올 통보만을 기다리고 있는 상태다.

"오르소 가문은…… 역시 말소되는 건가요?"

클레어 님이 로드 님에게 물었다.

"그럴 가능성이 높겠지. 그들에게도 사정이 있었다고는 하지만 역시 저지른 일이 보통 일이 아니니까."

"……그렇겠지요."

회의실이 침묵에 잠겼다. 레네를 아꼈던 클레어 님만 상심에 빠진 게 아니다. 램버트 님은 학교기사단 사람들한테 두터운 신뢰를 받고 있었다. 그런 사람이 극형에 처할지도 모른다는 말을 들으면, 설령 그 처분이 정당하다고 하더라도 떨쳐낼 수 없는 찜찜함이 남는 건 사람으로서 당연한 일이다.

"그렇지, 클레어와 레이. 너희들에게는 포상이 내려지는 모양이야."

어두운 분위기를 몰아내려는 것처럼 로드 님이 밝은 목소리로 그렇게 말했다.

"포상…… 인가요?"

"그래. 사건의 주모자를 누구보다도 빨리 간파해서 키마이라를 쓰러트렸지. 거기다가 레이에 이르러서는 왕자인 세인의 목숨을 구했다. 이정도면 오히려 포상이 나오지 않는 쪽이 이상하겠지."

"가까운 시일 내에 왕궁에서 부를 거라고 생각해. 전하가 직접 만나서 포상을 내리시려는 것 같으니까."

클레어 님의 의문에 로드 님과 유 님이 대답했다.

"저는 딱히 대단한 일은 하지 않았── 읍."

"그렇습니까. 고마운 말씀입니다. 감사히 받겠습니다."

쓸데없는 소리를 하려는 클레어 님의 입을 틀어막고서, 내가 대신 말했다.

"잠깐, 지금 뭘 하는 거예요!"

"클레어 님. 저한테 좋은 생각이 있습니다."

나는 클레어 님에게 내가 생각하고 있는 바를 귓속말로 말했다.

"과연…… 시도해볼 가치는 있네요."

"그렇죠?"

클레어 님도 찬성하는 모양이다.

그리고 며칠 후, 왕궁으로부터 호출이 왔다.

왕궁은 처음이었다. 호화롭다기보다는 장엄하다는 표현이 더
잘 어울리는 문을 지나서, 푹신푹신한 카펫 위를 걸으며 궁전
안으로 안내받았다. 그렇게 도착한 곳은 대합실이었다. 국왕을
알현하는 사람은 매일같이 수십 명이나 있다. 지금 이 방에는
클레어 님과 나밖에 없지만 다른 대합실에도 알현을 기다리는
사람들이 잔뜩 있겠지. 멍하니 그런 생각을 하면서 나는 신기한
듯이 실내를 여기저기 살펴보았다.

"앉아있도록 하세요. 정신 사나워요."

아마 익숙한 거겠지. 클레어 님은 조금의 긴장도 없이, 태연
히 자기 앞에 놓인 차를 마시고 있었다.

"딱히 긴장되어 그런 건 아니지만요. 역시 왕궁의 방은 장식
하나까지도 급이 다르구나 싶어서요."

"당연한 거예요. 왕궁이라는 건 국가의 얼굴. 테이블 한 개를
두더라도 최고급품을 사용하는 게 당연. 이 테이블만 해도, 분
명 마호가니제품일 거예요."

"허어."

고급품을 알아보는 안목에는 자신이 없는 나로서는 그냥 어쩐지 비싸 보인다는 정도밖에 모르겠다. 돼지 목에 진주. 개발에 편자. 쇠귀에 경 읽기…… 는 좀 아닌가.

"그러고 있으니 제법 못 봐줄 외모는 아니네요."

찻잔을 받침에 내려놓으며 클레어 님은 슬쩍, 잠깐이지만 내 쪽으로 시선을 주었다.

"옷을 빌려주셔서 정말 감사합니다."

국왕을 알현하는 자리에 평소 입는 차림으로 가는 건 역시 좀 무리가 있다. 그래서 나는 클레어 님에게 정장을 한 벌 빌려서 입고 왔다. 학생이니까 교복도 허용되지 않을까, 하고 생각했는데 그건 지구에서나 통하는 관습인 모양이다. 학교 교복으로 참가할 생각이었던 나를 보고서 당황한 클레어 님이 초특급으로 맞춰준 옷이 바로 이 정장이다.

피부 노출을 최대한 피했기 때문에 소매도 긴소매고 하의도 스커트가 아닌 바지다. 색은 예복으로서 가장 일반적인 검정색. 이것들이 전부 드레스 코드로 정해져있다.

클레어 님은 어떤가 하면, 정말로 우아한 드레스 차림이다. 드레스라고는 해도 이브닝드레스 같은 복장은 아니고 이것도 피부 노출을 최대한 피한 데이타임 드레스다. 천 주름을 풍성하게 사용한 원피스로, 스커트 부분은 발목 끝까지 내려오는 긴 스커트다. 옷이 나를 입고 있는 것처럼 보이는 나와는 다르게, 클레어 님은 완벽하게 자신의 옷을 소화하고 있다. 당연하다면 당연하지만 이런 옷을 입고 있으니 클레어 님이 상류계급의 아가씨라는 걸 새삼 잘 알게 된다.

"딱히 당신을 위해서 한 건 아니에요. 같이 알현하는 저까지 몰상식하다는 오해를 받아서야 참을 수 없다고 생각했을 뿐이에요."

"에이 또 그런 소리나 하시고. 사랑이겠죠, 사랑."

"……정말 입만 다물고 있으면 꽤 괜찮을 텐데."

클레어 님은 기가 막힌다는 표정이다.

"클레어 프랑소와, 레이 테일러. 국왕 폐하께서 알현을 허하셨다."

잠깐 기다리고 있으니 시종으로 보이는 사람이 부르러 왔다. 드디어 알현이다. 레드카펫을 밟으면서 왕궁의 복도를 걸었다. 발밑이 너무 부드러워서 조금 걷기 힘들다. 클레어 님은 저런 크고 긴 드레스에 하이힐까지 신었는데도 아무런 문제 없이 도도한 걸음걸이였다. 이런 건 경험의 차이겠지.

아무튼 그렇게 알현실로 짐작되는 방 앞에 도착했다.

"클레어 프랑소와, 그리고 레이 테일러입니다."

시종이 큰 목소리로 우리들의 이름을 소리 내어 읽자, 아름다우면서도 복잡한 장식이 새겨져 있는 문이 열렸다.

"……"

먼저 한번 예를 올리고 나서, 클레어 님과 함께 알현실로 들어갔다. 알현실 양 옆으로 근위병으로 보이는 병사들이 줄지어 있었고, 앞에 있는 왕좌에는 국왕인 로세이유 전하와 리세 왕비가 앉아있었다.

왕좌 앞까지 걸어간 후, 무릎을 꿇고 신하의 예를 표했다. 이런 예절들은 알현 직전까지 클레어 님이 철저하게 주입해준 것들이다.

"얼굴을 들라."

전하의 위엄 있는 목소리가 울리자, 우리는 폐하와 왕비의 얼굴을 배알할 수 있었다.

로세이유 전하는 검은 눈동자와 머리카락을 가졌고, 어딘지 로드 님을 닮았다. 아무래도 로드 님 정도로 쾌활한 분위기는 아니지만 일국의 국왕에 어울리는 관록이 엿보였다. 트럼프의 킹 카드를 떠올리게 하는 복장이지만 실물로 보니 매우 아름다웠고 머리 위에는 왕관이 반짝이며 빛나고 있었다.

왕비인 리세 님은 금발 벽안에, 어딘지 유 님을 닮았다. 긴 머리카락을 묶고 있었고 머리 위에는 은색 티아라가 눈부시게 빛났다. 부채로 입가를 가리고 있어서 표정은 읽을 수 없었다.

"왕립학교에서 일어난 일련의 사건을 해결로 이끌었다고 들었다. 수고가 많았다."

치하의 말에 다시 한번 고개를 숙였다.

"또한 내 아들인 세인의 생명을 구해줬다고 들었다. 훌륭하다."

고개를 숙인 채로 다시 한번 치하의 말을 받았다.

"커다란 상을 내리도록 하겠다. 원하는 바를 말해보아라."

그 말이 끝난 후, 우리는 다시 고개를 들었다.

"클레어 프랑소와, 그리고 레이 테일러라고 합니다. 오늘은 이렇게 배알을 허락해주셔서 정말로 황공무지 합니다."

클레어 님이 입을 열었다. 이제부터의 대화는 클레어 님에게 일임했다. 아무리 포상을 받는다고는 해도 평민이 국왕 폐하와 직접 말을 나누는 일은 있을 수 없다는 모양이다.

"음."

폐하는 품위 있게 고개를 끄덕이며 이어질 말을 기다렸다.

"내려주시는 포상으로서 폐하께 한 가지 부탁드리고 싶은 게 있습니다."

"말해보라."

"네."

여기서부터가 진짜다. 부탁해요, 클레어 님.

"오르소 가문의 구명을 탄원하고 싶습니다."

클레어 님이 원하는 바를 입에 담자 알현실에 웅성거림이 퍼졌다. 뭐, 그야 그렇겠지.

"조용히들 하라."

그러나 폐하의 명료한 목소리가 울리자 알현실은 다시 정숙을 되찾았다. 침묵이 잠시간 이어진다.

"오르소 가문은 이번 소동의 주범이라고 들었다. 그런 가문의 감형을 원한다는 것인가?"

"네. 폐하의 온정을 바라는바, 부디 부탁드리고 싶습니다."

속내를 짐작할 수 없는 평탄한 어조로 말하는 폐하에게, 클레어 님이 거듭 청원했다.

"사라스, 어떤가?"

국왕의 물음에 왕좌 옆에서 대기하고 있던 재상이 한 걸음 앞으로 나왔다. 재상의 이름은 사라스 릴리움 님. 은발 적안의 미남이다.

"힘들겠지요. 신상필벌은 법리의 원칙. 오르소 가문은 감형을 받을 이유가 없습니다."

차가운 목소리로 선고하는 사라스님. 역시, 쉽지 않은가.

"오르소 가문은 지금까지 국가를 위해 일해 왔습니다. 특히 마법석에 관한 사업에 있어서, 지금까지 공헌해 온 바가 적지 않다고 생각합니다. 다시 한번, 부디 자비를 베풀어 감형의 온정을 재고 해주십시오."

필사적으로 머리를 숙이는 클레어 님. 레네와 램버트 님의 목숨을 구할 수 있을지 어떨지는 지금 이 순간에 달려있다.

"확실히 오르소 가문은 지금까지 국가를 위해 일해 왔다. 그 공적을 봐서 감형을 내리는 건 무리인가 사라스?"

"공적으로 죄를 상쇄하기엔 저지른 죄가 너무 큽니다. 외적을 끌어들였고, 왕족과 귀족의 살인미수를 저질렀습니다. 가문 전체의 단절을 면할 수는 없으리라 생각합니다."

사라스님은 역시나 차가운 목소리로 그렇게 말했다.

"그렇다고 한다. 다른 소원을 말하도록."

역시 안 되는 건가. 클레어 님도 얼굴이 창백해진 채로 주먹을 꽉 쥐고 있었다.

그때——.

"……폐하, 부디 그들의 요청을 들어주실 수는 없겠습니까?"

익숙한 목소리가 알현실에 울렸다.

"세인인가."

그 목소리는 세인 님이었다. 세인 님은 알현실 옆에 있는 문에서 걸어 나와 클레어 님의 옆에 섰다.

"……이전에 있었던 소동의 바탕으로는 귀족에 대한 평민의 불만이 있었습니다. 학교에서의 폭동의 원인 중 하나였던 중앙 정원 사건에 대해서도, 너무 귀족 편파적이라는 비판이 있었습니다."

세인 님이 낭랑하게 말했다. 나는 세인 님이 이렇게 길게 말하는 걸 처음 들었다.

"……오르소 가문의 남매가 범인이라는 사실이 알려지고 나서 평민운동은 일단 진정됐습니다. 하지만 왕실이 평민을 가벼이 여기지 않는다는 사실을 보여주지 않으면 같은 일이 다시 일어나겠지요."

"오르소 가문의 감형이 도움이 될 거라고 말하는 건가?"

"……그렇습니다."

"송구합니다만, 폐하, 세인 님."

두 사람의 얘기에 끼어든 것은 사라스님이었다.

"애초에 평민운동을 부추긴 것도 오르소 가문의 일원이 저지른 짓이라는 의혹이 있습니다. 물론 왕실은 평민을 가볍게 여기고 있지 않습니다만, 오르소 가문에 감형을 내린다면 자신들의 자녀가 위험에 처하게 됐던 귀족들이 가만히 있지 않겠지요."

그 말도 일리가 있었다. 원래 그 검은 가면의 노림수는 귀족 자녀를 살해하는 일이었다. 만약 그대로 마물이 학교 내에서 날뛰었다면 실제로 목숨을 잃은 사람도 나왔겠지.

"······밸런스의 문제입니다. 지금은 귀족 측으로 저울이 기울어져 있습니다. 마법의 중요성을 생각해 보면 이제부터 중요시해야 하는 건 평민 쪽임이 명백합니다. 폐하의 능력 중시 정책이 힘을 잃지 않기 위해서라도 부디 모쪼록 재고를."

하고 싶은 말은 다 했다는 듯이 세인 님은 입을 다물었다.

"양쪽이 하고 싶은 이야기는 알았다."

폐하는 그렇게 말하고서 잠시 생각에 잠기는 것 같았다. 잠깐의 시간이 흘렀다. 실제로는 그다지 길지 않은 시간이었겠지만 나한테는 정말 길게 느껴졌다.

"오르소 가문의 처분은 국외추방으로 한다."

폐하의 결정은 추방이었다. 가문의 몰살은 면했다. 나는 클레어 님과 얼굴을 마주 보았다. 클레어 님도 깜짝 놀란 표정이었다.

"폐하, 송구하옵니다만──."

"사라스, 반론은 필요 없다."

"······전하의 뜻대로."

사라스님은 이론을 제기하려고 했던 모양이지만, 더 이상의 반대를 거절하는 폐하의 강한 어조에 마지못한 태도로 물러났다.

"그럼 상세한 처분은 나중에 알리는 걸로 하지. 클레어 프랑소와, 레이 테일러. 물러가도 좋다."

"네."

"세인은 잠깐 남도록. 할 얘기가 있다."

"……네."

클레어 님과 나는 알현실을 빠져나왔다. 왕궁을 나오고 나서도 우리는 잠시 아무 말도 없었다. 하지만 궁전의 문을 지났을 때는, 이젠 더 참는 것도 한계였다.

"해냈어요!"

"해냈다—!"

클레어 님과 나는 미리 신호를 주고받은 것도 아닌데도 동시에 승리 포즈를 취했다. 클레어 님이 핫, 하고 자신의 행동을 깨닫고서, 당황하며 포즈를 풀었다.

"흐, 흥! 따라 하지 말아 주시겠어요?"

"이게 바로 이심전심이라는 거네요. 자자, 기쁜 일이니만큼 솔직하게 기뻐하자고요."

"딱히 당신이랑 기쁨을 나눌 필요는 없잖아요?"

"그럼 기쁨 대신 사랑을 나누도록 하죠."

"무슨 소릴 하는 거예요!?"

언제 그랬냐는 듯 평소 우리들의 모습으로 돌아오고 말았지만, 클레어 님은 여느 때보다도 더 말수가 많았다. 우리는 신나게 만담을 주고받으면서 학교로 돌아가는 길을 걸어갔다.

오르소 가문이 추방처분을 받는 날. 나는 클레어 님을 따라서 아파라치아와의 국경에 있는 관문 근처에 와있었다. 수도에서

상당히 멀리 떨어진 곳에 위치한 이 관문은, 레네 일행이 왕국을 떠날 때 지나가게 될 곳이었다. 클레어 님과 나는 프랑소와 가문의 마차를 타고 여기까지 왔다. 물론 레네를 배웅하기 위해서다.

오르소 가문은 재산 대부분을 몰수당하고 최저한의 소지품만 가지고서 친척들의 도움을 받아 아파라치아로 이민을 가게 됐다. 아파라치아는 바우어 왕국과 오랜 옛날부터 국교를 이어온 우호국으로, 비옥한 국토를 가진 농업국이다. 국정은 안정되어 있고, 유복하다고는 할 수 없지만 그 나름대로 국력을 가지고 있다. 처음부터 다시 시작하기에는 딱 좋은 나라라고도 할 수 있겠지.

그렇다곤 해도, 레네가 떠나게 되는 건 역시나 쓸쓸하다. 나라를 넘나들며 오가는 일은 쉬운 일이 아니다. 만날 수 있는 건 분명 오늘이 마지막이 되겠지.

우울한 기분과는 정반대로, 구름 하나 없는 푸른 하늘이 펼쳐져 있었다. 우울한 기분은 클레어 님도 마찬가지인지, 접힌 양산으로 하릴없이 지면을 두드리고 있었다.

"좋은 날씨네요."

"그렇네요."

아무래도 좋은 말을 하는 나에게, 클레어 님도 마음이 담기지 않은 대답을 돌려줬다. 그 눈동자는 관문에 고정되어 있었다.

우리들은 관문을 둘러싼 철책 바깥쪽에서 오르소 가문 일행을 바라보고 있다. 관문은 아파라치아와 바우어 왕국을 잇는 가장 큰 가도에 설치된 요새와도 같은 건물이다. 건물에는 거대하고 튼튼한 문이 있어서 유사시에는 이 문을 걸어 잠그고 적의 침입을 막는다.

관문에는 검문을 실시하는 장소가 있는데, 오르소 가 사람들은 지금 마침 거기서 검문을 받고 있었다. 왕국에서 마법석 채굴과 유통업을 했었던 오르소 가문이지만 그 기술을 국외로 반출하는 행위는 금지되어 있다. 군사기술과도 직결된 마법에 관한 사항이라서 검문도 엄중하다. 물론 사람 머릿속의 지식까지는 어떻게 할 수 없으니까 물품과 서류들만 조사할 수밖에 없다. 그러나 노하우가 있다고 해서 오르소 가문 사람이 마법석에 대한 지식을 무기로 아파라치아에서 관련된 장사를 할 수 있는가, 하고 물으면 그건 또 쉽지 않을 것이다. 왕국을 자극하고 싶지 않은 아파라치아 정부가 그걸 허용하지 않을 게 분명하기 때문에. 결과적으로 오르소 가문은 마법석 이외의 부분에서 생업을 찾아야 한다.

"오르소 가문은 아파라치아에서 잘 해나갈 수 있을까요."

"글쎄요 어떨까요. 당주인 바틀리는 유능한 사람이라고 들었지만요. 왕국에서 가졌던 지위 정도까지는 어렵겠지만, 매일을 살아갈 양식을 버는 것 정도는 어떻게든 되지 않겠어요?"

클레어 님은 막힘없는 대답을 돌려주었지만, 역시 말에 생기가 없다. 마음이 딴 데 가 있는 그런 느낌이다.

"레네랑 램버트 님은 분명 쉽지 않겠죠."

"······그렇겠죠."

두 사람은 용서받지 못할 사랑의 결과로서 자칫하면 일족 전부가 몰살당할 뻔했다. 당연히 그에 대한 응당한 처벌이 내려져야 한다. 아파라치아로 이주한 후에 오르소 가문은 레네와 램버트 님을 가문에서 추방한다고 한다. 두 사람은 집안의 도움 없이 낯선 나라에서 살아가야 한다. 가업을 이어서 살아가는 경우가 대부분인 이 세계에 있어서는 그건 더할 나위 없이 무거운 의미를 지닌다.

"그렇다고 해도 살아갈 수밖에 없어요. 살아만 있으면 어떻게든 될 거예요."

클레어 님의 말은 마치 자기 자신에게 들려주는 것 같았다. 그렇게 됐으면 좋겠다. 라고 말하는 것처럼.

"검문이 끝난 모양이에요."

"……"

오르소 가문 사람들이 문 쪽으로 이동하고 있었다. 오르소 가문을 알고 있는 사람이라면 믿을 수 없을 정도로 사람이 적었다. 사용인 대부분을 해고했기 때문에 이곳에 있는 사람들은 거의 다 혈족들뿐이다. 사람 수는 스무 명도 채 안 됐다.

그 사람 중에 레네와 램버트 님이 있었다.

"레네!"

나는 철책으로 달려가서 큰 목소리로 외쳤다. 레네도 나를 깨닫고서 이쪽으로 다가왔다.

"레이 짱…… 거기다 클레어 님까지."

"작별인사를 하고 싶다고 클레어 님이."

"그런 소리 안 했다고요. 당신이 어떻게든 데려가 달라고 떼를 썼잖아요."

"아하하…… 오랜만에 만나는 건데도 여전해 보여서 안심했어."

레네는 작게 웃었다. 힘없는 웃음이었다. 무리도 아니다.

잠깐의 시간이 흘렀다.

"레네. 저를 원망하고 있나요?"

"!? 당치도 않아요!"

클레어 님이 주저주저하면서 묻자, 레네는 펄쩍 뛰며 부정했다.

"오르소 가문은 본래 말소됐어도 이상하지 않았어요. 가족들이 지금도 이렇게 목숨을 부지한 건 레이 짱과 클레어 님이 구명을 탄원해주신 덕분이에요."

"그렇다곤 해도 당신들을 몰아붙인 것은 저예요."

아주 살짝 자조가 섞인 말투로 클레어 님이 말했다. 클레어 님은 후회하고 있는 걸까. 잘못된 일은 무엇 하나 하지 않았다고 생각하는데.

"아니요. 저희의 폭거를 막아주신 점도 감사하고 있어요."

"여동생도 저도, 이제야 눈이 뜨인 겁니다."

그렇지 않다고 거듭 말하는 레네, 램버트 님도 다가와서 말을 보탰다.

"사랑은 맹목적이라고들 말하지만 우리는 너무나 서로만을 바라보고 있었죠. 용서받지 못할 사랑을 한탄한 나머지 시야가 좁아져 있었습니다."

그 결과가 이 꼴입니다. 하고 램버트 님이 괴로운 표정으로 말했다.

"친여동생을 사랑하고 있다는 금지된 마음을 누군가에게 긍정받고 싶었어요. 그 부분을 그 남자가 파고든 겁니다. 정말로 통한의 실수입니다."

피를 토하는 것처럼 말하는 램버트 님의 말에 레네도 끄덕였다.

"레이 짱 조심해. 너도 클레어 님을 생각하는 그 마음을 누군가한테 이용당하지 않도록."

"응."

"램버트, 레네. 이동이다. 가자."

오르소 가문의 누군가가 레네 남매를 부르고 있었다. 이제 출발인 모양이다.

"레네. 이걸 가지고 가."

나는 철책 사이로 양피지 묶음을 레네에게 건넸다.

"이건⋯⋯!"

"새로운 레시피. 마요네즈 레시피도 사용해줘."

"괜찮아?"

"응. 약간이지만 종잣돈 마련에 도움이 될 거라고 생각해."

나로선 해줄 수 있는 게 이정도밖에 없다. 고마워, 레네가 감사의 말을 했다.

"그럼 작별이네요. 클레어 님, 레이 짱, 정말 신세 많이 졌습니다."

"그럼 안녕, 레네."

"……."

깊이깊이 머리를 숙이는 두 사람에게 나는 작별인사를 했다. 클레어 님은 아무 말도 하지 않았다. 클레어 님의 침묵에 대해, 레네는 그저 쓸쓸한 듯이 미소 짓고는 뒤돌아 걸어 나갔다.

두 사람의 모습이 멀어져간다.

"클레어 님. 괜찮으시겠어요? 작별인사를 하지 않아도."

"……."

클레어 님은 복잡한 표정이었다. 여러 감정이 뒤엉켜있는 것처럼 보였다. 알기 쉽고 단순한 악역 영애의 모습은 파편조차 찾아볼 수 없었다.

"레네!"

느닷없이, 점점 멀어져 가는 레네를 클레어 님이 큰 목소리로 불러 세웠다. 레네가 깜짝 놀란 듯이 뒤를 돌아보았다. 그 눈 끝에서 반짝이는 무언가를 본 것 같은 기분이 든다.

"안녕이라고는 말하지 않겠어요! 언젠가 다시 만나도록 하죠! 그날까지, 부디 건강하기를!"

그 말은 이제 문을 거의 다 빠져나간 레네에게 닿았을까. 레네는 웃음을 지은 것처럼 보였지만, 혹시 그건 단순히 내 바람이 만들어낸 착각일지도 모른다. 레네 일행의 모습은 이윽고 완전히 보이지 않게 되었다.

"가버렸네요."

"……."

클레어 님은 울지 않았다. 울 것처럼 슬픈 표정을 하고 있었지
만 눈물은 흘리지 않았다.

"클레어 님."

"뭔가요?"

"끌어안아도 될까요?"

"될 리가 없잖아요. 돌아가겠어요."

그렇게 말하고서 발걸음을 돌려 걸어 가버렸다.

"이럴 때까지도 고집쟁이라니깐."

울고 싶을 때 울지 못한다니 정말로 곤란한 사람이라고 생각
해. 하지만 인간은 소설에 묘사되는 것보다도 훨씬 복잡한 존재
다. 그래서 나는 그런 요령 없고 서투른 사람이 너무 좋다.

"클―레―어―님!"

"꺄악!? 뭐하는 거예요! 놓―으―세―요!"

"팔은 놓지 않겠지만, 이 말은 해 놓을게요."

"영문을 알 수 없는 소리 하지 말란 말이에요!"

좀 더 나를 매도해줘, 클레어 님. 평소 같은 씩씩한 모습으로
돌아와 줘. 하지만 그마저도 어렵다면――.

"울어도 괜찮은데요?"

"! 바, 바보 아닌가요? 고작해야 메이드가 한 명 없어졌을 뿐
이라고요? 겨우 그런 거 가지고 어째서 제가――."

"클레어 님. 저는 지금 클레어 님의 등 뒤쪽에 있어요. 그러니
까 클레어 님의 얼굴은 볼 수 없습니다."

"그러니까 저는!"

나는 꽉 하고 강하게 끌어안으면서 말했다.

"레네와 헤어지고 싶지 않으신 거죠."

툭. 하고 클레어 님 앞에 두른 내 손 위로 물방울이 떨어지는 게 느껴졌다.

"정말로. 세상일은 마음대로 되는 게 없네요. 연애 하나조차 자유롭게 할 수 없어."

물방울은 점점 그 숫자를 늘려가면서 내 손을 적셨다. 우리는 그 장소에서 잠시 가만히 서 있었다.

"……평민 주제에 정말로 건방지네요. 당신."

이제 진정됐는지, 클레어 님이 심술궂게 말했다.

"네. 건방진 저에게 벌을 주세요."

"싫어요. 어차피 당신이니만큼 그것도 포상이라고 머릿속에서 회로를 돌릴 거죠?"

"클레어 님이 저에 대해 더 깊이 알게 되셨네요! 이건 이제 결혼할 수밖에 없겠네요!"

"안 한다고요!"

이번에야말로 정말 평소대로. 나는 클레어 님의 밉살스러운 말들을 기쁘게 받아들이면서 옆에 나란히 섰다.

"다시 만나고 싶네요."

관문 쪽을 한번 돌아보면서 말했다.

"만날 수 있을 거예요, 분명."

클레어 님의 말 속에 더 이상 망설임은 없었다. 마치 저 푸른 하늘처럼, 맑은 목소리가 조용하게 울렸다.

───내 최애는 악역 영애. 1───
끝

부 록

나의 주인 클레어 프랑소와

"레네. 이제 괜찮아?"

오빠가 레이 짱과 클레어 님과의 이별을 마친 나를 보며 말했다.

"네. 아무리 많은 말을 나눈들, 헤어지기 싫어질 뿐이니."

그렇게 말하면서도 나는 클레어 님에게 죄송하다는 사과를 드리지 못한 걸 마음속으로 후회하고 있었다. 우리 남매가 저지른 죄는 감히 용서를 청할 수조차 없을 정도라고 생각했기 때문에 사죄의 말을 입에 담는 것조차 건방진 일이라고 여기고 있었다. 물론 사죄에는 피해자의 마음을 달래는 의미도 담고 있겠지만…….

죄의식이 너무나도 커다래서 결국 클레어 님과 제대로 된 작별의 말조차 나눌 수 없었다. 그뿐인가, 내 마음에는 어두운 그림자가 드리우고 있었다. 눈물이 번져나간다.

"레네!"

결코 잘못 들을 리 없는 내 주인의 목소리가 바람을 타고 날아왔다. 나는 저도 모르게 뒤를 돌아보았다.

"안녕이라고는 말하지 않겠어요! 언젠가 다시 만나도록 하죠! 그날까지, 부디 건강하기를!"

그 말을 들었을 때의 내 마음은 분명 그 누구도…… 사랑하는 오빠조차도 알 수 없었을 것이다. 나는 그저 메이드. 클레어 님 입장에서 보면 잔뜩 거느리고 있는 시종 중의 한 명일 뿐이다. 그런 나에게, 지독한 배신행위를 저지른 나에게, 그분은 저렇게나 따뜻한 말을 건네주셨다. 나는 클레어 님의 정이 가득 담긴 마음 씀씀이에, 애타는 깊은 감사를 느꼈다.

"……좋은 주인이었구나."

오빠가 상냥하게 미소 지어주었다. 하지만 나는 고개를 좌우로 저으면서 그 말을 부정했다.

"이었다, 가 아니에요. 지금도…… 앞으로도 계속 클레어 님은 제 평생의 주인입니다."

눈물을 훔치면서 내가 말했다. 오빠는 "그렇구나"라는 한마디와 함께 내 머리를 쓰다듬어 줬다.

클레어 님과 나. 우리 서로가 어렸을 때부터 내가 항상 곁에서 시중을 들어드렸던 클레어 님. 둘이서 함께 걸었던 10년에 가까운 기억이 가슴에 북받쳐 올랐다. 그러고 보면 클레어 님과의 관계는 처음부터 양호하지는 않았었지, 하고 생각했다. 클레어 님의 모습을 몇 번이고 되새기면서 나는 처음으로 클레어 님을 만났을 때의 기억을 떠올리고 있었다.

"이 아이가 오늘부터 새롭게 클레어 님의 곁에서 시중을 들어드릴 레네 오르소입니다. 레네, 인사하도록."

메이드장의 재촉에, 나는 앞으로 내가 섬기게 될 주인── 클레어 프랑소와 님의 앞으로 걸어 나왔다. 내 이름은 레네 오르소. 오늘부터 이곳 프랑소와 가문의 메이드로서 일하게 되었다.

"레네 오르소 라고 합니다. 잘 부탁드립니다."

"흥. 이름 따위는 아무래도 좋아. 어차피 1주일도 버티지 못하고 그만둘 게 분명하니 말이야."

세로로 말린 롤 머리를 흔들며, 7살의 나보다 두, 세 살은 더 어릴 거라고 짐작되는 귀여운 목소리로 클레어 님이 말했다. 나이에 비해 어른스러운 말투를 쓰는 소녀는 불쾌한 표정으로 나를 바라보았다. 웃는다면 분명 한층 더 귀여울 게 분명한 예쁜 소녀지만 그 표정과 말투가 모처럼의 귀여운 얼굴도 쓸모없게 만들어버린다.

"이분이 당신이 섬길 클레어 프랑소와 님입니다. 부디 실례가 없기를."

"네, 메이드장."

"그럼 클레어 님. 뒤는 레네에게 맡기겠습니다. 저는 이만 실례하겠습니다."

그 말을 남기고서 메이드장은 빠른 걸음으로 방에서 나갔다. 나중에 들은 얘기지만 이때의 메이드장은 클레어 님을 어려워했다고 한다. 메이드장 뿐만이 아니다. 프랑소와 가문에서 일하는 메이드라면 거의 대부분이 클레어 님을 싫어했다. 나 자신도 첫인상은 그다지 좋지 못했다.

"평민."

"레네라고 합니다. 클레어 님."

"그러니까 이름 따위는 아무래도 좋다고요. 평민, 말이 되도록 하세요."

"……? 말, 인가요?"

클레어 님은 마치 대화를 나누는 일조차 더럽다는 듯이 말하고 있었다. 전언철회. 첫인상은 최악이었다.

클레어 님의 말대로 나는 분명 평민이다. 마법석을 취급하는 오르소 상회의 장녀다. 왕실을 주거래 상대로 삼고 있는 오르소 상회는 평민이라고는 해도 거상이다. 실제로 어지간한 하급귀족보다도 훨씬 더 나은 생활을 할 정도의 부자다. 나는 딱히 그런 사실로 잘난 듯 콧대를 세울 생각은 없었지만 이렇게 면전에서 대놓고 평민이라고 바보 취급을 당하면 반발심이 치솟을 수밖에 없다. 메이드로 일하게 된 첫날부터 나는 암담한 기분을 느꼈다.

내가 메이드가 된 건 오르소 상회와 프랑소와 가문의 결속을 강화하기 위해서라고 아버님이 가르쳐 주셨다. 클레어 님의 환심을 사도록 노력하라는 말을 들어도, 내가 할 수 있는 일들은 뻔한 것들뿐이라고 생각했지만 아버지의 명령을 거스를 수는 없었다. 그리고 내가 내 역할을 잘 해낸다면 오빠의 도움이 될 수 있을지도 모르는 거니까.

내 오빠―― 램버트 오르소는 굉장히 우수한 사람이다. 어려서부터 마법에 대한 재능을 타고났고, 이번에 평민을 대상으로도 문호를 개방하게 된 왕립 학교로부터 입학 권유를 받을 정도다. 나는 오빠를 깊이 존경하고 사랑한다. 오빠의 도움이 될 수 있다면 이 제멋대로 아가씨의 비위쯤은 얼마든지 맞춰줄 수 있지 않겠는가.

"말이 뭔지도 모르는 건가요? 정말이지, 이래서 평민은……."
"아뇨, 말이 뭔지 정도는 알고 있습니다만, 어째서 말을?"
"당연히 제가 타고 싶으니까 그렇죠. 됐으니까 네발로 기어

다니도록 하세요."

우문이군요. 하고 클레어 님이 내 눈높이보다 살짝 아래에서 나를 올려보듯 째려보았다. 상대가 평민 시종이라고는 해도 처음 만나는 사람에게 이런 소리를 한다니, 방약무인하기 그지없다. 여기서 무릎을 꿇는 건 간단하지만 만약 순순히 따를 경우 앞으로도 계속해서 더더욱 무리한 요구를 할 것 같은 느낌이 들었다.

"클레어 님. 그건 부디 봐주세요."

"……뭐라고요?"

클레어 님의 목소리에 한층 더 불쾌감이 섞였다. 나를 올려다보는 눈동자에 험악한 기색이 드리웠다.

"제 명령을 듣지 못하겠다고 말하는 건가요?"

"네."

"이런—!"

클레어 님이 짜증을 내려고 하는 기색을 눈치채자, 나는 곧바로 뒷말을 이었다.

"저같이 비천한 자의 등에 클레어 님 같은 고귀한 분을 태울 수는 없습니다."

나는 일단 클레어 님을 치켜세웠다. 나 자신을 낮추는 것으로 클레어 님의 환심을 사고, 동시에 내가 바라는 바를 이룬다. 귀족을 상대하는 경우가 많은 상인 가문에서 자란 나에게 있어서 이정도 재주는 식은 죽 먹기다.

"! ……흥, 평민치고는 제법 자신의 주제를 알고 있잖아요."

클레어 님은 일단 내 대답에 만족한 것 같았다. 삐딱한 심성에 비해서 의외로 단순하군, 나는 속으로 조용히 그렇게 생각했다. 이렇다면 이 제멋대로 아가씨를 '길들이는' 것도 그렇게 어려운 일은 아닐지도 모른다.

"당신은 의외로 싹수가 있을지도 모르겠어요. 뭐 괜찮겠죠. 제 곁에 붙어서 시중을 드는 걸 일단은 허락해 드리겠어요. 부디 열심히 해보시길."

"황송합니다."

이게 나와 클레어 님의 첫 만남이었다.

그 후로 당분간 클레어 님을 다루는데 적응하는 하루하루가 이어졌다. 클레어 님은 정말로 전형적인 제멋대로에 방약무인한 아가씨라서, 프랑소와 가문에 들어온 성실한 메이드들의 골칫거리였다. 그런 와중에 그녀를 능숙히 다룰 수 있는 나는 귀중한 인재로 취급되어서 얼마 지나지 않아 제법 좋은 대우를 얻을 수 있었다. 나는 메이드로서는 파격적인 급료와, 클레어 님의 신뢰를 손에 넣었다.

그러던 중에 클레어 님과 프랑소와 가문에 대해서 새롭게 알게 된 사실이 몇 가지 있었다. 클레어 님의 부모님―― 도르 님과 밀리아 님은 집을 비울 때가 많다. 재무장관인 도르 님이야 당연하다고 쳐도 밀리아 님도 집에 거의 돌아오지 않았다. 밀리아 님은 사교계에 굉장한 영향력을 가진 분이라서, 도르 님에 필적할 정도의 정치력을 가지고 있다는 평을 정도다. 사교계의 꽃으로서 배후에서 권력투쟁을 지배하는 밀리아 님은 그야말로 도르 님의 오른팔이나 마찬가지겠지.

좀처럼 집에 오지 않는 두 사람이라도 일단 집에 돌아오면 눈 뜨고 못 봐줄 정도로 클레어 님의 응석을 받아줬다. 도르 님도 밀리아 님도 클레어 님을 너무나도 사랑했다. 얼마나 심했냐면, 클레어 님이 딸기가 좋다고 말하는 순간 딸기 농가의 유통망에 압력을 넣어서 1년 중 언제든지 클레어 님에게 줄 딸기를 손에 넣을 수 있도록 만들어 놓을 정도다. 밀리아 님은 그보다 한층 더 중증이라서 클레어 님을 위해 딸기의 새로운 레시피 공모전을 열 정도였다. 그러니 자연스럽게 클레어 님한테 쓴소리를 할 사람은 사라지게 됐고, 클레어 님은 마음껏 방약무인한 아가씨로 자라났다.

내가 클레어 님의 메이드가 된 지 어느 정도 시간이 지났을 때의 일이다. 시종들은 클레어 님의 4살 생일을 축하하는 파티를 위해서 다들 분주하게 준비하고 있었다. 초대장을 보내고, 식단을 짜고, 방안을 장식하는 등등, 해야 할 일들은 산더미같이 있었다. 그러는 와중에 정작 나는 별달리 할 일 없이 클레어 님의 곁을 지키고 있을 뿐이었다. 그 무렵엔 저택의 사용인들 사이에선 이미 클레어 님을 다루는 건 저 녀석(=나)한테 맡겨 두자는 암묵적인 합의가 생겨나 있었기 때문이다.

그렇기 때문에 내가 클레어 님의 쇼핑에 동행하게 된 건 극히 자연스러운 흐름이었다. 물론 클레어 님이 직접 걸음을 나서지 않아도 그녀가 원한다면 대부분의 물건은 방까지 배송될 것이다. 하지만 클레어 님은 때때로 자기 발로 직접 상점을 방문해서 쇼핑을 하는 걸 좋아했다. 오늘도 클레어 님은 단골 부티크로 행차해서 물건을 고르고 있었다. 구매하려는 물건은 당연히 클레어 님 물건, 이라고 해야겠지만 놀랍게도 클레어 님이 고르고 있는 건 내 물건이었다.

"저기, 클레어 님. 저는 그냥 메이드 복으로 괜찮으니까……."

"안 돼요. 제 시종이 드레스 한 벌조차 가지고 있지 않다는 사실은 용납할 수 없는걸요."

그렇게 말하면서 클레어 님은 점원을 시켜서 계속해서 다음 옷을 가져오도록 지시했다. 나도 본가에는 몇 벌인가 드레스가 있지만, 아무래도 그것들 역시 평민이 입는 옷이다. 난생 처음 보는 눈부시게 화려한 드레스에 내 마음은 이미 들떠있는 상태였다.

그래서일까. 나는 내가 지금 나한테 어울리지 않는 장소에 있다는 사실을 망각하고 있었다.

"여봐라, 워째서 이뤈 곳에 평뮌이 있는 건과?"

하필 클레어 님이 점원과 함께 새로운 옷을 고르기 위해서 가게 안쪽으로 들어간 그 타이밍에, 내 등 뒤로 목소리가 날아들었다. 뒤를 돌아보자 다른 나라 복식을 한, 외국 귀족일거라 짐작되는 남성이 나를 의심스러운 듯이 쳐다보고 있었다.

"이곳은 귀족들 봐께는 들어올 수 업는 가게. 평뮌이 들어올 곳이 아뉘다. 당장 나과라."

주변 국가의 공용어에 익숙지 않은 것인지, 외국인 귀족은 서

투른 말투로 말하면서 커다란 손으로 나를 밀쳤다.

"꺄악!"

어른과 아이의 체격 차도 있어서 나는 어찌할 도리도 없이 엉덩방아를 찧었다. 그 순간 내 몸이 옷걸이에 부딪혔고, 옷걸이에 걸려있던 옷들이 땅에 떨어졌다. 저 땅에 떨어진 옷 한 벌만 해도 내 한 달 급료의 몇 배는 나갈 게 틀림없다. 원인 제공자는 외국인 귀족이지만 도저히 그런 말을 꺼낼 수 있을 만한 분위기가 아니다. 나는 겁에 질려서 몸이 움츠러들고 말았다.

"이거야, 이거야, 다르셀 전하. 계신 줄 모르고 있었습니다."

"점장, 이 눈에 거슬리는 평민을 당장 내버려라. 거슬린다."

"아뇨…… 저기, 이자는 바우어 왕국의 귀족 관계자라서……."

"두 번 말하게 하지 말라. 거슬린다."

오만불손한 저 다르셀이라는 분은 어떻게든 나를 밖에 쫓아내고 싶은 모양이었다. 전하라고 불렸다는 건 단순한 귀족이 아니라 왕족이었던 건가. 이래서는 설령 클레어 님이 돌아온다고 하더라도 나를 도와줄 수 없을 테지. 더구나 그 방약무인한 아가씨가 이 사태를 수습할 수 있을 거라고는 도저히 생각할 수 없었다. 내가 일단 가게 밖으로 나가야겠다고 생각했다.

그러나——.

"우리 가문의 시종이 뭔가 무례를 저질렀습니까, 다르셀 로로 전하?"

클레어 님은 돌아오자마자 유창한 외국어로 말했다. 클레어 님은 상황을 살피고서, 무슨 일이 있었는지 바로 알아챈 것 같았다.

"그쪽 분은 로로어를 할 줄 아는 건가. 그 나이치고 굉장히 교양이 훌륭하군."

"황송합니다, 전하. 저는 클레어 프랑소와. 바우어 왕국 재무장관, 도르 프랑소와의 여식입니다."

"도르의 딸인가. 과연 그렇군, 그 몸가짐과 교양도 납득이 가는군."

"감사드립니다."

클레어 님은 자기보다 나이가 몇 배는 많을 왕족을 상대로 조금도 기죽지 않고서 대화하고 있었다. 나는 그 모습을 그저 망연자실하게 바라보았다.

"그러나 클레어. 평민을 이 가게에 데려온 것은 어리석은 짓이다. 이 가게는 우리 로로국이 자금을 대고 있는 귀족 전용 가게. 평민이 드나드는 일은 용납할 수 없다."

지금 당장 나가라는 듯이 가게 밖을 향해 손가락질하는 다르셀 님.

"현명하신 다르셀 님. 다르셀 님은 현 바우어 국왕── 로세이유 전하가 이번에 내세운 새로운 정책에 대해서 알고 계십니까?"

"뭐라고? 들어본 적 없구나."

갑자기 화제를 바꾸는 클레어 님의 말에 다르셀 님은 고개를 갸우뚱 했다.

"로세이유 전하는 평민 중시 정책을 내세울 예정입니다. 다르셀 님의 이 가게도 귀족 일변도의 장사만으론 유행에 뒤처지게 되는 건 아닐까 싶습니다만."

"무엇이라…… 바우어 왕국은 평민에게도 그 은총을 나눠준다 는 선택을 하는 것인가."

"바로 보셨습니다."

그 말은 사실이다. 아직 공식 발표는 멀었고, 일부 상급 귀족 들과 왕실만이 알고 있는 사실이다.

"이 불초 클레어는 왕국의 선택이 어떠한 것인가를 몸소 실천 하고 있는 중입니다. 이자는 그 시범 케이스입니다."

"흠…… 그랬던 것인가. 바우어가 그런 선택을 한다고 한다면 로로도 무시할 수는 없지. 이자에 대한 일은 없었던 것으로 하 겠다."

"정말 감사드립니다, 전하."

아무래도 일이 원만하게 수습된 모양이었다.

"그만 가겠어요, 레네."

"네? 저기…… 볼일은 끝나신 건가요?"

"됐어요. 이딴 가게, 두 번 다시 오지 않을 거예요."

마지막 말은 나만 들을 수 있게 작은 소리로 말하고서 우리들 은 마차로 돌아왔다.

"저기…… 클레어 님, 정말 드릴 말씀이 없습니다. 제가 칠칠 치 못한 나머지——."

"아—! 그 바보 왕족, 정말로 열 받기 그지없네요!"

"저, 저기…… 클레어 님?"

"로로 공국 따위 과거의 나라예요. 바우어가 없으면 국가를 유지조차 못 할 정도로 쓰레기 나라라고요, 쓰레기."

"쓰…… 쓰레기……?!"

"그런 쓰레기가 제 것을 깔보다니 무례하기 그지없어요. 아버님의 체면이 걸려있지 않았더라면 그 자리에서 뺨이라도 갈겨줬을 타이밍이었어요."

다시 생각해도 화가 치밀어 오른다는 듯이 씩씩대면서 클레어 님은 불평불만을 숨기지 않고 쏟아냈다. 그때, 나는 클레어 님이 나에 대해 말한 사실을 뒤늦게 깨달았다.

"클레어 님의 것, 이라고 하심은?"

"하아? 레네를 말하는 게 당연하잖아요. 당신은 제 것이잖아요? 당신이 제 것인 이상은 쓰레기 왕족 따위가 자기 멋대로 하도록 내버려 두지 않아요."

그렇게 말하면서 클레어 님은 갑자기 나를 바라보았다.

"잘 알겠나요, 레네? 당신은 저의…… 클레어 프랑소와의 메이드예요. 그렇다는 것은 즉 이 나라에서 제일가는 평민이라는 거라고요? 자부심을 갖도록 하세요."

그 말은 신기하게도 내 가슴을 울렸다. 이 나라에서 제일가는 평민—— 그건 내가 생각지도 못한 말이었다.

"당신은 평민이에요. 하지만 가장 귀족에 가까운 평민이기도 한 거예요. 제 메이드로서 부끄럽지 않은 최고의 평민, 최고의 메이드가 되도록 하세요."

궁지에서 구해줬다는 점도 있었겠지. 제멋대로 아가씨의 생각지 못한 일면을 보게 됐다는 점도 있었겠지. 하지만 나는 그 무엇보다도 이 클레어 프랑소와 라는 한 사람의 귀족이 가진 당당한 자세가 몹시도 아름답다고 생각했다.

클레어 님은 분명 방약무인한 제멋대로 아가씨다. 하지만 결코 그 뿐만이 아니다. 한번 자신의 사람이라고 확정 지은 상대는 철저하게 지켜내려고 한다. 그런 의미에서는 누구보다도 귀족다운 분인 것이다.

나는 이분을 따르겠다고 결심했다.

"저 레네 오르소는 클레어 님의 이름에 부끄럽지 않은 훌륭한 메이드가 될 것을 맹세합니다."

"좋아요. 부디 열심히 하세요."

이렇게 나와 클레어 님의 관계는 약간의 변화를 맞이했다.

클레어 님의 생일 파티 당일 아침. 저택의 식당에서 한바탕 말썽이 있었다.

"정말 미안해요, 클레어. 엄마랑 아빠는 오늘 반드시 참석해야 할 용건이 생겨버렸어요."

진심으로 미안한 듯이 그렇게 말한 사람은, 클레어 님의 어머니인 밀리아 님이었다. 밀리아 님과 도르 님은 오늘 하루를 위해서, 드물게도 전날부터 집에 머물며 딸의 생일 파티를 위해 만전을 기하고 있었다. 그랬는데 정작 당일이 되자 다른 귀족으로부터 도저히 무시할 수 없는 초대가 들어온 것이다.

"싫어요! 아버님과 어머님은 저와 함께 있도록 하세요! 오늘은 제 생일이잖아요?!"

모처럼 부모님과 함께 하루 종일 느긋하게 보낼 수 있을 거라 생각했던 클레어 님은 당연하게도 떼를 쓰기 시작했다. 아니. 이번만큼은 그저 어린아이의 투정이라고는 말할 수 없을지도 모른다. 가족들이 단란한 한때를 보낼 수 있는, 몇 개월 만에 겨우 찾아온 찬스였을 테니까.

"클레어, 밀리아를 난처하게 만들면 안 된다. 귀족 된 자로서 자신의 책무를 우선하는 것은 당연한 일이겠지."

도르 님은 잘 타이르듯 말했지만, 이번만큼은 역시나 자신도 면목이 서지 않는 것 같았다.

"저, 평소에는 아버님과 어머님이 같이 계셔주지 않아도 참고 있었는데……. 생일 파티조차 함께 할 수 없는 거예요……?"

눈물을 흘리며 말하는 클레어 님의 목소리에는 외로움이 잔뜩 배어 나오고 있어서, 듣고 있는 나까지 가슴이 꼭 죄어 오는 것 같았다.

"정말로 미안해요. 이번 일은 나중에 반드시 벌충할 테니까요. 그렇지! 올 때 생일 선물을 사 오도록 할게요. 클레어가 좋아하는 거라면 뭐든지. 뭐가 좋을까요?"

좋은 생각을 떠올렸다는 표정으로 말한 밀리아 님이었지만, 나는 속으로 저건 좋은 선택이 아니라고 생각했다.

"선물 따위는 필요 없어! 어머님 따위 정말 싫어!"

그렇게 외치고서 클레어 님은 자기 방에 틀어박혔다.

"클레어……."

슬픈 눈으로 그 뒷모습을 바라보는 밀리아 님. 어깨가 축 늘어져 있는 밀리아 님을 도르 님이 위로했다.

"클레어도 머지않아 이해해주겠지. 귀족은 의무가 무엇보다도 우선된다. 그건 설령 가족이라고 하더라도 예외는 없어."

"……네에, 잘 알고 있어요. 하지만 때때로 그런 생각이 들어요. 저 아이는 귀족으로 태어나지 않는 편이 더 행복하지 않았을까 하고요."

힘없이 중얼거리는 밀리아 님은 방금 전의 클레어 님과 맞먹을 정도로 몹시 슬픈 어조였다.

"레네. 클레어를 부탁할게. 어떻게든 기운을 북돋아 주렴."

"알겠습니다. 잘 다녀오십시오. 주인님, 사모님."

두 분을 배웅하면서 나는 클레어 님의 방으로 향했다. 세 번 정도 노크하고 나서 문을 열었다. 이미 예상했던 대로 문은 잠겨있지 않았다.

"클레어 님……."

"아버님과 어머님은 가버리신 거군요."

다시금 쓸쓸함이 묻어나오는 목소리였다. 나는 클레어 님에게 달려가서 그 몸을 꼭 안아 드리고 싶었지만 신분의 차이는 그런 행동을 허락하지 않는다.

클레어 님은 문을 잠그지 않고서 기다리고 있었던 것이다. 부모님이 자신의 뒤를 쫓아와 주기를. 물론 그건 어린애다운 어리광이겠지. 하지만 그렇다 하더라도 나는 클레어 님이 부모님과 함께 하는 시간에 있어서는 단 한 번도 클레어 님의 뜻대로 되는 걸 본 적이 없다. 이래서는 클레어 님이 너무 불쌍하지 않은가.

"클레어 님. 주인님과 사모님도 사실은 클레어 님과 함께하고 싶은 마음이에요."

그래도 나는 그렇게 말했다. 내 일은 클레어 님의 편을 들어주는 거지만, 그것만으로는 안 된다고 생각했다. 클레어 님이 극단적인 감정으로 치닫지 않도록 제어하는 것도 필요했다.

"……과연 어떨까요. 아버님도 어머님도 사실은 남자애가 있었으면 하고 바라고 있는 거 아닐까."

"!"

그 말을 듣고서 처음으로 나는 클레어 님이 품고 있는 불안을 깨달았다. 클레어 님은 스스로가 가문의 적남이 아니라는 사실에 고뇌하고 있었던 것이다. 그 고민은 이제야 4살 생일을 맞은 어린아이에게는 분명 어울리지 않는 고민. 클레어 님은 이미 귀족 세계의 가치관을 체득하고 있었다.

"그렇지 않습니다. 주인님도 사모님도 자신들의 아이가 클레어 님이라는 사실을 정말 진심으로 기뻐하고 계십니다."

"그렇다면 어째서 두 분 다 내 생일을 함께 축하해주지 않는 거야?"

그 몹시도 순수한 질문에 나는 도저히 대답할 말이 없었다. 귀족의 의무에 대해서 설명하는 건 간단하다. 하지만 클레어 님이 지금 듣고 싶어 하는 말은 그런 설명이 아니겠지. 클레어 님은 귀족의 논리가 아닌, 마음이 원하는 바를 호소하고 있는 거니까.

"……물러가. 혼자 있고 싶어."

내가 대답을 망설이고 있자 클레어 님은 혼잣말처럼 그렇게 말했다. 짜증조차 내지 않는, 정말로 마음의 상처를 입었을 때의 반응이다. 나는 손 쓸 도리 없이 그저 방에서 나올 수밖에 없었다.

밤이 되고 생일 파티가 시작됐다. 파티의 주인공인 클레어 님은 아침의 말썽이 거짓말이었던 것처럼 웃음 지으면서 저택에서 일하는 자들의 고생을 위로했다.

"모두 정말 고마워요. 저를 위해서 이렇게 멋진 파티를 준비해 줘서 마음 깊이 감사를 올리겠어요."

그건 시종들을 위해서 꾸며낸 미소였다. 아직도 클레어 님을 싫어하는 사용인들은 많지만 나는 이런 배려를 할 줄 아는 주인이 결코 싫지 않았다. 4살이라는 건 한창 어리광을 부릴 나이다. 자신이 세계의 중심이고 모든 것이 자신의 생각대로 되지 않으면 기분이 풀리지 않는 나이대. 그런 나이인데도 이정도로 자신의 마음을 억누르고 타인을 생각할 줄 아는 아이가 이 세상에 또 누가 있겠는가.

"클레어 님, 생일을 축하드립니다. 이건 저희 메이드들이 다 같이 드리는 겁니다."

나는 메이드들을 대표해서 클레어 님께 선물을 드렸다.

"어머! 뭘까요? 열어봐도 될까요?"

내가 고개를 끄덕이자, 클레어 님은 기뻐하며 포장을 뜯었다.

"어머나, 멋진 브러시!"

우리가 클레어 님에게 선물한 건 돼지 털로 만든 고급 브러시였다.

"하지만 크기가 조금 크네요?"

"클레어 님이 앞으로 더 자라면 딱 맞는 크기가 될 거에요. 그 때까지는──."

나는 뒷말을 계속할지 말지 한순간 망설였다.

"그때까지는?"

"그때까지는 사모님의 머리카락을 빗어 드리는 건 어떨까요?"

"!"

클레어 님은 한순간 깜짝 놀란 표정을 지었다. 내가 은근히 돌려서 화해하는 건 어떻습니까, 라고 말하려는 의도를 클레어 님은 정확하게 읽어낸 모양이었다. 그리고.

"그렇네요. 그렇게 하도록 하겠어요."

클레어 님은 그렇게 말하며 방긋 웃었다. 나는 이걸 보니 클레어 님은 이제 괜찮겠구나, 하고 생각했다.

그 순간까지는.

"큰일입니다, 아가씨!"

사용인 한 명이 새파래진 얼굴로 파티 회장에 뛰어 들어왔다. 분명 저 사람은 밀리아 님의 곁에서 시중을 드는 사람이었을 텐데.

"무슨 일입니까, 소란스럽군요! 보고라면 똑바로 하도록 하세요."

"주인님과 사모님이 마차 사고를 당했습니다!"

사용인은 메이드장의 일갈에도 지지 않는 커다란 목소리로 급박하게 사태를 보고했다.

"아버님과 어머님이?!"

"침착해 주세요, 클레어 님."

낯빛이 변한 클레어 님을 어떻게든 진정시키면서, 나는 사용인에게 뒷말을 재촉했다. 그녀의 얘기에 따르면 이렇다. 도르 님과 밀리아 님이 초청받은 건, 대립하고 있는 대귀족이 주최하는 파티였다는 모양이다. 갑작스러운 초대에 곤혹스러워하면서도 상대는 무시할 수 없는 대귀족이었기 때문에 두 사람은 파티에 출석했다. 파티에 가자 기분이 나쁠 정도로 환대를 받아서 두 사람은 내심 당황하면서도 출석을 마치고 연회장을 빠져나왔다. 그리고 돌아오는 길에 평민의 마차와 충돌하는 사고를 당했다는 것이었다.

"아버님과 어머님은 무사한가요……?"

"주인님은 부상을 입으시긴 했지만 생명에는 지장이 없다고 합니다. 하지만 사모님은……."

"어머님이?! 대체 어떻게 됐다는 건가요?!"

"……지금 굉장히 위급한 상태라고 합니다. 지금 정령교회의 치료사가 전력을 다해 치료에 임하고 있다고 합니다."

"대체 무슨……."

풀썩, 하고 무너지듯 의자에 주저앉는 클레어 님을, 나는 황급히 부축했다.

"레네……."

"분명 괜찮을 거예요. 사모님이 클레어 님을 두고 가실 리가 없습니다. 정령의 가호를 믿도록 하죠."

내가 생각해도 내 목소리는 마치 스스로도 그렇게 믿고 싶어 하는 어조였다고 생각했지만, 내가 클레어 님에게 드릴 말은 그 것밖에 없었다. 클레어 님의 생일 파티는 최악의 형태로 막을 내렸다.

결국 밀리아 님은 살아나지 못했다. 유체의 손상도 심해서 클 레어 님은 장례식 때도 어머니의 얼굴을 볼 수 없었다. 이후로 클레어 님은 계속 우울한 상태에 빠졌다. 이전의 방약무인한 태 도가 마치 거짓말이었던 것처럼 말도 잘 듣고 마치 딴 사람처럼 얌전했다.

"……."

클레어 님은, 최근 들어서 계속 자기 방에 틀어박혀 창밖을 바 라볼 때가 많다. 그럴 때는 무슨 말을 해도 건성이라서 마음이 딴 데에 가 있는 느낌이었다. 클레어 님은 이제 돌아올 수 없는 사람이 된 사모님을 계속해서 기다리고 있는 거라고 생각했다.

가뜩이나 괴로울 클레어 님을 한층 더 몰아붙이는 일이 결정 되었다. 밀리아 님이 돌아가신 후 자신의 한쪽 팔이나 마찬가 지였던 사람을 잃고서, 세력을 잃어가고 있는 도르 님이 자신의 파벌을 규합하기 위해 바빠졌기 때문에 클레어 님을 먼 친척에 게 맡기기로 결정했다. 어머니를 잃은 데다 아버지와도 떨어져야 하는 클레어 님이지만, 그 사실을 전하게 됐을 때도 아무런 불평도 없이 그저 고개만을 끄덕일 뿐이었다.

그리고 보면 클레어 님의 목소리를 들어본 지 오래된 거 같은 기분이 든다. 클레어 님은 극단적으로 말수가 줄어들고 말았다. 메이드들 중에서는 클레어 님이 이제야 드디어 좀 얌전해졌다고 말하는 자도 있었지만, 말도 안 되는 소리. 이런 상태가 어떻게 정상적이라고 할 수 있겠는가.

"클레어 님. 딸기는 어떠신가요? 아침 식사도 그다지 드시지 않았잖아요? 배고프시지는 않으신가요?"

나는 클레어 님이 제일 좋아하는 딸기가 들어있는 바구니를 가리켰지만, 클레어 님은 창밖으로 시선을 고정한 채 고개를 저을 뿐이었다.

"클레어 님……. 심정은 이해한다는…… 그런 말은 입이 찢어져도 드릴 수 없지만, 뭐라도 드시지 않으면 몸을 헤치게 됩니다."

포기하지 않고 열심히 간언해 봤지만 클레어 님은 아무 말 없이 고개를 저었다. 어떻게 해야 이 상처 입은 소녀를 도울 수 있는 걸까, 하고 나는 고민했다.

"……만약 내가 죽으면 어머님께 사과하러 갈 수 있는 걸까."

문득 혼잣말처럼 클레어 님이 중얼거렸다. 분명 누군가에게 들으라고 하는 말이 아니라 무심코 흘러나온 말이었겠지. 그러나 그 말이 담고 있는 내용은 도저히 들어 넘길 수 없는 말이었다.

"괴로우시겠지만 죽는다니, 그런 말씀 하지 말아 주세요. 그 거야말로 사모님이 슬퍼하실 거예요."

딸기가 든 바구니를 탁자 위에 두고서 나는 클레어 님 곁을 지켰다. 지금 클레어 님을 혼자 내버려 두는 건 위험하다고 생각했기 때문이다. 클레어 님은 내 존재 따위는 전혀 깨닫지 못하는 것처럼 줄곧 창밖만을 응시하고 있었지만 이윽고 입을 열었다.

"저…… 어머님께 정말 싫다는 말을 해버렸어요."

"그건……."

아아, 이건 무리다. 이 상처는 나로선 막아드릴 수 없어.

"저, 어머님과 다툰 채로, 영원히 만날 수 없게 됐어요……. 잘못했다고 말할 수가 없어요……."

클레어 님은 눈물을 흘리지 않고 있었지만, 소리 없이 통곡하고 있었다. 나는 실례인 줄 알면서도 클레어 님을 끌어안았다. 설령 이게 무례한 짓이라고 하더라도 상관없다. 지금 클레어 님을 손에서 놓는다면, 이분은 분명 사라져버리고 말 거야. 그렇게 생각했다.

누군가…… 누군가 이분을 구해주세요……. 남들보다 훨씬 섬세한, 이 마음을 부디 구원해 주세요.

사모님을 클레어 님에게 돌려주지 않은 정령교의 신을 향해서 기도하지 않고, 나는 누군지 알 수 없는 어떤 누군가에게 빌었다.

"레네, 레네! 저 왕자님과 만났어요!"

다행히도 클레어 님은 그 후로 어느 정도 시간이 지나고 기운을 되찾았다. 클레어 님을 맡게 된 곳에서 〈왕자님〉과의 만남이 있었기 때문이다. 무슨 일이 있었는지 상세히는 모르지만 나는 클레어 님이 다시금 명랑함을 되찾았다는 사실에 가슴을 쓸어내렸다.

"그거 잘됐네요. 그래서 그 운명의 왕자님의 성함은 뭐라고 하나요?"

나는 클레어 님을 구원해 준 은인의 이름을 여쭤봤다. 어떻게든 감사의 인사를 전하고 싶었기 때문이다. 이때쯤 되자, 나는 클레어 님을 친 여동생처럼 소중하게 생각하고 있었다.

"마나리아 님이라고 해요! 정말로 멋진 분이에요!"

그러나 나는 클레어 님의 대답을 듣자마자 머리를 감싸 쥐었다. 마나리아 님은 밀리아 님의 친정인 라낙 가문의 여식이다. 즉, 여성분이고 절대 왕자님이 아니다. 마나리아 님은 헤어스타일도 짧은 숏 컷에, 남자아이같이 활발한 분이라서 착각하는 것도 무리는 아니지만.

"그렇습니까. 부디 마나리아 님에 대해서 좀 더 들려주실 수 있나요?"

"물론이에요. 마나리아 님은 훤칠한 키를 가지고 있고 얼굴도 몹시 아름다워서——."

그러나 그때, 나는 굳이 성별에 대해 밝히지 않고서 클레어 님이 오해하도록 놔뒀다. 지금의 클레어 님에게는 뭔가 몰두할 만한 게 필요했다.

그저 아픔을 잠시 잊는 것은 근본적인 치료가 되지 않는다고 잘난 듯이 말하는 사람도 있겠지. 하지만 나는 진통제에 의지하지 않으면 안 될 정도로, 그리고 근본적인 치료를 마냥 기다릴 수는 없을 정도로 아픈 상처도 있다고 생각한다. 지금은 그냥 진통제로도 좋다. 클레어 님이 마나리아 님에 대한 진실을 알게 되면 오해는 자연스럽게 풀리겠지.

하지만 언젠가.

언젠가 클레어 님의 앞에 진짜 왕자님이 나타나기를 나는 마음속 깊이 소원했다. 마나리아 님에게 지지 않을 정도로 멋진 분이 클레어 님의 마음을 사로잡아 주기를 절실히 기원했다.

그때, 나는 상상도 하지 못했다. 클레어 님을 진정한 의미로 구원해주는 사람이 왕자님이라고는 결코 말할 수 없는 이상한 평민 소녀라는 사실을. 마음의 상처를 품고 있던 소녀는 이윽고 운명의 상대에게 이끌려서 진정한 반려와 만나게 된다.

하지만 그건 또 다른 이야기다.

— 끝 —

후기

〈내 최애는 악역 영애〉를 구입해 주셔서 정말로 감사합니다. 작가인 이노리,라고 합니다. 이 책은 소설 투고 사이트인 〈소설가가 되자〉에 투고한 동명의 작품, 제1장에서 3장까지의 에피소드를 가필 수정한 후, 단편을 추가한 책입니다. 즐겁게 읽어주셨나요.

제가 쓴 소설이 책이 돼서 나오는 건 어린 시절부터의 꿈이었고, 그 꿈이 이런 형태로 실현된 것은 마치 꿈만 같습니다. 그렇게 후기를 쓰고 있어도 아직도 어쩐지 둥둥 떠다니는 기분이라서 실감을 가지려면 좀 더 시간이 걸릴 것 같습니다. 모처럼 출판을 하게 된 이상은 웹 연재 시절부터 읽어주신 독자분들께도, 그리고 이 책을 서적으로 처음 접하게 된 독자분들도 부디 재밌게 읽어주셨으면 하고 간절히 바라고 있습니다. 작품에 대한 의견이나 감상 등을 보내주신다면 작가로서 굉장히 힘이 됩니다.

마지막으로 감사의 말씀을 전하게 해주세요.

일단 이 책을 출판함에 있어서 가장 큰 힘을 쏟아주신 GL문고 편집부의 나카무라 님. 출판 초보마크를 달고 있는 저에게 끈기 있게 함께 해주셔서 정말로 감사드립니다.

멋진 일러스트를 그려주신 하나가타 님. 하나가타 님의 일러스트 덕분에 레이와 클레어가 진짜 육신을 얻게 됐다고 말해도 과언이 아닙니다. 정말로 감사합니다.

제 파트너인 아키 씨. 당신의 존재가 없었더라면 이 책은 애초에 나올 수 없었습니다. 이 책을 당신에게 바칩니다.

그리고 누구보다도, 이 책을 손에 들어주신 독자 여러분들. 여러분들에게 거듭 감사를 드립니다.

만약 낼 수 있다면 2권에서 또 뵙고 싶습니다. 그럼 이만 실례하겠습니다.

2019년 1월 31일 이노리。올림.

WATASHINO OSHIHA AKUYAKUREIJO

Copyright ⓒ2019 I N O R I
All rights reserved.
Original Japanese edition published in 2019 by Ainaka Publishing,Inc.
Korean translation rights arranged with Ainaka Publishing,Inc.
Korean translation rights ⓒ 2020 by Somy Media, Inc.

[내 최애는 악역 영애.] 1

2022년 7월 30일 1판 5쇄 발행

저자 이노리.
일러스트 하나가타
옮긴이 정백송
발행인 유재옥
본부장 조병권
담당편집 정영길
편 집 1 팀 김준균 김혜연 박소연
편 집 2 팀 정영길 조찬희 박치우 정지원
편 집 3 팀 오준영 곽혜민 이해빈
미   술 김보라 박민솔
라이츠담당 맹미영 이승희 이윤서
디 지 털 박상섭 최서윤 김지연
발 행 처 ㈜소미미디어
인쇄제작처 코리아피앤피
등   록 제2015-000008호
주   소 서울 마포구 토정로 222, 403호(신수동, 한국출판콘텐츠센터)
판   매 ㈜소미미디어
마 케 팅 한민지 최정연 박종욱
물   류 허석용

전화 편집부 (070)4164-3962, 3963 **기획실** (02)567-3388
판매 및 마케팅 (070)4165-6888 **Fax** (02)322-7665

ISBN 979-11-6507-483-8 (04830)
ISBN 979-11-6507-482-1 (세트)